【詠星魔女】

梅爾麗・哈維

七賢人之一，觀察夜空星象，詠旨占卜未來的魔女。她占星術的精準度超群，深受國王信賴。目前推算最年長的七賢人，召開七賢人會議時大多由她主持，但正確年齡並未公開。

Silent Witch III

沉默魔女的祕密

Secrets of the Silent Witch

進展至此，所有人總算都明白了。
方才這些都是莫妮卡所施展的魔術。
而且施展前還未經詠唱。

〈無言的艾瓦雷特〉——
是真正的天才。

莫妮卡披上披肩，
扯了扯縫在兜帽上的耳朵。
尖端偏細的這對茶色耳朵，
比兔耳要來得短了些。
（是馬的耳朵嗎？）

Silent Witch

III

沉默魔女的祕密

Secrets of the Silent Witch

依空まつり

Illustration

藤実なんな

Kadokawa Fantastic Novels

彩頁、內文插畫／藤実なんな

Contents

Secrets of the Silent Witch

序章　巴尼・瓊斯與無言的艾瓦雷特

巴尼・瓊斯是利迪爾王國名家安柏德伯爵家的次男。

在貴族社會中，對於次男以下的名分，基本上就是視為長兄的備用品。無論長兄再怎麼無能，將來繼承家業的人都是長兄。

話雖如此，巴尼也不是個為此賭氣鬧彆扭而荒廢學業的人。

如果次男無法繼承家業，只要用別的方式出人頭地就行了。

於是，巴尼發憤勤學，並在滿十歲的那年，成功進入國內最高峰的魔術師養成機構米妮瓦就讀。

他可沒打算只成為區區的上級魔術師就了事。巴尼的目標，是當上利迪爾王國最高峰的魔術師，也就是七賢人。

只要當上七賢人，便會受封為魔法伯，那不僅是媲美伯爵的爵位，世間又謠傳魔法伯就有如國王的顧問，地位之高不在話下。如此一來，就算巴尼身為次男，也能夠對長兄還以顏色。

長久以來的苦讀有了成效，巴尼才入學半年便拿下學年榜首的寶座。

（我跟大哥不同。我是有天分的。）

即使只是次男，也存在出人頭地之路。人生之路是要靠自己拓寬的——當時的巴尼對此深信不疑。

事情發生在巴尼十三歲的時候。

結束別堂教室的課程，回到原本教室的巴尼，注意到有幾位男同學，正在教室角落包圍著某人。

遭到男同學包圍的，是最近剛插班進來的嬌小女同學。

女同學名叫莫妮卡．艾瓦雷特——通稱〈無言的艾瓦雷特〉。

那位一天到晚滿臉陰沉地低著頭，土裡土氣的不起眼少女，在同學面前沒怎麼開過口，課堂上被老師點名也只是支支吾吾地不知所措，到最後什麼也答不上來。就是這麼個沒法融入班級的吊車尾學生。

看來，男同學們是在拿誰能讓莫妮卡開口說話當遊戲。

一名男同學抓起窗邊的蜘蛛，湊近莫妮卡的臉。

「喂，來個人把這傢伙的嘴巴扳開！等我把這玩意兒塞進她嘴裡，包準她哇哇大叫！」

聞言，另一位男同學硬是撐開了莫妮卡的嘴巴，抓著蜘蛛的男同學隨即起手伸去。

看不下去的巴尼，舉起手指指向這幫男生，展開簡短的詠唱。

他所詠唱的，是產生微弱火焰的魔術。一道指甲大小的火，轉眼間便將糾纏莫妮卡的男同學制服衣袖燒得焦黑。

「嘎啊！好燙？」

「這是怎麼回事？是誰在搞鬼！」

「我倒想問，你們這是在做什麼？」

狼狽不堪的男同學們聽到這句冰冷的責問，紛紛露骨地咂嘴，瞪向巴尼回嘴。

「這會兒玩得正開心。你少多管閒事，優等生。」

在米妮瓦就讀的學生幾乎全數出身貴族。他們也無一例外，個個都是貴族公子哥兒。

相對的，正遭到他們霸凌的莫妮卡，則是平民姑娘。

在這所校園裡，平民的立場只有兩種。要不就服從貴族，要不就成為貴族欺凌的標的。

然而，巴尼卻基於自身的信念，向男同學們冷冷地放話：

「用暴力迫使弱者屈服的人，竟然與我同樣出身貴族，實在不敢恭維。太難看了。」

辛辣的言論傳進耳裡，男同學們當場被激起怒火。

巴尼則只是伸手扶住眼鏡，用鼻子哼了一聲，開始進行短縮詠唱。

緊接著，男同學們身邊立刻浮現一圈火焰箭矢，有如要將他們包圍。

一般都將習得短縮詠唱視作成為上級魔術師的條件，短縮詠唱就是如此高難度的技術。在校內懂得如何使用短縮詠唱的同學，這一屆就只有巴尼一個人。如果要再加上不必透過法杖輔助的前提，找遍全米妮瓦學子恐怕也只有數名同學辦得到。

眼見男同學們在壓倒性實力差距之下退縮，嗤之以鼻的巴尼笑道：

「你們該不會以為，自己打得過實技成績第一名的我吧？」

將擠到口邊的反駁硬是吞回去，男同學們帶著苦悶的表情穿過巴尼身邊，離開了教室。

巴尼彈響手指，令火焰箭矢應聲熄滅，並低頭俯視正癱坐在地的莫妮卡。

「站得起來嗎？」

莫妮卡沒有回應，只是從亂糟糟的瀏海縫隙呆滯地望著地板。

存在於她目光聚焦處的，是方才被男同學甩掉的蜘蛛。

不久，蜘蛛總算一溜煙逃出窗外，莫妮卡這才動作生硬地抬頭望向巴尼，輕啟嘴唇喃喃細語：

「非常，謝謝，你……」

雖然講得吞吞吐吐，但看來〈無言的艾瓦雷特〉其實也是能好好發出聲音的。

還在為此暗自驚訝時，莫妮卡又繼續道出了令人無法忽視的發言。

「謝謝你，幫了，那隻蜘蛛。」

自己出手搭救的並非蜘蛛，而是莫妮卡。明明如此，為什麼非得讓她以救了蜘蛛為由開口道謝不可。

「請妳等等。」

巴尼忍不住瞇起眼鏡下的雙眼，用力瞪向莫妮卡。

「很不巧，我討厭蟲子。我並非抱著幫蜘蛛的念頭出手，我幫的是妳。」

語畢，只見莫妮卡緩緩眨了眨眼，一臉不解地歪頭。

接著就這麼陷入沉思，像是在尋找合適的回答似的。不一會兒，才溫吞地接話。

「可是我，並不覺得，蜘蛛，有什麼可怕。」

「啊？」

巴尼反射性開口質疑，這聲嚇得莫妮卡肩頭一抖，低頭搓起指頭。

這樣仔細一看，才發現她可真是個徹底面無表情的少女。

這平凡樸素的五官，如果願意露出微笑，明明也能像常人一般討喜才是，偏偏她卻除了偶爾眨眨眼之外，臉部的零件幾乎全處於罷工狀態，一動也不動。

莫妮卡就這麼面無表情地沉默了一陣子，然後小聲地咕噥起來，幾乎看不出嘴巴有在動作。

「可是，如果被放進我的嘴裡，蜘蛛，就太可憐了……所以，我覺得，有你出手幫蜘蛛，真的是太好了。」

「這是什麼莫名其妙的論調啊。」

巴尼搔著臉，開口問及自己一直在意的問題。

「妳講話挺不流利的嘛。莫非妳不是王國出身嗎？」

聞言，依舊面無表情的莫妮卡搖了搖頭。看來她也並非異國人士的樣子。

「非常對不起……我其實也有，練習過，要好好講話的，可是……」

講到這裡，莫妮卡停頓了一下，嘶——哈——地開始深呼吸。

簡直就好像一個忘記呼吸的人，突然想起要換氣似的。

「我沒和人交談的時期，太長了，所以……沒辦法，好好地，說出心裡想的事。」

沒和人交談的時期太長——換句話說，就是背後有隱情吧。

就十三歲而言過於瘦弱的體態，以及血液循環不佳的慘白臉龐，光是從這些地方，就能或多或少察覺她肯定有過一段頗為悽慘的境遇。

巴尼走到莫妮卡面前彎腰，向她伸出手。

「站得起來嗎？」

莫妮卡眼睛睜得圓滾滾的，望著巴尼的手掌。

接著，好像驚覺什麼一般，伸手按住制服的口袋。

「那個，我身上，沒有，什麼錢……」

莫妮卡這番過於跳脫常理的發言，令巴尼的臉頰不由得抽搐起來。

「可以請妳別太看輕人嗎？我可是高風亮節的安柏德伯爵家出身。有什麼理由非向妳要求金錢不可。」

就連被巴尼抓著手從地面拉起身子之後，她還是顯得有點恍恍惚惚。就好像一個單純任吊線擺布的玩偶。

不過在巴尼替莫妮卡拂去制服上的塵埃時，莫妮卡稍稍瞪大了眼睛。

那只是微乎其微的表情變化。即使如此，能夠為這位宛若玩偶的少女帶來這種變動，還是令巴尼莫名開心。

「妳可真教人沒法丟下不管。」

「……非常，對不起。」

「這時該說的，應該是謝謝吧？」

莫妮卡的嘴唇隱約抽動了起來。

要說那是在笑，動作也未免過於不明顯，然而她的嘴角的確是微微上揚了幾分。

「……非常謝謝，你的，幫忙。」

這句簡短的道謝，為巴尼在胸口帶來了一股小小的滿足。

＊＊＊

「巴尼，巴尼，救命啊～～～」

「今天又怎麼了。」

「課堂上出的，那個王國史的記述問題，我完全，搞不懂……」

說著說著，莫妮卡攤開手上的教科書。

自從幫了莫妮卡的那天起，巴尼就開始處處照顧莫妮卡，莫妮卡也變得會開口向巴尼求助。

再怎麼說，莫妮卡畢竟真的是個笨手笨腳的女孩。能在毫無異狀的平地摔跤，頭髮又成天亂糟糟的，私物更是三天兩頭就弄丟，總之就是非常非常欠人照顧。

若是魔術式與數學相關科目，莫妮卡優秀的程度明明就不下巴尼，偏偏在一般教養科目的成績卻毀滅性地糟，尤其歷史與語學最慘不忍睹。

真拿妳沒辦法耶——巴尼打開自己的筆記本開始講解，莫妮卡隨即小聲地說道：

「巴尼，好厲害。」

「這種根本就一般常識好嗎。」

巴尼雖然裝得一臉正經，但其實被莫妮卡投以尊敬的目光，感覺並不壞。

近來，莫妮卡講話的語調已開始逐漸流暢，表情似乎也變得更加豐富了。

每每遇到什麼困難，就哭喪著臉跑來找巴尼幫忙。凡是教會她功課上不懂的地方，她就露出有如野花綻放般的微笑。

是我改變了莫妮卡——巴尼默默在心裡抱著這樣的自豪。

「巴尼，謝謝你。」

「用不著跟我客氣。」

無論何時，莫妮卡輕描淡寫的話語，總是能令巴尼的自尊心獲得滿足。

……實際上，巴尼早就隱約察覺。

莫妮卡的頭髮之所以亂糟糟，是因為班上同學硬是把她剪成這樣。私物之所以會不見，是被人給惡意藏了起來。

即使如此，巴尼還是別開目光，不去注視真相，持續關照著莫妮卡。

他一定是無意識地抱著希望，希望莫妮卡就這麼被孤立下去。

因為莫妮卡愈遭到孤立，就愈會依賴自己。

如此一來，自己就能永遠當一個可靠的優等生。

＊＊＊

米妮瓦既身為魔術師養成機構，當然也有實踐魔術課程，不過在入學起算的半年內，學生都被禁止實際施放魔術。

一旦弄錯運用方式，隨時可能引發嚴重慘案，魔術就是這麼強大的力量。所以，必須先至少透過半年打好扎實的基礎，才可以進一步接受實技訓練。

巴尼畢竟在米妮瓦就讀了三年，不僅中級魔術大都難不倒他，還已經懂得運用數種上級魔術。最重要的是，他是該屆唯一習得短縮詠唱的學生。自然地，他在實技訓練可謂所向無敵。

相對的，莫妮卡入學時日尚淺，近來才開始為實技訓練進行基礎進修。

但，莫妮卡對魔術式的理解程度極高，因此巴尼確信，她只要學會如何操作魔力，肯定能立刻迎頭趕上自己。

沒想到，在實技訓練第一天，莫妮卡竟然什麼也做不了，就這麼呆立講台前不知所措。

連負責指導實踐魔術課的老教師瑪克雷崗見狀，也伸手撫起白鬚，扭扭頭疑惑地開口：

「同學，妳什麼時候才要開始呀？」

「……啊……唔……嗚嗚……」

即使瑪克雷崗開口催促，莫妮卡依然只是帶著彷彿隨時會暈過去的表情，嘴巴不停打顫。

在這堂課開始前，巴尼還特地陪莫妮卡一起預習過。

魔術式建構得完美無缺，操作魔力的基礎知識莫妮卡也確實學會了。那種程度的初步魔術，根本沒理由辦不到。

明明如此，莫妮卡卻別說是施展魔術，連詠唱都沒能唱出口，這堂課就這麼過去了。

下課後，巴尼立刻找莫妮卡開始興師問罪。

「這是怎麼回事，妳剛怎麼了！理論明明就很完美不是嗎！」

巴尼的怒吼，嚇得莫妮卡差點沒哭出來，整個人縮成一團搓起指頭。

「因、因為，在那麼多人面前，要我開口出聲，好、好可怕……」

聽到這個回答，巴尼才猛然想起。

莫妮卡在巴尼面前的確是比較能正常對話了，但卻還是幾乎沒對巴尼以外的人開過口。

「我真的不敢，在外人的面前，開口說話。每當我試著想說些什麼的瞬間，大家投向我的視線……就讓我好害怕……」

「但妳老是這麼說的話，不管學多久都用不了魔術不是嗎？」

莫妮卡抽噎著低下頭，顯得非常落寞。

想必莫妮卡自己其實也非常不甘心吧。這半年來，身旁的她是多麼認真地苦讀，巴尼全都看在眼裡。

好想為她做些什麼——如此思索的巴尼，腦裡浮現了一道妙計。

「有了，既然在外人面前出聲讓妳感到棘手，那只要縮短詠唱的長度就行了。」

「……咦？」

「我來教妳怎麼運用短縮詠唱吧。透過短縮詠唱，可以讓詠唱的時間減半，這樣妳壓力就不會那麼大了吧？」

巴尼的提議，聽得莫妮卡視線徬徨不定，忸忸怩怩地搓著指頭。

「可、可是……短縮詠唱是，上級者才，用得了的技術對吧？我這種生手，真的學得來嗎？」

「妳絕對辦得到。在學基礎的時候妳下了多少苦心，我是最清楚的。」

大家雖然都以為莫妮卡只有吊車尾的實力，但實際上她對魔術式的理解力比任何人都高。她的頭腦靈活到足以三兩下理解上級魔術師的魔術式。

莫妮卡是有天分的。她有著夠格成為巴尼勁敵的天分。

「如果是妳，一定能馬上理解短縮詠唱的原理才對。」

巴尼操著有別於平時的熱情口吻開口，莫妮卡雙頰轉眼間染得通紅。

就這樣，莫妮卡害羞地開口答覆：

「嗯……我會，好好加油。欸嘿嘿，果然，還是巴尼最可靠了。」

「哼，那當然。再怎麼說，我也是將來要成為七賢人的男人啊。」

看到巴尼挺起胸膛回應，莫妮卡笑咪咪地點頭。

「嗯，巴尼，一定可以當上七賢人的。因為，巴尼很厲害呀。」

莫妮卡樸實的讚美，不停刺激著巴尼的胸膛。

通往燦爛未來的道路就在自己的面前——巴尼對此深信不疑。

……至少，在那時是如此。

＊＊＊

「好的，那麼～輪到下一位同學。莫妮卡・艾瓦雷特，請開始。」

對莫妮卡而言的第二堂實踐魔術課來臨。

其他同學們，都抱著那個吊車尾又要什麼都做不了就拖過一堂課的想法，對她露出壞心眼的笑容。

而巴尼，正滿心期待地望著這幫人。

到時候，這位被罵作吊車尾的少女，施展短縮詠唱的光景，肯定會把教室裡所有人全嚇破膽！

站在講台前的莫妮卡，不發一語地凝視著眼前的蠟燭火苗。

將這道火苗用風系魔術吹熄就是第一道課題。一般而言，首次實踐的同學，即使沒能順利吹熄，只要能令火苗晃動，就已經算是可圈可點。

莫妮卡闔上雙眼，舉起手指指向蠟燭。

巴尼帶著滿是期待的眼神守候莫妮卡，等待那小巧的嘴唇唱出短縮詠唱的一刻到來。

然而，莫妮卡的嘴唇卻遲遲不見動作。

難道是緊張到連短縮詠唱都有困難嗎。該不會，她根本已經站著暈過去了吧……就在這些懸念浮現腦海時，現場颼地一陣風聲傳進耳裡。

莫妮卡指尖指著的蠟燭……靠近火苗的部分被肉眼看不見的刀刃給切斷了。

小小的火苗隨著被切斷的部分掉落到燭台下，一晃一晃地繼續燃燒。

所有人都不明白到底發生了什麼事，就在這樣的狀態下，莫妮卡微微睜開雙眼，伸手指向掉落在燭台下方的火苗。

緊接著，燭火上方就出現大約一個杯子分量的水，包覆火苗令其消失。不僅如此，水還就這麼維持著球體的型態，輕飄飄地浮上半空。

然後，隨著莫妮卡無言地揮揮手指，球體立刻化作一條小蛇般的外型。

進展至此，所有人總算都明白了。方才這些都是莫妮卡所施展的魔術。而且施展前還未經詠唱。

眾人言語盡失，目光完全被眼前的光景給吸住不放。

那是在場任何人都不曾目睹的，前所未有的無詠唱魔術。

達成此一創舉的，是在外人面前連話都說不好的吊車尾少女——〈無言的艾瓦雷特〉。

莫妮卡施展無詠唱魔術的身影，看得巴尼一臉茫然。

（沒聽說。這種事，我從來沒聽說……）

他教給莫妮卡的只是短縮詠唱而已。無詠唱魔術什麼的，根本就看也沒看過，聽也沒聽過。

（這種東西，我才沒教她！）

縱使只是颳起微風的初級魔術，也必須經過嚴謹的流程計算魔術式，再藉由詠唱編組魔力，否則就連想要發動都成問題。

假設，真有人能在短短一瞬間，導出如此複雜魔術式的最佳解，那或許是有可能不經詠唱就施展魔術沒錯。

但，那終究只是天方夜譚。具備這種頭腦的魔術師，就連歷史上都不存在。

（明明是這樣……明明是這樣……！）

無論是天方夜譚，還是名留青史的偉業，現在都活生生在面前上演。

周圍不管是誰，都低聲咕噥著：「這是奇跡……」

沒錯，是奇跡。然後，引發這場奇跡的，是才剛學了半年魔術的少女。

〈無言的艾瓦雷特〉——莫妮卡・艾瓦雷特，她所身處的，是單憑努力無法涉足的領域，她才是真正的天才。

這樣的事實，令巴尼絕望地咬牙切齒。

相較於被眾人投以讚賞目光的莫妮卡，巴尼所湧現的是黑暗的怒火與嫉妒。

要是沒有巴尼，妳在班上明明就一個朋友都沒有！

要是沒有巴尼，妳明明就什麼都辦不到！

這種宛若遭到深深背叛的心情，令巴尼咬得臼齒嘎吱作響。

眼鏡下的雙眼，也同時被嫉妒染得混濁不堪。

＊＊＊

自從施展無詠唱魔術之後，莫妮卡身邊的環境就有了戲劇性的轉變。

莫妮卡獲得減免學費的待遇，並被安排到米妮瓦最具權威的基甸・拉塞福教授門下當研究生。

歷來師事拉塞福教授的學子中，已有數名獲選成為七賢人，這件事相當廣為人知。

因此，無論是誰都謠傳，莫妮卡將來也會走上七賢人之路。

莫妮卡改由拉塞福教授親自指導，變得幾乎不出席一般課程，和巴尼碰面的機會自然也減少了。

打從莫妮卡施展無詠唱魔術的那天起，巴尼就一度也不曾向莫妮卡開口。

莫妮卡好幾次都主動來找巴尼，卻一再遭到無視。

從那陣子開始，巴尼內心所勾勒的完美未來藍圖已經一步步扭曲。

即使再怎麼無視莫妮卡，再怎麼不想與她扯上關係，她活躍的消息也會自動傳進耳裡。一會兒開發了嶄新魔術式，一會兒成功召喚了精靈王。

其中最為人津津樂道的，就是在米妮瓦有著最凶惡武鬥派評價的問題兒童，竟然被莫妮卡在實戰中透過無詠唱魔術，不出數秒便徹底鎮壓。

這起事件發生後，眾人清楚瞭解到，莫妮卡就連在實戰方面都天賦異稟。

為了多少追平自己與莫妮卡之間的天分差距，巴尼埋頭苦幹忘情特訓，下場卻是引起魔力中毒，被送往醫務室。

在身體遭到魔力侵蝕，百般掙扎煎熬的過程中，巴尼內心萌生了對莫妮卡的憎恨。

都是莫妮卡害得自己這麼痛苦。就是因為有莫妮卡在，自己才會變得這麼反常。一切的一切全都是莫妮卡不好。

（只要沒有莫妮卡，我的人生明明一直都是完美的！）

＊＊＊

自從莫妮卡邂逅巴尼，流逝了兩年光陰。

在巴尼邁入十五歲的那年冬天，莫妮卡獲選成了七賢人。

以最年少身分當選七賢人的事實，在米妮瓦掀起了一大熱潮。尤其舉行七賢人就任典禮與歡慶遊行的日子，校園裡簡直熱鬧得盛況空前。

可是無論眾人的歡呼也好，讚美莫妮卡的發言也罷，在巴尼耳裡聽來全都變成了煩人的噪音。

就算只是長兄的備用品，如果精通魔術當上七賢人，同樣能獲得周圍的認可。巴尼一直是這麼想的。如果是自己，一定能夠成為七賢人，巴尼從未懷疑過這種想法。

然而最後雀屏中選的，卻不是巴尼，而是莫妮卡。巴尼就連甄選會都沒被找去參加。

在米妮瓦無論走到哪裡，四處傳來的都是讚賞莫妮卡的聲音。煩躁不已的巴尼，正想找一個耳根清靜的地方，就聽見背後有人呼喚自己的名字。

「巴尼！」

與兩年前毫無出入，稚氣未脫，絕不可能聽錯的嗓音。

咬牙切齒地回過頭來，便見到莫妮卡笨手笨腳地朝自己一步步溫吞跑來的身影。

當上七賢人的她，已經不再是米妮瓦的學子。

她身上披著的，是只有七賢人才獲准穿戴，施予金線刺繡的美麗長袍。手上那根鑲有裝飾的長杖，也是七賢人專屬的法杖。

莫妮卡將長杖抱在胸口，忸忸怩怩地搓著指頭。這種孩子氣的舉動，以及相較於年齡顯得過於細瘦的體態，還有那年幼的五官，一切的一切都與巴尼所熟知的莫妮卡如出一轍。

然而，她卻已不再是〈無言的艾瓦雷特〉。而是七賢人〈沉默魔女〉。

「巴尼，你聽我說，我一直、一直，都很想向巴尼道謝……」

滿臉通紅的莫妮卡，正卯足全力拚命想擠出辭彙。

而這份努力，卻遭到巴尼冷冰冰地打斷。

「我懂了，妳是特地來笑我的嗎？」

「……咦？」

莫妮卡的表情凍結了。

多令人愉悅的反應啊。好想再讓那臉孔更加扭曲——巴尼暗自在內心笑道。

「向我道謝？哈哈，這是在諷刺我嗎？反正我這種人，妳肯定也在內心瞧不起得很吧？」

「為、為什麼？不是，不是的。我一直，把巴尼當成，很重要的朋友……」

「妳這種人，才不是什麼朋友。」

莫妮卡睜大的雙眼，開始逐漸泛起淚光。

給我傷得更重點——巴尼心想。

莫妮卡這種人，最好是被傷害得遍體鱗傷，殘破不堪到永遠振作不了的地步。

「竟然還周到地換上七賢人正裝才跑來見我，未免也太會諷刺人了吧。耍這種伎倆取笑我，輕蔑我，有讓妳內心很痛快嗎？嗳，告訴我吧，偉大的七賢人？」

一顆豆大的淚珠，從莫妮卡的眼中滑落。

莫妮卡的鼻頭染得通紅，像個孩童似地泣不成聲。

那不像樣的哭喪臉，以及哭泣的嗓音，總算為巴尼的內心帶來了一點小小的滿足。

「啊啊～明明就貴為七賢人，怎麼會這麼不像樣啊。妳真的是七賢人嗎？實在有夠難以想像。妳這種人，就適合把自己關在人煙稀少的山間小屋裡，足不出戶度日啦。」

莫妮卡當場跪倒在地，雙手摀著臉啜泣了起來。

巴尼甩了甩一頭金色的短髮，快步走過她的身旁。

傳進耳裡的悲慟哭泣，讓巴尼稍微湧現了些許安慰。

自那天起，巴尼便不再聽聞七賢人〈沉默魔女〉活躍的相關消息。

就聽到的流言所述，〈沉默魔女〉似乎跑到山間小屋過起隱居般的生活。

相信在未來，巴尼再也不會與她重逢。

（……這樣子，就好了。）

就這樣，巴尼．瓊斯總算挽回了自己內心的平穩。

This is an unprecedented chantless magic

that no one has ever seen before.

任何人都不曾目睹的，前所未有的無詠唱魔術。

The one who did it is a dropout

who can't even speak properly in public.

達成此一創舉的，

是在外人面前連話都說不好的吊車尾少女。

Silent ✦ Witch III

沉默魔女的祕密

Secrets of the Silent Witch

第一章　根本就，不需要什麼理由

賽蓮蒂亞學園高中部二年級的拉娜·可雷特在前往選修課教室的途中，發現了好友莫妮卡的背影。

莫妮卡穿的是騎馬裝。而且還不是側坐式的裙子，是以跨坐為前提的裙褲。想來是正準備前去上馬術課吧。

聽到莫妮卡選修課決定選擇馬術時，拉娜雖然吃驚，但得知是擅長騎馬的凱西邀她的，就覺得應該沒有問題，暗自鬆了一口氣。

可是，那位凱西卻突然退學了。

這件事拉娜只透過口耳相傳的風聲略知一二，據說是因為老家的問題，必須緊急退學，返回故鄉才行的樣子。

為了家庭因素退學，在賽蓮蒂亞學園並不是什麼罕見的事。有一定數目的貴族千金，都是因為唐突敲定婚事而退學的。

然而，對於朋友寥寥無幾的莫妮卡而言，凱西的退學一定帶來了巨大的打擊吧。

自從凱西不在之後，莫妮卡變得比平時更垂頭喪氣，和拉娜相處時也莫名地不自在。

就連中飯時間，克勞蒂亞找拉娜鬥嘴時，莫妮卡都顯得有點茫然。

現在也不例外，穿著騎馬裝走路的那道背影，正有氣無力地縮成一團。

拉娜腳步輕快地走向莫妮卡，朝她肩膀小力拍了拍。

「莫妮卡，妳外套的下襬，翻起來了喔。」

「拉娜？啊，哇，真的耶……謝謝妳。」

莫妮卡動作溫吞地整好衣襬，垂下眉角，露出生澀的笑容。她臉上的表情，看起來比往常更為僵硬。

像這種時候，該向消沉的朋友拋出怎樣的話題才好呀？拉娜暗自煩惱起來。

雖然絞盡腦汁想打開話匣子，但浮現在腦海的話題總是三句話不脫流行時尚。莫妮卡對這些事不感興趣，這點道理拉娜還明白。

（莫妮卡也能暢談的話題……校園的事嗎？校慶……對了！）

說起女生會聊得熱絡的話題，就是這個了──拉娜興高采烈地向莫妮卡開口：

「噯，校慶後的舞會上要穿怎樣的禮服，莫妮卡妳已經決定了嗎？」

「咦？」

莫妮卡目瞪口呆地望著拉娜。

就拉娜而言，是已經預計會得到類似「還沒有準備」的回答，但從莫妮卡這個表情來看，莫非……

「莫妮卡，校慶當晚會舉行舞會的事，妳應該清楚吧？」

「嗯，我有看到行事曆上面這樣寫了，可是我本以為鐵定是穿制服就能參加……」

拉娜這才回想起，莫妮卡是個插班生這件事。

在賽蓮蒂亞學園，各類典禮基本上是穿制服參加沒錯，可關於典禮後舉辦的舞會，當然就得各自換上準備好的禮服出席。

更別提校慶與畢業典禮後的舞會，那可是規模數一數二大的盛事。所有出席者無不趁此機會精心打扮一番。

「呃——所以穿制服，不行嗎？」

眼見莫妮卡搓著指頭如此反應，拉娜傻眼地開口：

「我說啊，妳好歹也是學生會幹部，這樣很不妙耶。」

「嗚……」

學生會幹部是必須負責在舞會上控場的。根本就沒有缺席的機會，更遑論是想穿制服出席了，保證出盡洋相。

「莫妮卡，妳有禮服嗎？」

莫妮卡默默地搖頭。

天哪——拉娜伸手按上額頭。距離校慶只剩兩週。實在不覺得莫妮卡有辦法獨自一人準備好禮服。

「不介意的話，可以借妳我以前穿過的禮服。用色跟款式都已經退流行就是了。」

「可、可是……」

莫妮卡吞吞吐吐地低下頭，拉娜見狀，忍不住朝她瞪了起來。

「怎樣啦，嫌棄我穿過的衣服是不是？」

「不是的，那個，我……」

莫妮卡的嗓音顫抖，就好像要哭出來似的。

下垂的不爭氣眉角這會兒揪在一塊兒，圓滾滾的眼眸泛起薄薄的淚光。

「每次每次，我都只是平白無故讓拉娜幫忙，什麼回報，都沒有給妳……」

莫妮卡原本就朝下的頭，垂得愈來愈低，終於到了拉娜只看得見頭頂髮旋的地步。

拉娜伸手按住莫妮卡的髮旋，用指腹壓一壓並開口說道：

「我會幫妳，又不是希望妳給我什麼回報。」

「可是……」

看來，個性一本正經的莫妮卡，似乎是一直為此耿耿於懷。

拉娜放開莫妮卡的髮旋，用鼻子使勁哼了一聲。

「對、對好朋友親切，根本就，不需要什麼理由吧！」

明明是打算說來耍帥的，卻因為難掩害羞，不小心結巴。

正在伸手捲起一旁的頭髮掩飾害羞時，莫妮卡總算緩緩抬頭望向拉娜。

「拉娜，好帥氣……」

聽見這句洋溢著尊敬的低語，拉娜再度哼地一聲得意起來。

莫妮卡也像往常的她一樣，露出了溫吞的笑容。

「那個，謝謝妳，拉娜。」

「不客氣。禮服的尺寸，得配合妳調整一下才行，下次有空到我房間找我吧。話說回來，莫妮卡，妳有束腰嗎？」

「我沒有穿過……」

「啥──？」

過於震驚的拉娜，反射性喊出了毫無淑女格調的叫聲。

拉娜現在就在制服下，束著輕裝用的束腰。只要身為妙齡少女，這點工作都是必修課程。

不過，緊盯著莫妮卡身體觀察一番之後，拉娜就明白了。

這身要說是十歲出頭也絲毫沒人會懷疑的嬌小體態，與其說是苗條，瘦弱更加貼切。容易強調身體曲線的騎馬裝，更凸顯了她過瘦的事實。

「唉～也是啦。根本就沒有肉可以擠嘛。」

「啊嗚～」

即使如此，只要束出小蠻腰，在胸膛塞點東西，還是多少能打造出比較有女人味的體型才對。

這下非得請老家派人把自己十歲出頭時穿過的束腰送來不可──拉娜暗自在內心發誓。

＊　＊　＊

立於利迪爾王國魔術師頂點的七賢人之一──〈沉默魔女〉莫妮卡．艾瓦雷特是個極度怕生的少女。

只要是必須面對他人的場合，基本上都讓她大感棘手，嚴重時還可能因緊張過度而暈倒。正因如此，莫妮卡成天都守在山間小屋裡足不出戶，忘情於研究魔術或經手數字相關工作。

可是，與她同期的〈結界魔術師〉路易斯．米萊卻硬把護衛第二王子的任務強塞給她，害莫妮卡心不甘情不願地以插班生的身分轉進第二王子就讀的賽蓮蒂亞學園。

賽蓮蒂亞學園是專收貴族子弟的名校。對於能力朝魔術與數學方面特化的莫妮卡而言，貴族子女們必學的禮儀知識或社交舞等學問，全都屬於未知的領域。

即使如此，她還是在朋友們的幫助下，跨越了各式各樣的困境。如今，莫妮卡準備面臨的新挑戰，乃是其中一門選修課──馬術。

「我是賽蓮蒂亞學園高中部二年級生，名叫莫妮卡．諾頓。今天，還請多多指教！」

光陰似箭，莫妮卡已經在賽蓮蒂亞學園度過了一個半月。

順利避免大舌頭，以目前為止最流利的口吻完成自我介紹的莫妮卡，向眼前的馬兒恭敬地鞠躬示意。

……是的，向馬兒流利自介。

理所當然，並沒有得到人類般的回應，馬兒只是自顧自地發出嘶嘶鳴叫。

（今、今天要好好，加油嘍——）

近來總是消沉不已的莫妮卡，由於在上課前與拉娜交談過，總算稍微取回了一點活力。

她就這麼把這些微乎其微的活力凝聚起來，化作幹勁一口氣登上馬背。不用說，實際上有教師在一旁出手幫忙，否則她一個人是辦不到的。

（好、好高。怎麼這麼高……！）

以往完全沒有騎馬經驗的莫妮卡，面對眼前超乎想像的高度，頓時緊張得渾身僵硬。

莫妮卡絕非患有懼高症，但身處平時不習慣的高處，激發的爽快感還是不如深怕摔落的恐懼來得強烈。

眼見莫妮卡僵在馬背上動彈不得，慣於御馬的老教師以沉穩的嗓音開口：

「首先，就試著在這一帶緩緩行進吧。」

「好、好的——」

馬兒開始緩緩邁步。速度相當和緩，就與人步行的感覺無異……不過——

「嗶呀啊——？」

馬兒步行所帶來的些微振動，已經足以讓莫妮卡從馬背上滾落。

「喂，有女生落馬了！」

「是學生會的莫妮卡．諾頓吧。」

「到底是要怎樣，才會從單純步行的馬背上摔下來啊？」

周圍的視線與交頭接耳的閒言閒語，令莫妮卡忍不住抽噎起來。

莫妮卡是個登峰造極的運動白痴。不但笨手笨腳，平衡感又差，在毫無異狀的平地摔跤也只是家常便飯。

就騎馬而言，她欠缺平衡感的程度可謂相當致命。

馬兒步行時產生的搖晃，或是轉彎時造成的傾斜。光是這點芝麻綠豆的小事，就能夠讓身體如石像般僵硬的莫妮卡，自馬背一路翻落地面。

「唔嗚～好痛……」

之後，莫妮卡一共挑戰了三次，每次都騎不到一分鐘便落馬。無論撞上地面的衝擊，還是來自周圍的傻眼目光，都讓她渾身疼痛不已。

（為什麼，大家理所當然辦得到的事情，我就是辦不到呢……）

莫妮卡緊咬嘴唇，在內心暗自低語。但其實，莫妮卡自己心裡有數。

為什麼，大家理所當然辦得到的事情，莫妮卡卻辦不到？那是因為，莫妮卡一直在逃避，把「大家都有好好做的事」置之不理。

把四散的活力再度凝聚，莫妮卡握緊拳頭，重新抬頭面對馬兒。

（我想要，學會騎馬。想練到能自在騎馬的程度，然後……）

腦海裡浮現的，是紮著馬尾的少女，以及她落寞的笑容。

（有朝一日，讓凱西……）

「這可真驚人，沒想到妳竟然決定選馬術課。」

來自背後的這道熟悉嗓音，令莫妮卡當場僵在原地。

啊啊～這個人為什麼老是這樣，都愛趁我不注意時從背後搭話呢。

腦袋裡思考著這些事情的同時，回過身來一看，果真不出所料，一雙美麗的碧綠眼眸立刻與自己四目相接。

「殿，下～……」

「嗯，比喊成殿殿的時期進化不少嘍。」

王國第二王子，莫妮卡護衛任務的目標——菲利克斯・亞克・利迪爾正遮著嘴邊不停竊笑。

沒想到，菲利克斯竟然也選了馬術課。

在震驚到呆立原地的莫妮卡面前，菲利克斯俐落地跨上了馬背。不過他並沒騎在鞍上，而是跨坐在馬鞍後方，比較容易搖晃的位置。

接著，他朝莫妮卡伸出了手。

「上來吧。」

「咦？」

「指導學弟妹，是學長姊的工作呀。」

讓菲利克斯親自指導，肯定會在負面意義上引人注目，可能的話非常想避免這種發展。但是，內心「想要學好騎馬」的心情，戰勝了這種想法。

莫妮卡向菲利克斯使勁一鞠躬，開口說道：

「請、請多多，煮教！」

難得剛剛才流利地問候馬兒，結果一換成向人開口，馬上就這副德行。

抱著對不長進的自己失望的心情，莫妮卡握住了菲利克斯的手。

菲利克斯隨手一抽，將莫妮卡輕輕拉上馬背。他身材雖然纖瘦，卻臂力十足。

「騎馬講究的就是姿勢。要隨時挺直背脊，並且稍稍挺胸。」

「好的——」

自己一個人騎的時候太害怕，忍不住就會向前彎腰駝背，但既然有人在背後支撐自己，就比較放心了。

「身體不要太用力。讓雙腿自然朝地面直直下垂。接著就是抬頭平視前方，試著朝遠處望望看……沒錯，做得很好。那我們稍微讓馬兒起步走走吧。」

說著說著，菲利克斯朝馬肚輕輕踢了踢，馬隨即老實地邁出步伐。

莫妮卡剛猛力抓緊轠繩，菲利克斯就伸手包住了她的拳頭。

「要向馬兒下達指示時，不要只顧著依賴轠繩。如果拉轠繩拉得太凶，會把馬兒弄痛喔。」

這麼一提，剛才落馬的時候，好像確實因為緊張而猛扯了轠繩。

莫妮卡低頭望向馬兒，垂下了眉角。

「剛剛，不小心弄痛你……了嗎？對不起喔。」

雖然不覺得能透過言語溝通，但馬跟著用鼻子噗嚕了一聲。

目睹此景，菲利克斯帶著略顯意外的語調提問：

「難道說，妳並不覺得馬兒可怕嗎？」

「咦？呃——那個～……馬，我並不會怕。」

從高處摔落雖然很嚇人，但馬本身絕非莫妮卡恐懼的對象。

……不如說，人遠比馬更讓莫妮卡害怕。

聽到這番回答，菲利克斯輕輕「嗯哼～」地應了一聲。

兩人就這麼不發一語地讓馬兒走上一陣子，不久，前方一顆大石頭出現在視野內。那是課堂上刻意設置來當作障礙物的。

莫妮卡反射性猛握韁繩，菲利克斯立刻朝拳頭輕輕敲了敲。

「想對馬下指示的話，首先可以試著透過腳與重心的移動。韁繩終究只是輔助。」

語畢，菲利克斯稍微將重心傾斜，單是這麼個小動作，就讓馬確實改變走向，閃開了障礙物。

也不知是不是錯覺，馬似乎遠較剛才莫妮卡自己騎的時候冷靜。

「這孩子，比剛剛來得安分……多了。」

「馬是很敏感的生物嘛。如果騎手內心緊張，馬兒也會受到影響的。」

「原來如此……」

換言之，剛剛大概是莫妮卡內心的緊張原封不動地傳給了馬，害馬沒辦法保持冷靜。

「首先就試著學會保持正確的姿勢吧。只要掌好好握住姿勢與ＴＲＯＴ（快步）的訣竅，短時間內就能熟練了。」

「拖駱駝（TROT）？」

「就是在馬兒跑步時，配合一、二這樣的節拍，反覆起身與坐下。這樣做可以避開振動，減少騎手的負擔，也比較容易保持平衡。」

原來如此，看來所謂的騎馬，並不是只要呆坐著握住轠繩就沒事了。

（所以騎馬的節奏是二進位制呀……重視姿勢與節拍，這部分似乎與跳舞，有點像？）

果然，如果不自己實地接觸實際體驗，很多事情是無法了解透徹的。

就在莫妮卡默默點頭，重新領會這個道理時，菲利克斯又從背後低語了一聲「姿勢」。

莫妮卡這才慌忙把背部挺直。早已習慣駝背的她，只要稍一鬆懈，就馬上會向前彎腰。

「要是保持前傾，就很容易因為一點小狀況向前翻倒。相反的，太過向後仰也容易失去平衡。試著隨時注意，保持直挺挺的姿勢吧。」

「好的——」

莫妮卡開始回想練習社交舞的過程。

（保持抬頭挺胸，避免過度使力。）

在內心把學到的訣竅一條一條覆誦後，莫妮卡喃喃自語了起來。

「原來，抬頭挺胸……」

「嗯？」

「在各式各樣的場合，都是很有幫助的呢。」

菲利克斯露出一抹微笑，答道：「是呀。」

「話又說回來，真的很意外呢。諾頓小姐竟然會選擇馬術課。是有什麼特別的理由嗎？」

莫妮卡的社交舞成績差到只能用毀滅性來形容，這樣的她竟然會主動選擇馬術課，看在旁人眼裡想必很不可思議吧。

在利迪爾王國，某些地域確實有女性騎馬的風潮，但住在都市區域的人基本上不太有這樣的機會。更遑論是貴族千金了，馬術課也找不到多少女同學的身影。

莫妮卡合上張開的嘴巴，在腦內仔細整理打算出口的內容。

自從凱西從校園內消失，莫妮卡內心始終糾結不已。其實，如果想要改修其他課程，直到正式上課之前，都還是可以提出改選申請。

然而莫妮卡卻沒有提出，決定按原本的計畫選擇馬術與棋藝這兩門課。

「我有一個，朋友。我希望將來有天能告訴她……我已經，學會騎馬了。」

實際開口宣言後，感覺自己稍微湧現了一點力量。

聽到莫妮卡笨拙的宣言，菲利克斯帶著沉穩的嗓音回應：

「妳口中的那位朋友，是指凱西．古洛布小姐嗎？搬入資材時和妳待在一起的那位。她好像突然退學了嘛。」

瞬間，心臟狂跳不已。

在搬入資材時發生的木材倒塌事件。那其實是凱西引起的。

表面上，那起事件應該已經處理為意外，凱西所裝設的暗殺用魔導具也被路易斯回收了。菲利克斯照理說該對此一無所知。

即使如此，光是菲利克斯口中道出凱西的名字，就令莫妮卡不得不為之動搖。

（萬一，凱西覬覦殿下性命的事實曝光，就會被處刑……）

或許是莫妮卡內心的動搖表現在轠繩上，馬前進的步調出現了些許紊亂。

安撫著馬兒的菲利克斯，靜靜地開口接話：

「從那天以來，妳就一直悶悶不樂。」

「咦……啊，呃——是這樣子，嗎？」

「是啊。所以說，知道妳願意擺出積極的態度挑戰馬術課，我總算安心了點。」

積極什麼的，簡直就是個與自己最搭不上邊的詞彙呀——莫妮卡心想。

可即使如此，倘若莫妮卡真的湧現了些微的積極態度……那一定都是多虧了那些始終掛念莫妮卡，主動將勇氣分給她，像拉娜那樣，溫柔又善良的人們。

正因此，現在的莫妮卡能夠許下心願，希望與凱西重逢的「有朝一日」能夠到來。

能夠給自己定下目標，希望到時能夠帶著笑容，表示自己已經學會騎馬了。

「內心有目標是件好事。要是將來有一天，妳能抬頭挺胸告訴那位朋友就好了。」

菲利克斯雖然總愛調侃莫妮卡，但絕不會輕視她。

這讓莫妮卡相當開心，嘴角忍不住微微蠢動了起來。

「是的。呃——……這麼一提，請問殿下又是，為什麼會選擇馬術課，呢？」

第二王子菲利克斯．亞克．利迪爾是一位被捧為全能天才的優秀人士。馬術的本領據說也不同凡響。

明明如此，卻刻意在選修課選擇了馬術，該不會有什麼理由吧？

面對莫妮卡的提問，菲利克斯回答的語調感覺上夾雜了幾分喜悅。

「就只有馬術課，我每年都非選不可。」

「每年？所以殿下很喜歡騎馬嗎？」

「這也是其中一個原因，不過……嗯，就特別告訴妳吧。」

帶著惡作劇口吻回答之後，菲利克斯輕輕踢了踢馬肚。

緊接著，馬便脫離練習用的路線，開始朝森林深處前進。這裡是熟練者專用的路線。

「殿下？咦，咦？那個，這是要上哪兒去？」

「這個嘛，就等妳自個兒用眼睛確認吧。」

就連這句答覆，也隱約洋溢著興奮之情。

＊＊＊

校園後方的森林裡，以固定的間隔種植著紅色與黃色的橡樹。這一帶屬於馬術課會使用的路線，因此似乎有施予一定程度的人力維護，確保馬匹容易行走。

這樣感覺上至少可以騎得安心了……才剛這麼想，馬就唐突地脫離正規道路，闖進樹木與樹木之間。

「殿下，不好了，我們偏離正規道路了！」

「嗯，因為這樣才能抵達我的目的地。」

「……咦？」

小小歪頭感到不解的莫妮卡，抬頭望了望菲利克斯。

菲利克斯雖然掛著一如往常的祥和笑容，不過嘴角略顯上揚，感覺似是有些雀躍。

「喔，來。妳看上面。」

菲利克斯仰望著上空的碧綠眼眸，在林縫間灑落的陽光映照下，不停閃耀著光采。

莫妮卡反射性跟著抬頭朝天空望去，並且看到了──

秋日的萬里晴空下，一望無際的藍天高掛著幾朵白雲。橫越雲朵中央的除了成群飛鳥，還有一位金茶色頭髮的青年──總是朝氣十足的古蓮．達德利。

「嘎啊──！危險危險危險！拜託別啄我好唄──！」

看來，古蓮正遭到緊跟在後的鳥群糾纏。

莫妮卡將視線從上空移回菲利克斯身上。

「呃──請問？」

菲利克斯還是依然抬著頭，帶著略顯開心的表情望著在天空來回飛行逃竄的古蓮。

正當莫妮卡煩惱著該怎麼搭話時，菲利克斯突然「啊」了一聲。

「掉下來了。」

「咦咦──？」

慌忙抬頭一看，遭到鳥群圍攻的古蓮正在急速下墜……幸好千鈞一髮之際挺住了。就在離地面不遠的位置有如定格般靜止一會兒之後，古蓮才緩緩落地。

古蓮降落的地點，可以看見好幾位同學的身影。

「那邊是實踐魔術授課的場所。不過，用得了飛行魔術的人，再怎麼說也頂多就達德利同學吧。」

原來如此，菲利克斯伸出手指示意的方向，有幾位同學正在練習初級魔術。

「達德利同學可真是了得。飛行魔術的術式本身雖然稱不上多複雜，但魔力操作方面的難度卻相當高。最重要的，是運用上講求高度平衡感，所以就連上級魔術師都沒多少人會用呢。」

最後那條說明，無非正是莫妮卡用不了飛行魔術的理由。

身為七賢人，莫妮卡對飛行魔術的魔術式可說是了解得無比透徹，也確實能精準操作魔力。

但哀傷的是，因為她平衡感糟得致命，用不了多久就會被重重砸在地面上。換句話說，就是跟騎馬的狀況相同。

話又說回來，現在詭異的是菲利克斯。是多心了嗎，總覺得他對魔術了解得莫名詳盡。

（飛行魔術難度偏高這點算是一般常識，殿下會知道也不奇怪，可是……）

還在為此起疑，馬兒又噠噠噠地轉換了行進方向。

這次要上哪兒去呀？——內心感到不明就裡的下一瞬間，身體忽然寒毛直豎。

這種有如穿越不可視薄膜的感覺……這個是，在通過結界時特有的現象。

（而且，這還不是單純的防禦結界……難道說！）

驚覺有異而抬頭的莫妮卡，臉頰遭到一陣冷風拂過。那陣圍繞著有如寒冬般冰冷氣息的風，來自森林的深處。

仔細一看，深處的空地可以瞧見兩道人影。雙方都是賽蓮蒂亞學園的學生。

正快速低語詠唱的，是莫妮卡不認識的金髮青年。與青年對峙的，則是將銀髮紮在後頸的精瘦青年——學生會副會長希利爾．艾仕利。

金髮的男同學詠唱完畢後，向希利爾伸出指尖。緊接著，一道要兩手才抱得住的火球，便迅速從他的指尖射出。

同時結束詠唱的希利爾也不落人後，在眼前製造出一道冰牆擋下火球。

火球隨著四散的蒸氣消失無蹤，而冰牆卻幾乎毫髮無傷，好端端留在原地。

「那是……」

喃喃自語的莫妮卡，身後傳來菲利克斯的耳語。

「這裡是高度實踐魔術上課的地點。他們正在打所謂的魔法戰，也就是在特殊結界中進行的魔法限定模擬戰喔。」

魔法戰——那對莫妮卡來說，是再熟悉不過的一種比試。

再怎麼說，魔法戰的發祥之地，就是利迪爾王國魔術師養成機構的最高峰，亦即莫妮卡曾經就讀的米妮瓦。

原則上，進行魔法戰時，只准使用魔術或魔導具這類透過魔力發動的攻擊，除此之外一律禁止。

在結界內遭到攻擊雖然不會受傷，但承受的傷害會反映在魔力的減少上。中招的攻擊魔術威力愈大，減少的魔力就愈多。

魔法戰的規則，就是魔力先耗盡的一方落敗。

從前在米妮瓦，似乎曾經出現在魔法戰中主打物理攻擊的學生。

魔術只用來當作障眼法，主力攻擊在於向對戰同學拳打腳踢，這種離經叛道的戰鬥方式令米妮瓦教師群傷透了腦筋。據說就是因此，才會改良研發出這種物理攻擊無法奏效的特殊結界。

（好懷念喔～魔法戰。在七賢人甄選會上，好像也強迫我們打過嘛……）

在結界中雖然不管被多強力的魔術命中都不會受傷，但還是會感受到痛楚與衝擊。

所以，拒疼痛與恐懼於千里之外的莫妮卡，基本上不太會主動參與魔法戰。

就讀米妮瓦時雖然也被強迫下海了好幾次，但內心說實話只覺得害怕，留下的盡是些四處逃竄的回

憶。

在遙想當年的莫妮卡面前上演的，正是希利爾完封對手攻擊魔術的場面。

「他的對手可是魔法戰社的社長呢，真有一套。」

「希利爾大人，好強啊。」

「是呀，在我們學校，用得了短縮詠唱的人大概也只有希利爾……嗯，全校最強的同學八成就是他了吧。」

耳朵雖然聽著菲利克斯講解的聲音，但莫妮卡正心不在焉地用視線追逐著希利爾的身影。

自菲利克斯暗殺未遂事件以來，大致經過了一個星期。暗殺用魔導具〈螺炎〉已順利回收，犯人凱西也以家庭因素為名目退學，一切都在檯面下處理完畢了。

唯有一個環節公諸於世，那就是凱西為了製造不在場證明而引發的，資材搬入時的木材倒塌事件。

就只有這件事確實留下了記錄。

固定木材的繩索是被凱西刻意切開的。然而，當時碰巧在場的希利爾，一直認定是自己確認不足所致，為此自責不已。

菲利克斯並未怪罪希利爾，即使如此，希利爾仍無法原諒自己。

遭捲入事件的莫妮卡，明白錯不在希利爾身上。偏偏卻無法這樣開口主張。因為，倘若那起木材倒塌事件是凱西所策畫一事曝光，就會連帶挖出暗殺未遂事件的真相。

一想起上週的點點滴滴，莫妮卡又消沉了起來。

事件發生當天，莫妮卡雖然不能道出真相，卻因為罪惡感的壓迫，忍不住在學生會室哇哇大哭。

在場目睹此景的希利爾與尼爾，次日起都對此避而不談。這份體貼既教人感謝，又令人深感過意不去。

（有沒有什麼，是我能為希利爾大人做的事呢……）

指導莫妮卡如何辦公、在莫妮卡倒下時代為處理業務，又沖巧克力給莫妮卡打氣，希利爾總是在莫妮卡有所需要的時候，為她雪中送炭。

也不單只是希利爾。同班同學拉娜、同屬學生會幹部的尼爾、任務協助者伊莎貝爾……自從來到這所學校，莫妮卡一直受到好多好多人的幫助。

自己到底該為了這些溫柔的人們，付出怎樣的回報才好？

拉娜說過了——自己並不是想追求什麼回報，對朋友親切根本不需要什麼理由，等等。

有朝一日，自己是不是也能夠像她那樣，堅強到足以對某人這麼說呢？

（要是可以，就好了。）

暗中思索著這些事情時，菲利克斯突然輕輕拍了拍莫妮卡的肩膀。

「來，快樂的散步時光差不多結束了，回到原本的路線去吧。」

說著說著，菲利克斯令馬匹朝原本的道路邁步。

稍稍仰頭偷瞄菲利克斯一眼，感覺他心情正愉快有加。

「殿下之所以每年必選馬術課，是為了像這樣，偷窺實踐魔術課的授課情景嗎？」

「這也是一種進修喔。了解魔術能做到什麼程度的事情，在出事時就能提升下達判斷的速度。」

「原來，如此……？」

菲利克斯嘴巴上說是在進修，可總覺得理由並不只如此。

因為，望著古蓮與希利爾時，菲利克斯的眼神是那麼樣地閃閃發光。

（可是，殿下又說他用不了魔術……）

「諾頓小姐，姿勢，姿勢。」

「好、好的——」

看來在思考的時候，自己又無意間駝背了。莫妮卡連忙挺直背脊。

必須思考的事情雖然很多，但是在馬背這種陌生的環境下，原本能整理出的結論也整理不出來。

現在還是專心騎馬吧——莫妮卡集中注意力，擺出了端正的姿勢。

✦第二章　不守本分

在賽蓮蒂亞學園，每年要選擇兩門科目作為選修課。

莫妮卡第一門課選了馬術，第二門則是棋藝。在馬術課結束的兩天後，為了正式上第一堂棋藝課，莫妮卡正朝選修課的指定教室走去。

在觀摩會上雖然與艾利歐特下過一盤，但那時自己還對規則一無所知，這次則姑且有事先預習了教材。

正當自己在走廊上反芻著昨晚熬夜熟讀的教材內容時，走著走著，背後忽然傳來一陣朝氣十足的嗓音喚住自己。

「喂——莫妮卡！」

回頭一看，結果不出所料，一位金茶色頭髮的高個兒青年——古蓮正活力充沛地向自己招手。身旁還跟著個頭嬌小的尼爾，以及尼爾的未婚妻，身材高䠷的美女克勞蒂亞。這樣的組合感覺有點新奇。

莫妮卡立刻向三人點頭問候。

「午安。呃——……大家選的課都一樣嗎？」

「一點也沒錯，我們正準備要去上基礎魔術學哩！」

前兩天，用飛行魔術飛天的課程是以實技形式練習魔術的實踐魔術課。而今天的基礎魔術學則是以課堂講習為主。只要修畢這兩門課，明年就可以修習高度實踐魔術課。

高度實踐魔術課是希利爾正在修習的科目。看來古蓮也考慮明年要跟進。
「實踐魔術可以實際使用好多魔術，上起來很開心，可是今天就必須關在教室裡聽講了……尼爾，拜託在我打瞌睡時叫醒我唄。」
聽到古蓮一開始就以會打瞌睡為前提開口，尼爾不由得苦笑起來。這時，克勞蒂亞伸出手臂勾起了尼爾的手。
「只要打瞌睡就能讓尼爾叫醒嗎？這樣啊……聽到一件好消息了。」
「那個，克勞蒂亞小姐妳不會打什麼瞌睡對吧？」
面對一臉困惑的尼爾，克勞蒂亞無言地笑了起來。那笑容與其說是微笑，用邪笑形容更為貼切。是一種意味深長的邪惡笑容。
瞥了這樣的兩人一眼，古蓮興致勃勃地望向莫妮卡抱在胸前的教材，開口發問：
「莫妮卡選的是什麼課呀？」
「我選的，是馬術跟棋藝……然後今天要上的，是棋藝課。」
「棋藝啊～總覺得，好像難度很高哩。」
在道出直率感想的古蓮身旁，尼爾笑咪咪地插了嘴：
「哇～好懷念喔～我跟克勞蒂亞小姐去年也選了棋藝課呢。對吧，克勞蒂亞小姐。」
「……嗯～是呀。」
相對於笑容滿面的尼爾，克勞蒂亞的表情顯得黯淡不已。
克勞蒂亞雖然是位成天散發陰鬱氣場的千金大小姐，可就在聽到棋藝課三個字的瞬間，那道氣場感覺上又變得更加沉重了起來。

以前，到底發生過什麼事呀……莫妮卡正為此不知所措，肩頭就突然一沉，感覺被施加了某種壓力。

而且這壓力並非來自克勞蒂亞釋放的陰鬱氣場。是物理性的負荷，有人把手搭上了莫妮卡的肩膀。

動作僵硬地回過頭來，便當場與一對俯視著自己的雙眼四目交接。那是學生會書記——艾利歐特・霍華德。

「嗨～小松鼠。妳等下要上棋藝課對吧。既然選了一樣的課，咱們就一同動身吧。」

臉上掛的雖然是開朗的笑容，艾利歐特的真意卻教人摸不透，害莫妮卡緊張到身體動彈不得。

艾利歐特是一個奉行階級至上主義的人，正因此，他對於平民出身卻獲選為學生會幹部的莫妮卡相當不以為然。

遇到冒充艾柏特商會成員的入侵者時，艾利歐特這麼說過——

我跟毫無背負半點責任的妳，是不一樣的。

這一定是他在看待莫妮卡時，內心最真切的想法。

仔細一想，自那場騷動以來，艾利歐特都忙著為事件善後四處奔波，莫妮卡和他連好好交談的機會都沒有。

（唔嗚～氣氛好凝重……）

抱著教材低頭的同時，搭在肩上的手突然開始使力。

艾利歐特語調不羈地開口：

「還不快走。」

「好、好的——」

莫妮卡向古蓮一行人點頭致意，隨著艾利歐特一起離開現場。

艾利歐特什麼也沒說，只是一個勁兒快步前行，所以莫妮卡必須小跑步才追得上他。為了不要跟丟艾利歐特，莫妮卡呼呼喘著大氣跑個不停。

總算抵達教室後，莫妮卡正為了要坐在哪個位子傷腦筋，艾利歐特便努著下巴朝窗邊的座位示意。

「就那兒，坐吧。來下一盤啊。」

說著說著，不待莫妮卡回應，艾利歐特已經從櫃子裡取出棋盤。

莫妮卡按吩咐就坐後，艾利歐特兩手各掏出一只棋子，分別是白色與黑色的國王，並伸手到桌面下合掌幾度交換，再將雙拳舉至莫妮卡面前。

「選個喜歡的吧。」

「那、那～呃——……那就，這邊。」

打開莫妮卡指定的拳頭，掌心出現的是黑色國王。

白方的艾利歐特先攻，莫妮卡則是後攻的黑方。

莫妮卡還在笨手笨腳地排黑方的棋，早已完事的艾利歐特就托著腮，向她「嗳～」了一聲。

聞言，莫妮卡停下擺棋的手，抬頭望向艾利歐特。

「是、是的——……請問，有什麼事？」

「上次那盤，觀摩會上的對局。」

艾利歐特用指尖戳著棋子，以喃喃自語的態度接話。

「我明明就沒教過妳入堡相關規則，自己卻靠著入堡取勝……為什麼，妳不在大家面前揭穿這件事？」

莫妮卡不解地眨眼。

觀摩會上的對局——生平第一盤棋，自己到現在仍記憶猶新。

艾利歐特讓了一子皇后，還放莫妮卡先攻的那盤棋。

序盤為止的優勢都在莫妮卡這方。但，在最後的最後，艾利歐特用上了能只花一步就讓國王與城堡同時動作的入堡，莫妮卡因而吞敗。

在那時，莫妮卡根本不曉得有入堡這種特殊規則存在，故可說是理所當然的敗北。

眼見莫妮卡煩惱著不知如何回答，艾利歐特又繼續開口：

「諾頓小姐，妳應該是有權利指責我的。指責我那樣的作法並不公平。」

莫妮卡忽地想起——

這幾天來，艾利歐特在學生會總是欲言又止地走向莫妮卡，但還沒開口又拉開距離。那些反覆上演的詭異舉動，該不會就是想要談這件事吧？

「呃——關於這個……」

慎重選擇用詞的同時，莫妮卡答道：

「若是我某位熟識的人，一定會向我這麼說……」

浮現在莫妮卡腦海的，是同屬七賢人的同期——〈結界魔術師〉路易斯．米萊。

換作是他，肯定一字不差地如此揚言——

「『連正式規則都沒事先調查清楚，就把他人的解說囫圇吞棗下場比試，只能怪妳自己蠢喔』……這樣。」

莫妮卡這番回答，聽得艾利歐特啞口無言，嘴巴都忘了合上。

「慢著，妳那什麼熟人的個性是不是很有問題啊？」

「呃──可是，我真的也覺得，事實就像這樣沒錯……之前，請他教我玩牌的時候，他也是對我這麼說──『勝負早在上牌桌之前就開始了』。」

艾利歐特長嘆一口大氣，雙手高舉擺出投降的動作。

「喂喂喂，饒了我吧。我可不是因為想坑妳一把才故意不教妳入堡的。說實話，我根本就覺得入堡之類的規則門外漢聽也聽不懂，還以為連入堡都用不著就能輕鬆取勝，是我把妳看扁了啊。」

莫妮卡曖昧地「喔……」了一聲，艾利歐特見狀，露出苦澀的表情。接著，他伸手撥起頭髮，原本梳理整齊的瀏海就這麼被撥得一團亂。

「聽了這些該生氣才對吧？我不但瞧不起諾頓小姐妳，還自個兒惱羞成怒，用上教都沒教妳的入堡硬是搶下一勝耶。這種作法豈止不公平，根本是貴族該引以為恥，絕不能做出的舉動啊。」

「呃──……那個……」

莫妮卡煩惱了起來。她完全無法理解，自己到底該為了艾利歐特這番話的哪個環節生氣。

關於遭人瞧不起這件事，莫妮卡從未有過因此動怒的印象。真要說起來，被人莫名捧上天還比較讓她頭痛。

至於艾利歐特沒教自己入堡這點，莫妮卡也想不出有什麼好責怪他的理由。畢竟，莫妮卡相信是沒事先查明規則的自己不好。

到頭來，莫妮卡只能搓著手指，低聲咕噥道：

「真的很抱歉。我實在想不到，有什麼該生氣的，理由。」

話一出口，艾利歐特不知為何驚訝地睜大了他的下垂眼。

自己說的話有那麼奇怪嗎？心裡雖感困惑，莫妮卡還是繼續解釋：

「我只要，能夠學會下棋就行了，所以……」

動手排好剩下的棋子，莫妮卡望向艾利歐特開口：

「對局，請多多指教。」

莫妮卡臉上的表情消失了。那稚氣未脫的臉蛋已不見方才的戰戰兢兢，而是帶著沉穩恬靜的眼神等待艾利歐特的第一手棋。

艾利歐特緩緩吐了一口氣，伸手執起一只白色士兵。

「別期待我放水，我會贏的。」

「能夠這樣，我才比較開心。」

「很敢說嘛，等下可別輸到哭出來啊，小松鼠。」

操著莫名喜悅的嗓音，艾利歐特動起了棋子。

＊＊＊

那是戴資維伯爵嫡子——艾利歐特．霍華德還年僅六歲時發生的事。

在父親帶領下，艾利歐特初次到訪克拉克福特公爵宅邸，並邂逅公爵之外孫——王國第二王子菲利克斯．亞克．利迪爾。

菲利克斯與艾利歐特同齡。他似乎體弱多病，為了療養，才會離開城堡住到外祖父的家。之所以會帶艾利歐特來到宅邸，就是為了當這位第二王子的玩伴。

可是，艾利歐特卻很討厭菲利克斯。

菲利克斯是個笨手笨腳的少年，運動神經奇差無比。

他瘦弱到連訓練用的劍都舉不起來，而且若沒有侍從在後支撐，就連馬都沒辦法好好騎。

社交舞更是跳得一場糊塗。再加上記性不佳，考試的成績完全不堪入目。真的就是個幹什麼都不行的無用廢柴。

豈止如此，菲利克斯甚至異常怕生。在外人面前連話都說不好，沒事就咬到舌頭低頭不語，想要他好好打招呼比登天還難。

比起菲利克斯，那個老待在他身邊的少年侍從，言行舉止都比一國王子來得落落大方許多，情況就是這麼嚴重。

艾利歐特幾乎要同情起那位少年侍從，竟然必須服侍一個這麼廢的矮冬瓜主子，肯定吃盡了苦頭。

菲利克斯明明這麼無能，將來有一天，他卻可能會立於自己之上。光想到這裡，艾利歐特就難以自拔地怒火中燒。

所以，那時的艾利歐特就在符合六歲年紀的惡作劇心態驅使下，有事沒事就數落菲利克斯，揶揄菲利克斯。

每每遭到艾利歐特冷言冷語，菲利克斯就會難過地低頭這麼說：

「沒能好好表現，真的很抱歉……」

多悽慘的傢伙啊。明明是個身分遠較艾利歐特高上許多的人。

明明他總有一天，必須立於萬人之上才行。

事事不如人的菲利克斯，就只有一項特長的知識格外豐富。那就是天文學。

明明王族進修天文學也派不上任何用場，菲利克斯卻只要談及星星，雙眼就閃閃發亮，一有閒暇就偷看天文相關讀物。

所以，艾利歐特故意瞞著大人與侍從，把菲利克斯珍愛的天文學書籍偷偷藏到了庭園的樹上。

一如所料，菲利克斯哭喪著臉，懇求艾利歐特把書還給他。

「書就放在那棵樹上啊。那樹又沒多高，這點程度很輕鬆就能拿到吧？」

菲利克斯一臉鐵青地抬頭望向樹木。要一個運動神經奇差無比的小男孩自個兒爬到樹上，根本是天方夜譚。

對此心知肚明的艾利歐特，不懷好意地笑著挑釁少年。

「要像平常那樣，哭著找你的侍從幫忙嗎？還是要去拜託你偉大的外公？說你自己一個人什麼都辦不到～」

「……………唔……」

菲利克斯一臉嚴肅地仰頭望向樹木，一會兒之後，終於緊咬嘴唇，開始奮力爬樹。

可是，他手腳使力的方式完全不像樣。才只爬了幾下，菲利克斯就嘎答嘎答地渾身發抖，再也動彈不得。

「膽小鬼。」

聽到艾利歐特如此低聲數落，菲利克斯硬是向樹枝伸出顫抖的手臂……但卻沒能抓好樹枝，硬生生跌落在地。

畢竟不是多麼大不了的高度，艾利歐特就只是默默地冷眼旁觀，然而倒在地面上的菲利克斯，模樣卻顯得有點不對勁。

忐忑不安地走近一看，才發現菲利克斯的側腹刺進了一枝銳利的樹枝。那是碰巧落在地面上的樹枝，菲利克斯墜地時不幸壓到了。以樹枝刺傷的部位為中心，菲利克斯衣物上的鮮紅色開始逐漸染開。

艾利歐特臉色蒼白地慘叫起來，向大人們求救。

「你知道自己幹了什麼好事嗎！」

如此開口斥責的父親，朝艾利歐特的臉頰賞了一拳。

艾利歐特沒有找藉口開脫。他知道一切都是肇因於自己輕率的舉動。

菲利克斯傷得不深，不會危及性命。但，傷口還是必須縫上幾針才能痊癒。

「你讓那位大人留下了一輩子也無法磨滅的傷痕。如此的罪行，就憑你這條命根本賠不起。」

口出此言的父親，已經做好了賠上自己人頭的心理準備。

這時，卻有人從旁插嘴，那就是剛結束治療的菲利克斯。

「請先等一等！」

在少年侍從的扶持下，菲利克斯硬撐起自己的雙腿站直。

他的臉色發青，不停滲出冷汗。這也是當然的，不久之前，他才剛結束傷口的縫合手術。

「不是艾利歐特的錯，是我自己惡作劇，爬到樹上去的。艾利歐特不但百般阻止，我不慎失足時，他還挺身保護我。」

徹底的瞞天大謊。菲利克斯墜地的瞬間，艾利歐特只是在一旁冷笑而已。還自以為那種高度根本不可能受傷。

結果，多虧了菲利克斯的包庇，艾利歐特總算免除責罰。

父親也保住了項上人頭。

之後，艾利歐特闖進菲利克斯的房間，開口質問：

「你為什麼要包庇我？那場意外明明是我的錯啊？你被我害得受重傷不是嗎？」

難不成是想賣自己人情嗎？正當艾利歐特浮現這種猜疑時，菲利克斯一臉為難地垂下眉角，孱弱地笑了笑。

「從樹上摔下來，只能怪我自己太不會爬樹。所以說，我想不到必須責備艾利歐特的理由。」

口吻之冷靜，簡直就像在闡述理所當然的言論一般。

這個小男孩是真心認為，沒能好好爬樹，是他自己不好。

「……等你傷好了，我再教你怎麼爬樹。」

聽到艾利歐特這麼嘀咕，菲利克斯水藍色的眼睛立刻閃閃發亮起來。

「真的嗎？好開心。我從以前就在想，如果能從樹上看，星星看起來一定更漂亮呢。」

說著說著，菲利克斯笑了起來，那是一臉發自內心喜悅的笑容。

＊＊＊

往事之所以在腦海內唐突復甦，是因為莫妮卡·諾頓的言論，與記憶中的少年重合了。

面對艾利歐特提出「為什麼不怪我」的質疑，莫妮卡的回答是「想不到生氣的理由」。

而且用的還是與那位少年同樣的表情。

（喔……這下總算搞懂了……所以「那傢伙」才會那麼眷顧諾頓小姐嗎！）

在腦海的一角浮現這種想法，艾利歐特挪了挪白方的主教。

緊接著，莫妮卡毫不遲疑地動起了棋子。

上次雖然也是這樣，可莫妮卡下棋的速度實在快得異常。基本上沒看過她長考。每當艾利歐特下好一步，她就馬上會跟進一步。

就這樣，在莫妮卡動完黑方皇后之後，這盤棋結束了。

艾利歐特緊緊盯著盤面，開口道出——

「……逼和（Stalemate）嗎。」

這次沒有讓子，而且由艾利歐特先攻，最終卻仍以和棋收場。

不僅如此，對手，還是個只下過幾次棋的小姑娘。

而莫妮卡既沒露出悔恨的表情，也並未表現得開心，就只是緊緊凝視著盤面不放。恐怕她的腦海裡，正在回憶這盤棋的經過吧。

「下棋這檔事，是會反映出人的性格的。」

「咦？」

艾利歐特那有如自言自語的咕噥，令莫妮卡不停眨起眼睛，抬頭望向艾利歐特。

小小聳了聳肩，艾利歐特繼續說道：

「像希利爾就非常好懂，走的是死守國王路線，就是所謂的堅守型棋手啦。妳則正好相反。」

嚴格說來，莫妮卡的下棋風格與攻擊型有點出入。

真要說的話，她是徹底講求合理性，杜絕贅步的類型。

「妳呢～如果是為了求勝，連國王都會拿來當誘餌對吧。」

對於莫妮卡．諾頓而言，無論是國王還是士兵，作為棋子的價值都是同等的。

只要能多少提升勝率，不管怎樣的棋子都能毫不猶豫地拿來犧牲。正因如此，她才會強得無情。

如果莫妮卡再累積更多的經驗，學會如何勾心鬥角……想必會成為令人望之生怯的怪物吧。這樣的預感，令艾利歐特背脊不由得打了陣哆嗦。

那小小身軀內蘊藏的壓倒性潛能，就連菲利克斯都無法評估，明明如此，個性卻內向又自卑。這種不協調感實在過於異質。

就在艾利歐特瞇起他的下垂眼仔細觀察時，莫妮卡微微開了口：

「霍華德大人下棋的，風格……」

「喔？妳這門外漢也能評論我的棋藝嗎？」

「在我看起來，感覺很執著於棋種的本分。」

艾利歐特的眉頭當場為之一顫。

莫妮卡這番說詞，就與從前博弈德老師的評語如出一轍。艾利歐特下棋時，太過於固執要讓棋子發揮其既有的功能。

皇后就要像皇后，城堡就要像城堡。他的布陣方式，講求的都是如何讓強力的棋種發揮。

在某種意義上，這正好與莫妮卡對棋子一視同仁的風格處於兩個極端。

莫妮卡指向艾利歐特陣營的士兵開口：

「剛才那盤棋，有出現過士兵能夠升變的局面。可是，儘管升變是當下最佳的選擇，霍華德大人還是沒有這麼做。」

所謂的升變，是指抵達敵方陣營最深處的士兵，可以越級晉升為皇后之類的棋種。而艾利歐特刻意放棄了這項權利。

虧妳能注意到——艾利歐特悄悄地讚嘆，揚起嘴角故作嘲諷地笑了笑。

「我呢，最討厭那種不守本分的事。」

抵達敵陣深處的士兵可以越級晉升。這種規則簡直令艾利歐特恨之入骨。

「我的叔父啊～也不知發什麼神經，竟然被平民女人拐騙，娶她作了正妻。嘴巴說什麼她心地善良又純樸。結果咧？那女人背叛叔父，把家產揮霍一空。想不開的叔父……最後上吊自殺了。」

而目睹這般淒涼下場的，是跑來找最喜歡的叔父學下棋的艾利歐特。

當時的光景，艾利歐特如今仍歷歷在目。

叔父的宅邸內，值錢物品幾乎全被席捲一空。平民出身的妻子發現叔父身亡，把能賣錢的東西搜刮完就跑了。甚至吝於憑弔這個被自己逼死的男人。

「妳懂嗎？平民就該像個平民，貴族就該像個貴族。一旦妄想跨越身分差距，最後一定會有某人得承受不幸。」

所以，艾利歐特才會痛恨不知天高地厚，不守自己本分的平民。看到那種麻雀變鳳凰的暴發戶就覺得想吐。

起初，艾利歐特對於莫妮卡也是抱著類似的感情。

莫妮卡．諾頓明明是平民出身，卻厚臉皮地跑來賽蓮蒂亞學園就讀，到頭來，甚至還獲選為學生會幹部，完全視自己的階級為無物。

這樣的莫妮卡看在艾利歐特眼裡，實在礙眼得無以復加……至少先前是如此。

（偶爾就會有這種人嘛。身懷壓倒性天分與潛能，輕描淡寫就能擺脫身分地位的束縛。）

到底該怎麼看待這種人才好，艾利歐特至今都還找不到答案。

所以，現在只能帶著滿臉的苦澀送她一句忠告。

「要如何評斷諾頓小姐妳這個人——我就暫且保留吧。只是，我得給妳一個忠告。」

艾利歐特在椅子上翹起二郎腿，露出嚴肅的表情直視莫妮卡。

接著，他有如要刻劃在莫妮卡內心似的，一字一句緩緩道出這段話：

「身懷罕見天分出生的平民，往往不是遭到無能之人的嫉妒，就是受到狡猾之輩的利用。我就認識個因為這樣，人生被攪和得一團糟的傢伙。」

這段容易激起不安的發言，聽得莫妮卡一臉鐵青。

然後，艾利歐特帶著他一如往常的諷刺態度，輕輕聳肩笑了笑。

「妳處世時就儘管多加提防吧。反正，往後的妳，一定會更加引人注目。」

「……咦？」

莫妮卡雖然沒有注意到，但始終有位人物，從遠處一直默默守候兩人下棋的過程。

那是位一身銅筋鐵骨，頂上無毛的魁梧巨漢。也就是負責指導這門課的博弈德老師。

博弈德老師拾起粉筆，開始在黑板上撰寫文字。

受艾利歐特的視線影響，望向黑板的莫妮卡，在確認文字內容之後當場僵在原地。

【棋藝大會．代表選手】

先鋒：莫妮卡．諾頓

中堅：班哲明．摩爾丁

大將：艾利歐特．霍華德

莫妮卡圓滾滾的眼睛睜得老大，慘白的嘴唇不停戰慄發抖。

「棋、棋藝大會……？」

「在校慶前一週週末，會找其他學校的代表選手一起來下棋啦。妳在審預算的時候也有看到類似的活動吧。」

「要、要我出場……？」

正當莫妮卡滿臉鐵青地打顫，便看見博弈德老師踩著沉重無比的腳步一步步走來。

這位散發身經百戰傭兵氣息，威嚴十足的博弈德老師，舉起他感覺能輕易捏碎人腦袋的巨大手掌，拍了拍莫妮卡的肩膀。

然後，面無表情地以低沉嗓音開口：

「我很看好妳。」

「不、不不不、不不、不不不、不——……」

八成是想說「不可能啦」吧——心裡雖然這樣想，艾利歐特還是聳聳肩，開口為莫妮卡打氣。

「也罷，放輕鬆點上場吧，諾頓小姐。」

莫妮卡還是如抽搐似地反覆咕噥著「不不不不」。照這樣子看來，八成魂都已經去了一半吧。

就連這種耐不住壓力的地方，都與回憶中的少年像一個模子印出來的。

這場棋藝大會，似乎是已經行之有年的傳統例行盛會，包含賽蓮蒂亞學園在內，每年都要從三所學校各選出三名代表選手進行比賽。

如此重要的比賽，各大名校的代表都堪稱是賭上校園的尊嚴出賽，然而被選作選手的莫妮卡，除了為難還是為難。

獲選為代表自然是相當光榮，可是莫妮卡在類似經歷上的回憶並不愉快。

回想兩年前，當時還在魔術師養成機構米妮瓦就讀的莫妮卡，是所屬於基甸・拉塞福教授門下的研究生。

拉塞福教授是剃得一頭白色短髮，眼光犀利的老人。個性雖然頑固又乖僻，但在研究方面基本上給予莫妮卡相當的自由，不會多加干涉。

正因如此，莫妮卡一年到頭都窩在研究室裡，專注於魔術式的研究。不過某一天，叼著菸斗吐氣的拉塞福教授，卻突然向莫妮卡這麼說——

『喔，艾瓦雷特。我說，妳到七賢人的甄選會露露臉去。』

七賢人乃是利迪爾王國魔術師的頂點。選拔那般厲害人物的甄選會，哪可能抱著去露露臉的輕描淡寫心情出席。

還以為拉塞福教授只是在開些壞心眼的玩笑，才發現他早就送出推薦函，書面送審相關手續也盡數辦理完畢，而且還審核通過了。

『為、為什麼，會是我～？……不行，我不行啦！絕對不可能啦～！』

結果，躲到研究室窗簾後瑟縮發抖的莫妮卡，就這麼被拉塞福教授連同窗簾一起打包帶走，強制送到七賢人甄選會的會場放生。

之後，明明莫妮卡犯下在面試時暈倒這種驚人失態，依然當選成了七賢人。

說實話，當上七賢人的壓力大到莫妮卡胃痛。即使如此，她還是想把這個消息告訴兩個人。

第一個是養母。至於另外一個，則是自己唯一的朋友。

都是多虧了那個朋友，莫妮卡才能努力適應米妮瓦的生活，習得無詠唱魔術。所以她覺得，非得通知他一聲不可。

雖然與那個朋友已經疏遠了一陣子，但只要向他回報自己當上七賢人的事，他一定會開口誇獎，然後……

「喂，諾頓小姐。妳想撞牆嗎。」

一陣喚聲自頭上傳來，嚇得莫妮卡當場肩頭直打顫。

這裡並不是米妮瓦，是賽蓮蒂亞學園，為了執行第二王子的護衛任務，自己正化名莫妮卡・諾頓潛入校園。

然後，獲選為棋藝大會代表選手的莫妮卡，剛與艾利歐特一同在教職員室辦完相關手續，正準備要回學生會室報告。

「對不起……」

莫妮卡抬頭望向身旁的艾利歐特，有氣無力地道歉。

看到莫妮卡消沉得這麼明顯，艾利歐特不禁有點傻眼。

「都獲選為代表選手了，妳表情看起來卻一點也不開心啊。」

莫妮卡還支支吾吾地答不上話來，艾利歐特已經在學生會室前停下了腳步。

「也罷，無論如何，咱們向殿下報告一聲吧。」

「嗚……好的……」

必須向菲利克斯回報，對莫妮卡而言也是一項不小的壓力。

再怎麼說，接下來這段期間為了準備棋藝大會，莫妮卡與艾利歐特都必須利用下課與放學後的時間接受特別訓練。理所當然地，學生會幹部的工作將會因此停滯。

（這樣子，又要給希利爾大人添麻煩了……）

才正為了每次都讓他幫忙，不知道能為他做些什麼，就遇到這種狀況。

正當莫妮卡愈想愈消沉，帶著如泥濘般黯淡的表情低下頭時，艾利歐特打開了學生會室的大門。

學生會室裡，菲利克斯與希利爾兩人正拿著文件討論公事。布莉吉特與尼爾不見人影，似乎在忙其他工作的樣子。

菲利克斯將視線自文件上挪開，抬頭交互望向莫妮卡與艾利歐特，同時露出微笑。

「棋藝大會的事我聽說嘍。今年也有兩名學生會幹部中選，實在令人開心。還請你們代表賽蓮蒂亞學園好好加油。到大會結束為止，學生會的工作都會幫你們減量的。」

莫妮卡一瞥一瞥地瞄向希利爾。只見他正與平時無異，一臉嚴肅地雙手抱胸，望著莫妮卡與艾利歐特。

（希利爾大人會不會覺得我給他添麻煩……不要啊……）

無意識握緊拳頭的莫妮卡，使勁從喉嚨擠出聲音開口：

「那個，殿下，希利爾大人……那個，我份內的工作，我會帶回宿舍處理的……」

「妳在胡說什麼。」

希利爾劈頭就駁回莫妮卡的主張。

莫妮卡嚇得肩頭一顫，希利爾則擺出一如往常的高傲態度接話：

「棋藝大會的會場就在我們賽蓮蒂亞學園。大會當天，我們學生會幹部也會在場因應各種事宜。妳給我專注在精進棋藝上，不准丟殿下的臉。」

希利爾這番話，聽得艾利歐特不停點頭稱是。

「沒錯沒錯，不然要是諾頓小姐那麼埋頭苦幹，我豈不是也得把工作帶回去處理了嗎。」

「可、可是……」

莫妮卡還是支支吾吾地想辯解，這時，菲利克斯以沉穩的語調開口了：

「諾頓小姐，我去年也出賽了棋藝大會喔。」

「殿下也，被選作代表了嗎。」

「嗯，那時候，在學生會的工作上，我也是受過其他幹部們的幫忙喔。所以說，今年是不是可以輪到我幫你們減輕負擔呢？」

即使莫妮卡被選作代表，菲利克斯與希利爾的態度還是沒有任何改變。

既沒有露出困擾的表情，也沒有擺出嫌麻煩的態度。

莫妮卡總算鬆開緊握的拳頭，向兩人深深一鞠躬。

「非常謝謝你們。」

出口的這句感謝，流利到連自己都驚訝。

發現自己能夠免於大舌頭，通順地表達謝意，令莫妮卡稍微有點驕傲。

菲利克斯回了一句「用不著這麼客氣」並露出有點挖苦人的笑容。

「只是，記得別太鑽牛角尖喔。畢竟，妳看起來有事沒事就容易犧牲睡眠呢。」

「……啊嗚……」

事實上，自從莫妮卡第一次與艾利歐特對奕的那天起，她就去圖書館借了參考書，廢寢忘食地熱心研讀。

尤其最近又因為凱西的事，一連好幾天輾轉難眠。為了轉移注意力，她乾脆窩在閣樓間埋頭研究棋路。

莫妮卡沒有棋盤，所以她在畫了格子的紙上擺滿木片或小石子當作棋子，自己跟自己下棋。然後下著下著才發現，天色已經不知不覺轉亮。這樣的發展，在近來算是家常便飯。

自己被這樣的生活搞到睡眠不足的事，似乎被菲利克斯看穿了。

莫妮卡忸忸怩怩地搓著指頭，艾利歐特像是想起什麼似的，轉頭望向希利爾，咧嘴浮現壞心眼的笑容。

「這麼一提，以前好像有個傢伙下棋下輸我不甘心，犧牲睡眠瘋狂鑽研棋藝，到頭來卻在對局時不支倒地嘛。對吧，希利爾？」

「……我還有事得去各大社團找社長們討論，恕我先行告退。」

扳著一張臉別過頭去的希利爾，快步走出了學生會室。

「艾利歐特，希利爾個性就是那麼認真，這樣挖苦他不好喔。」

菲利克斯出言指責，艾利歐特卻只是輕輕聳了聳肩。

眼見艾利歐特無意反省，菲利克斯苦笑著說道：

「話說，就艾利歐特看來，我們學生會的小松鼠小姐，現在的實力大概在什麼水準？」

「強得無情喔。明明就還沒對奕過幾局，卻已經下到跟我逼和了。」

「喔～？」

語調夾雜些許訝異的菲利克斯自椅面起身，從櫃子裡拿出了棋盤與棋子。

將成套棋具擺上迎賓桌之後，菲利克斯望向莫妮卡開口：

「和我來一局如何？既然要在棋藝大會出賽，多找些對手切磋不會吃虧喔。」

「不、不了，怎麼可以妨礙殿下辦公……」

「我現在正好在等各大社團的社長回應，閒得發慌呢。不如這樣吧……妳要是贏了，我就答應妳一個要求，什麼內容都可以。」

聽到菲利克斯的提議，莫妮卡不由得瞪大了雙眼。

平時總是黯淡無光的褐色瞳孔，在光線映照下閃爍起新葉色的光芒。

「真的……什麼樣的要求，都可以嗎？」

「嗯，當然。」

說實話，莫妮卡打從很久以前就有件事想拜託菲利克斯。

以往莫妮卡一直沒能鼓起勇氣開口，如今機會來了。

莫妮卡幹勁十足地從鼻子哼了一聲，在菲利克斯的對面就坐。

「還、還請多多指教！」

這下可千萬不能輸——莫妮卡暗自卯足了勁。望著她這樣的反應，菲利克斯似乎顯得有點愉快。

與莫妮卡對奕的菲利克斯，心中暗自湧現無比的雀躍。

莫妮卡基本上是個不會主動開口要東西的少女。就算只是借根羽毛筆，都滿臉過意不去地忸忸怩怩個半天。

這樣的她竟然想向自己提出要求！

到底這隻小松鼠想開口拜託什麼，實在令人好奇。

近來，莫妮卡無論課業或學生會業務都勤奮有加，如果她真的提出了什麼想要的東西，就賞給她當獎品也無妨。

湧現在菲利克斯腦海的，是不久前莫妮卡與希利爾一起喝巧克力的光景。

總覺得，他中意的那隻小松鼠，最近好像莫名親近希利爾。連喚法曾幾何時都從艾仕利大人變成了希利爾大人。明明菲利克斯現在都還只被喚作殿下呢。

換句話說，他正為了自己寵愛的小動物跑去黏別人而鬧彆扭。

（要說這孩子會想要的東西……數學相關書籍之類的嗎？）

到時候，找幾本絕無僅有的珍奇刊物送給她，看看小松鼠仰天長嘯的模樣，感覺也挺有趣的。

在這種念頭的驅使下，菲利克斯伸手挪起了棋子。

打算巧妙落敗的菲利克斯，以及平靜地進攻的莫妮卡，兩者只花了大約一小時，便乾脆地分出勝負。

菲利克斯放水當然也是理由之一，但比這更關鍵的，是莫妮卡進攻的方式毫不手軟。艾利歐特那番

「強得無情」的評語實在貼切至極。
「這樣子就，將死了。」
如此宣言之後，莫妮卡「呼～」地吐了口氣。
對局過程中幾乎要令人恐懼的撲克臉，也變回了一如往常的純真表情。
（放水稍微放過頭了嗎……也罷，反正原本就打算要輸的。）
就在菲利克斯想著這些事情時，始終在旁守候這盤一面倒對局的艾利歐特，抽搐著暴露的青筋瞪向莫妮卡開口：
「總算給我抓到了，諾頓小姐……妳中午和我對局時，手下留情了是吧？」
艾利歐特這番話，嚇得莫妮卡一臉吃驚地搖頭。
「不、不是的，我才沒有，手下留情什麼的！」
莫妮卡拚命否認艾利歐特的指責……
「我從頭到尾都以逼和為目標，全力以赴對局啊！」
——並漂亮地自爆。
「果然妳打一開始就打算要逼和是吧！妳知道嗎？這種舉動在世間就叫做手，下，留，情，啦！」
艾利歐特以洋溢著怒火的嗓音低吼，伸手一把擰住莫妮卡的右臉頰。她肌肉比率偏少的臉皮，比想像中更富伸縮性。
莫妮卡抽噎個不停，哭著幫自己辯解。
「因為我很想檢證有哪些模式能夠逼和嘛～～……」
「所以妳就拿我來當實驗台是吧。我真的怒了。看我還不找博弈德老師告狀，要他把大將跟先鋒的人選對調！」

「不要啊～～對不起～～～！」

擰著哀號莫妮卡臉頰的艾利歐特，臉上露出的是令人好生懷念的搗蛋鬼表情。

艾利歐特雖然對於保持貴族風範一事相當固執，但小時候的他其實是個調皮搗蛋的小頑童，這點菲利克斯很清楚。

（嗯～元氣十足呢～）

望著明明在生氣，卻顯得莫名開心的艾利歐特，菲利克斯苦笑了起來。

「就先放過她吧。免得小松鼠臉頰到時變得跟塞了樹果沒兩樣。」

艾利歐特一臉不甘願地從莫妮卡臉上鬆手，莫妮卡這才吸著鼻子啜泣，揉揉自己被擰得通紅的臉龐。

「所以，諾頓小姐妳想開口向我要求什麼呢？」

「什、什麼樣的要求都可以對嗎？」

「嗯，當然。」

菲利克斯溫和地點頭後，莫妮卡少見地擺出一本正經的表情，握緊拳頭開口：

「我希望殿下，不要再把我叫成，小松鼠！」

「………」

臉上的笑容溫和依舊，笑咪咪的菲利克斯無言地伸出手來，朝莫妮卡的左臉一把捏去。

「為、為什麼～～～～～～？」

「哇～真的好能伸縮。嗯，感覺這捏起來會讓人上癮呢。」

「浩痛哇～～～～」

「啊，抱歉喔，莫妮卡。」

菲利克斯俐落地鬆手，哭得一把鼻涕一把眼淚的莫妮卡，在揉左右臉頰的同時，睜著撐大到極限的雙眼望向菲利克斯，不敢置信地開口：

「剛、剛才……咦，那個……」

「嗯，怎麼了嗎，莫妮卡？」

面對笑容滿面的菲利克斯，莫妮卡成功表演了如何在雙頰紅腫的同時讓臉色發青的特技。

莫妮卡就這麼維持著雙手敷住臉頰的姿勢，渾身打顫得喀噠喀噠作響。

「那、那個，至少，請像其他各位那樣，叫我諾頓小姐，或諾頓會計之類的……」

「妳的要求不是別再叫妳小松鼠而已嗎？關於替代用的稱呼，妳應該沒有特別指定才對呀。」

菲利克斯故作若無其事地回答，這下莫妮卡終於再也動彈不得。

雖然菲利克斯無從得知，但這時，〈結界魔術師〉路易斯．米萊正在莫妮卡的腦裡放聲大笑。

『哈～哈～哈～！怪妳自己條件訂得不夠嚴謹，才會落得這番下場喔，同期閣下。』

贏了對局卻輸了勝負，講的就是這種狀況——哭得不成人形的莫妮卡切身體會到了這個事實。

＊　＊　＊

在棋藝大會上，以賽蓮蒂亞學園中堅選手身分出賽的班哲明．摩爾丁，是宮廷音樂家家庭出身的高中部三年級同學。

自幼接觸音樂，從演奏到作曲樣樣涉獵的他，謠傳已經在社交界養出了一票粉絲，好像是這樣。

這樣的班哲明，留有一頭長及下巴，修剪平整的亞麻色妹妹頭，是個外表纖細又夢幻的青年。

……重申一次，他是個纖細又夢幻的青年。

「棋藝就是音樂！棋譜即為譜面！只要看過棋譜，實際交手一局，便能掌握對手下棋時的音樂性！有的人偏好強（Forte）！強（Forte）！突強（Sforzando）！這樣激烈進攻的下法，也有人獨鍾古典曲般莊嚴的嚴陣以待棋風！艾利歐特的下法正有如行進曲！那種如軍隊行進般紀律嚴明的曲調，令人感受到契合格律的美感與強勢！沒錯，只要豎耳聆聽，幾乎隨時可以聽見！那引爆戰火的響亮喇叭聲！還有軍馬蹴地前行的勇猛腳步聲！」

眼見班哲明滔滔不絕地講得滿臉通紅又口沫橫飛，莫妮卡不由得好奇他到底什麼時候才要換氣。

至於站在莫妮卡身旁的艾利歐特，則露出一臉疲憊不堪的表情。

「他就是這樣，有點藝術家性格。哎～反正只要一開口就沒完沒了。」

「呃，喔……」

「勸妳左耳進右耳出比較好。」

也不曉得艾利歐特這些話班哲明到底有沒有聽進去，只見他舉起纖細的手指，有如揮舞指揮棒似地甩動，一臉恍惚地望向棋盤。

棋盤上的棋子，仍維持著莫妮卡與班哲明對局結束時的戰況。

「諾頓小姐的棋風若打個比方，就像是管弦樂演奏的組曲！是從序曲到終曲的每一道音色都經過縝密計算，毫無一絲多餘或累贅的譜面。透過所有樂器齊奏而成之完美和聲所譜出的雄偉莊嚴旋律，正有如音樂家靈魂的集大成！就算要說是音樂之神賜予我們的奇跡樂譜也不為過！換句話說，我想表達的

賽蓮蒂亞學園 3年級
班哲明・摩爾丁

是……」

說到這裡，班哲明轉身面向莫妮卡，舉手輕輕拍在她纖弱的肩膀上說道：

「大將非妳莫屬。加油吧。」

「嗯，我也這麼覺得。」

艾利歐特輕描淡寫地同意了班哲明的發言。

莫妮卡不由得抱頭彎下腰去弓成一團，大聲哀嚎起來：

「不、不不、不可能啦～～～～！」

在為了棋藝大會而展開的特訓中，莫妮卡首度與擔任中堅的班哲明．摩爾丁對奕。

畢竟也不是白白被選作代表，班哲明著實是個勁敵。不過，受到艾利歐特事先「不准逼和喔」的再三叮嚀影響，莫妮卡使出渾身解數應戰，並取得了勝利。

勝利之後的發展，就如方才所示。

「三人裡頭實力最差的就是我。既然如此，當然該由我當先鋒！」

班哲明講得理直氣壯，莫妮卡只得猛力搖頭。

「沒有這回事，我是對棋藝涉獵最淺的，所以……」

「無論涉獵是淺是深，大將就該由最強的人當。我既不說謊也不客套！我家的家訓就是『債主與情人可以瞞，音樂與下棋不能騙』！」

實在不是什麼可以抬頭挺胸表明的家訓。

莫妮卡向艾利歐特投以求救的眼神，但他只是聳了聳肩。

有如視艾利歐特的傻眼視線等反應為無物，班哲明再度揮起指頭發表高見。

「聽好了，諾頓小姐。我的棋風就是無限的音樂。時而激昂，時而惆悵。輕快也好、厚重也好，雄偉又莊嚴也好！各式各樣百花爭鳴的音樂性，我全都可以透過棋路重現，在棋盤上演奏——話雖如此，也不代表我的棋藝就有多麼高超！」

「那個，我覺得已經十分精湛了……」

「我的實力的確～還過得去～勉勉強強～算是高明的那方，但我很有自覺，自己並沒有強到能在大賽脫穎而出。然而妳卻不同，妳的實力是貨真價實的。妳不當大將，還有誰能當大將！」

艾利歐特不停點頭，就像在附和「沒錯沒錯」似的。

不妙，再這樣下去自己真的會被拱成大將！

莫妮卡十萬火急地向兩人死命懇求。

「求求你們，求求你們了……當先鋒就已經讓我怕得要命，萬一真的變成，大將的話……」

令人頭昏眼花的記憶，接連復甦在莫妮卡的腦海裡。

引發換氣過度的面試。把胃袋吐個精光的儀式預演。

要是真當上什麼大將，不用想都知道同樣悲劇肯定再度上演。

眼見莫妮卡淚眼汪汪地哀求，艾利歐特伸手將指頭按在下顎，瞇起他的下垂眼。

「也罷，選手出場的順序，博弈德老師大概已經提出申請了，要變更恐怕有點麻煩……八成會按照原定的安排出賽吧。換句話說，我還是得當大將嗎～」

帶著有點不情願的表情，艾利歐特伸手往瀏海抓了抓。

「咱們今年可是備受期待喔？再怎麼說，上一屆大會可是由賽蓮蒂亞學園獲得壓倒性勝利嘛。」

艾利歐特這番話，令莫妮卡不經意回想起菲利克斯的發言。

還記得，菲利克斯有說自己也曾以選手身分出場，而且提到「今年也有兩名學生會幹部中選，實在令人開心。」

換言之，去年以賽蓮蒂亞學園選手身分出賽的，是菲利克斯與某位學生會幹部。

「那個～請問在去年，是哪位學生會幹部出場呢？」

「殿下跟梅伍德總務啊。順帶一提，殿下是中堅，大將是梅伍德總務。」

「……咦？」

聽到的回答，令莫妮卡不由得瞪大了眼睛。

這種比賽基本上，最後上場的大將都是實力最強的。

所以她本以為大將鐵定會由菲利克斯擔綱，可沒想到竟然是學生會幹部中，與老奸巨猾形象感覺最無緣的尼爾當大將！

「梅伍德總務很機靈對吧？該說是擅長察言觀色嗎，總是馬上能領悟我們希望他做什麼。」

「是、是的。」

「就是因為這樣，下棋時他才能反向發揮這種才能啊。他總會看穿哪裡最不想被他進攻，然後毫不留情發起攻勢……那可真是有夠恐怖的。」

那個溫柔善良的尼爾把對手的計策完美封殺的模樣，實在教人頗為難以想像。

正當莫妮卡回想尼爾溫厚的笑容，歪頭感到不可思議時，班哲明又揮著他的指頭型指揮棒開口插嘴。

「梅伍德同學的棋風，就像是極其高水準的即興曲。那種洞悉對手意向，再將其行動徹底封殺的完美對應著實令人讚嘆！」

「那個～……這樣的話，殿下的棋風呢？」

小聲詢問班哲明的同時，莫妮卡試著在腦內重溫先前與菲利克斯的對局。

那時的勝負雖然是莫妮卡取得壓倒性勝利，但菲利克斯看起來似乎並沒有拿出什麼真本事——倒不如說，菲利克斯當時下的棋路，就像在刻意藏招似的。

與艾利歐特對奕的過程中，能在棋路隱約感受到他的信念，但菲利克斯把這些都徹底隱藏了起來。說得直接一點，感覺得出他在放水。

正因如此，菲利克斯的棋風給班哲明怎樣的感覺，令莫妮卡非常感興趣。

面對莫妮卡的提問，班哲明伸手按住下顎，閉眼沉思起來。

「想從殿下的棋路判讀出音樂性，難度非常之高。但也對，如果硬要形容……或許就和諾頓小姐妳的棋風很相似也說不定。」

「……咦？」

班哲明高高舉起他如指揮棒揮甩的指頭，定格在雙眼睜得大大的莫妮卡眼前。

接著就有如斷頭台的刀刃一般，將指頭朝正下方使勁揮下。

「那是毫無一絲多餘，正確無比……用盡各種可能的手段，確實拿下對手王將的風格。」

＊＊＊

「莫妮卡，下次休假要不要一起去買東西？」

距離棋藝大會只剩不到兩天的中午用餐時間，拉娜在座位上如此提議。

看起來拉娜似乎考慮要去添購校慶時需要的物品。

不過，咬著麵包的莫妮卡搖了搖頭。

「對、對不起，我那天，剛好有點事情，要辦……」

「……棋藝大會。」

克勞蒂亞的這句低聲咕噥，令莫妮卡當場「嗚咕」一聲把麵包噎在喉嚨。

拉娜見狀，驚訝地瞪大眼睛望向莫妮卡。

「學生會在棋藝大會當天也要辦公嗎？」

「呃──雖然這也沒說錯，不過，我是……」

在支支吾吾的莫妮卡身旁，克勞蒂亞再度低語：

「……代表選手，先鋒。」

莫妮卡差點嗆得咳嗽起來，淚眼汪汪地望向克勞蒂亞。

今年的棋藝大會關係到賽蓮蒂亞學園是否能夠連霸，因此同學們都非常關注。

但，也不知是因為還有校慶這個大活動在等著，又或是本來就對棋賽興趣缺缺，莫妮卡被選為棋藝大會選手一事，拉娜似乎並不知情。而莫妮卡自己也不曾主動聊到這個話題。

「難道說，莫妮卡妳被選作選手了？」

「姑、姑且是。」

這種獲選為某某頭銜的事，莫妮卡不太擅長和人提起。

『妳這種人，就適合把自己關在人煙稀少的山間小屋裡，足不出戶度日啦。』
從前，被人咒罵的惡毒話語於腦中再度盤旋。
光是回想起舊友投向自己的冰冷視線，就令莫妮卡的心臟一緊，彷彿要被掐碎似的。
沒想到，拉娜卻頂得椅子嘎噠作響，猛力向前彎腰說道：
「很厲害耶！」
一臉呆滯的莫妮卡還沒反應過來，拉娜已經興奮有加地繼續接話：
「討厭啦，這麼厲害的事為什麼瞞著我嘛！到時候，可以去現場給妳加油吧？」
「明明連棋賽的規則都不懂還想去？」
克勞蒂亞的吐槽，氣得拉娜嘟起嘴唇。
「規則這點常識我還懂好嗎。呃——……棋、棋子的名字之類的。」
「真虧妳這樣還有臉說自己懂規則耶。」
「有、有什麼關係啦！」
拉娜難為情地漲紅了臉，轉頭望向莫妮卡。
已經不知道該說什麼才好的莫妮卡，嘴巴像金魚似地張合不停。
即使莫妮卡當上了代表選手，拉娜也沒有露出厭惡的表情。就跟菲利克斯與希利爾一樣。
隔著上衣按住怦通怦通吵個不停的胸口，莫妮卡輕輕點了頭。
「嗯。來加油，我會很開心。」
「……傻傻地說出這種話，小心某個不懂規則的笨蛋，從外野大聲吆喝助陣喔。」
「才不會這麼做好嗎！」

怒吼的同時，拉娜像是無意間想起了什麼，望著克勞蒂亞開口：

「這麼一提，去年的大會妳也有出場對吧？另外兩名選手好像是學生會的……」

「虧妳記得這麼清楚耶。」

克勞蒂亞悻悻地低語，美麗的臉龐扭曲了起來。

那種表情，簡直就像是被人挖出了什麼舊瘡疤。

莫妮卡突然不經意想起，在前往選修課教室路上提起棋藝課話題時，克勞蒂亞當場變得一臉黯淡的事。

「克勞蒂亞大人，去年有出場棋藝大會嗎？」

「是啊，怪我沒好好隱藏實力。都是尼爾說什麼『我們一起加油吧』，害我不小心加了油……太大意了。」

克勞蒂亞．艾仕利雖然是個頭腦十分靈活的千金，卻極度厭惡受到他人依賴。

正因如此，她平時才會釋放陰鬱氣場嚇跑他人，並對尼爾以外的對象擺出毫不掩飾的辛辣態度。去年肯定也是因為有尼爾在，她才勉為其難出場的吧。

（克勞蒂亞大人下棋時是怎樣的風格呀。雖然即使開口拜託她對局，她大概也不會接受，但我或許有點，好奇。）

艾利歐特說去年是賽蓮蒂亞學園獲得壓倒性勝利，所以克勞蒂亞的實力應該也相當非凡。下次找艾利歐特或班哲明，請教克勞蒂亞是怎樣的棋風好了。

就在莫妮卡思考著這些事情時，拉娜有如靈光乍現地問道：

「嗳，這麼說起來，今年對戰的學校也跟去年一樣嗎？」

「八九不離十吧。畢竟名目就是三大名校……我們、學院以及米妮瓦的交流賽啊。」

（……咦。）

克勞蒂亞的回答，令莫妮卡感覺自己瞬間渾身血液倒灌。

說來雖然非常離譜，但莫妮卡直到前一刻為止，都從未意識過棋藝大會的對戰校是誰。明明在聽到各大名校這個字眼的時候，就應該立刻注意到的。

說起利迪爾王國的三大名校，就是專收貴族子女的名門賽蓮蒂亞學園、神殿傘下的法學強校學院，以及最後一所，魔術師養成機構的最高峰米妮瓦——莫妮卡從前也曾就讀的學舍。

腳邊鏗鏘一聲響起。是莫妮卡原本拿在手上的叉子滑落地面的聲音。

「莫妮卡？」

「啊……對不，起……」

莫妮卡慌忙離開椅面，蹲下想撿起滑落的叉子。偏偏指頭卻顫抖不停，沒辦法好好使力。結果拾起的叉子穿過指間，再度摔在地上。

當上七賢人的莫妮卡，雖然在就任同時便從米妮瓦跳級畢業，可現在應該還有幾位當時的同窗在校就讀。

（不要緊，大家，一定根本早就，把我的事情，忘光了。）

自從學會無詠唱魔術，自己就成天窩在研究室裡頭，連學會跟研究發表會都沒去露臉，所以還記得莫妮卡長相的，就只是少數中的少數。

（不要緊，不要緊，不要緊……）

雖然在內心不停說服自己，身體卻還是止不住顫抖。

不時閃過腦海的，是從前當成好朋友的少年，投向自己的輕蔑眼神。

『妳這種人，才不是什麼朋友。』

莫妮卡倒抽一口氣，喉嚨哽了起來。

還以為自己自從來到賽蓮蒂亞學園，已經變得比較能走出陰霾了，但記憶中的冰冷嗓音，還是硬生生將莫妮卡的自信連根鏟除。

這時，莫妮卡發現自己連正確呼吸的方法都忘記，開始不停「噫、噫」地短促吸氣。這是過度換氣的前兆。莫妮卡趕緊伸手遮住嘴巴。

「莫妮卡？」

注意到莫妮卡樣子不對勁的拉娜，衝下椅子蹲到莫妮卡身邊。

（我不想，給拉娜添麻煩。）

雖然渾身顫抖，莫妮卡還是動起慘白的雙唇開口：

「我不要，緊。什麼事都，沒有……」

「妳那才不是什麼事都沒有的表情啦！」

拉娜眉角上吊地斥責，克勞蒂亞則低語咕噥起來：

「妳在學院或米妮瓦，有認識的人是嗎？」

「——唔！」

「從那反應看來，對方和妳有些不愉快過節的，感，覺。」

莫妮卡緊緊按著胸口，不停左右搖頭。

（不是，不是的。巴尼沒有錯。一定是我不好。錯在我的身上，所以不是什麼不愉快的過節，全都是我不對。）

每當令人懷念的臉孔浮現在腦海，莫妮卡就會責怪自己。

感覺如果不這麼做，就無法獲得他的原諒。

（對不起，對不起，我不應該跑出山間小屋的，對不起。我這種人，明明就不可以出現在別人面前。必須照巴尼說的足不出戶才行，我卻……）

「莫妮卡。」

拉娜伸手添在莫妮卡的肩頭，以堅定的語調喚著她的名字。

莫妮卡緩緩抬頭望向拉娜，只見拉娜帶著下定決心的表情告訴她：

「棋藝大會當天，妳稍微早點起床，來我房間一趟。」

「……？」

「說好嘍。」

被人用比較強硬的口氣要求，就會忍不住點頭，這是莫妮卡的習性。

確認莫妮卡戰戰兢兢地首肯後，拉娜再度強硬地叮嚀她「絕對喔」。

✦ 第三章　無立旗的三角關係～三角關係的典型之美～

棋藝大會將有米妮瓦的學生到場。

得知這個消息後，莫妮卡陷入深刻的不安，夜夜輾轉難眠。

大會當天更是在最差的狀況下醒來。眼皮睜開時，天色甚至還有些昏暗。

試圖再睡一次回籠覺並闔上雙眼，曾是朋友的那位少年，其身影與嗓音便立刻復甦。

『妳這種人，就適合把自己關在人煙稀少的山間小屋裡，足不出戶度日啦。』

記憶中的言語，無論幾次都刺痛著莫妮卡的心。

莫妮卡吸了吸鼻子，一頭縮進被子裡。

這時，隱約聽見被子外傳來喀滋、叩咚的細微聲響。感到在意的莫妮卡，稍稍捲開被子的邊緣，望向傳出聲音的方向。

「喔，這樣行得通嗎？……好，得手啦！」

「挺棘手的呢。不過，這樣又如何？」

「唔喔，咕呶呶呶呶……這、這是……怎麼可能～～！」

閣樓間的地板上，莫妮卡的搭檔黑貓尼洛，正與女僕裝美女——路易斯的契約精靈琳圍著一面棋盤。那是莫妮卡向博弈德老師借來練習用的。

原以為他們倆在下棋，仔細一看才發現，橫擺的棋子正以黑白交替的順序在棋盤中央層層疊高。

尼洛雖然以貓掌靈巧地抱起棋子，慎重擺在堆疊的棋山上……但，最終還是破壞了架構的均衡，令棋山瞬間瓦解。

「唔喔喔喔，果然，這對貓掌而言還是太嚴苛啦。」

滿心不甘的尼洛用前腳朝棋盤登登登地猛敲，琳則一臉若無其事地收拾散落一地的棋子。

「你們在做什麼？」

聽到莫妮卡惶恐提問，尼洛舉起一顆棋子，大大方方回應：

「在下棋啊！」

「規則是把黑棋與白棋交互疊高，不慎弄倒的一方落敗。」

這與自己認識的規則不同——莫妮卡苦笑著下床。

既然琳來了，代表今天要做往常的例行回報嗎？

就在莫妮卡溫吞梳理儀容時，正在收拾棋子的琳開了口：

「聽說今日校園將舉辦棋藝大會，並在下週舉行校慶。有鑒於校外人士將因此頻繁出入，路易斯閣下命我前來輔佐〈沉默魔女〉閣下。」

畢竟才剛發生過凱西的事件，路易斯會有所警戒也是當然的。確實，如果有尼洛與琳一起警備菲利克斯，莫妮卡就可以放心下棋了。

「那個，琳小姐。」

「是。」

「請問凱西她，在那之後……怎麼樣了呢？」

策畫暗殺菲利克斯的凱西，原本應該死罪難逃，但最後談好條件，只要老實招出暗殺未遂的前後經緯，就由路易斯先生保障她的人身安全。

（可是，萬一凱西在質詢過程中不配合……）

路易斯的冷酷無情與精明幹練，莫妮卡再清楚不過，因而渾身顫抖不已。

「布萊特伯爵千金凱西．古洛布老實地配合了質詢。路易斯閣下已暗中與布萊特伯爵取得接觸。」

按凱西的父親——布萊特伯爵之供述，他似乎主張一切責任都在自己身上，並堅決否認蘭道爾王國與本事件有關的說法。

只是，路易斯相信蘭道爾王國與暗殺未遂脫不了關係，正在追查暗殺用魔導具〈螺炎〉的取得管道。

「凱西．古洛布小姐已在日前，移送至北部的某間修道院。」

「是這樣，嗎。」

每當回想起凱西悲痛的嗓音，莫妮卡胸口便隱隱作痛。

凱西深感蘭道爾王國對她們一家有恩。正因此，得知克拉克福特公爵有意侵略蘭道爾王國，才會急著想阻止。

若有朝一日菲利克斯繼位成為國王，難保他不會在克拉克福特公爵這個後盾的命令之下進攻蘭道爾王國，進而引爆帝國與王國之間的戰爭。

帝國雖然強大，近來卻適逢年幼皇帝繼位，在體制上掀起波盪。想趁虛而入，機會可說是多到數不清。

話雖如此，莫妮卡也不能就這麼眼睜睜坐視菲利克斯遭到暗殺。

（到底該怎麼做，才是最正確的呢。）

無論哪方陣營都並非上下一心。

有人為私慾而動，有人為國益奔走，有人燃燒著雄心壯志，有人希冀能永續和平——眾多思緒、理想，以及慾望所形成的巨大漩渦，就是所謂的政治。

就連在成為七賢人以後，莫妮卡仍堅信不與政治扯上關係才是最佳選擇，終日隱居在山間小屋。

可是，今後肯定已經無法再比照以往的作法。

莫妮卡開始靜靜地面對，至今為止都不願直視的事實。

（殿下明明就那麼傑出，為什麼會對克拉克福特公爵言聽計從呢。）

菲利克斯是個優秀的人才，這件事在王國內無人不知無人不曉。

然而，他對於自己的外公——克拉克福特公爵言聽計從，這也是眾所皆知的事實。

——絕對不能讓那個克拉克福特公爵的傀儡當上國王。

凱西道出這句話時的表情，莫妮卡無論如何都忘不了。

（殿下他，希望王國與蘭道爾或帝國開戰嗎。即使戰爭爆發也無所謂，他是這麼想的嗎……）

即使到現在，莫妮卡還是摸不透自己的護衛對象——菲利克斯·亞克·利迪爾王子內心的想法。

同屬學生會幹部的希利爾或艾利歐特等人，與初次見面時相比，感覺上都已經對性格或思想有了比較清晰的了解。

大家都各自擁有自己重視的事物或信念，並都在為了守護這些東西而戰鬥。

（那麼，殿下呢？殿下他是為了守護什麼而戰的？）

莫妮卡眼中的菲利克斯，是個既沉穩又擅長社交，做什麼都完美無缺……然後，搞不懂在想什麼的人。

即使如此，初次邂逅時，他還是幫莫妮卡撿起了樹果。

也為了不習慣校園生活的莫妮卡，主動指導社交舞與騎馬的訣竅。

還在背後推了一把，給予要出場棋藝大賽的莫妮卡各式各樣的鼓勵。

他這種溫柔的地方，莫妮卡並不覺得全都是假象。

（不能讓殿下遇害。絕對不可以，讓殿下被殺。）

正因如此，無論棋藝大會也好，校慶也好，都必須得圓滿落幕才行。

莫妮卡重新轉身面向尼洛與琳。

「我想，確認一下今天的安排。尼洛請像〈螺炎〉那時候一樣，四處巡邏檢查有無可疑魔力反應。琳小姐妳是風系精靈，應該可以聽到遠處傳來的聲音吧？請妳幫我留意，殿下的周圍有沒有什麼可疑的會話。」

聽到莫妮卡的指示，尼洛高舉肉球，喊了一聲「明白！」

琳也點頭回應「謹遵指示」，並舉起單手向莫妮卡提出一項建議。

「其實，方才已經與黑貓閣下討論出一個方法，可以避免在校園內護衛時遭人起疑。」

「喔，對對對。快看，莫妮卡！」

尼洛與琳的身邊分別出現黑色與金色的霧包覆全身。隨後，霧中的身影開始一扭一扭地改變輪廓。

不久，黑霧與金霧颼地消散，兩位身著賽蓮蒂亞學園制服的男性出現在眼前。

一位是高個的黑髮，一位是纖瘦的金髮。

黑髮的當然是尼洛，但金髮男子難道是、難道是……

「該不會……妳是，琳小姐？」

聽到莫妮卡這麼問，金髮當場男子深深一鞠躬。

「一點也沒錯，路易斯．米萊的契約精靈——琳姿貝兒菲在此拜見。」

莫妮卡以前在書上看過，精靈沒有性別，因此在化身成人類時可以自由變成男女任何一方。

但，親眼看到化身成女性的琳在眼前變成男性，果然還是相當衝擊。

身材雖然纖瘦，骨架卻毫無疑問是成年男性的體格，嗓音也稍微低沉了幾分，原本都束在頸後的長髮也成了一頭金色短髮。

「怎麼樣！這樣就算在校舍內閒晃也不會引人側目了吧！」

在洋洋得意的尼洛身旁，琳面無表情地舉起一本戀愛小說。

「這本小說裡，有個橋段是女主角被壞男人糾纏時，一直暗中傾慕女主角的男性隨著一句『別動我的女人』登場並介入解圍。」

「呃，喔……」

「萬一〈沉默魔女〉閣下不幸給人纏上，我也會前去重現這個橋段的。所以請儘管放心，努力讓壞男人糾纏。」

「……………」

無言以對的莫妮卡身旁，尼洛雙眼閃閃發光地開口：

「喔——這不錯耶！感覺很好玩！本大爺也要參一腳！」

「我、〈沉默魔女〉閣下與黑貓閣下的三角關係要上演了是嗎。真令人雀躍的發展呢。」

可惜這發展讓莫妮卡內心絲毫躍動不起來。

莫妮卡一臉沉痛地伸手按在額頭上。

「那個，我跟你們說。那身制服搭配你們外表的年紀，感覺只會更顯眼……」

一句精闢的吐槽，讓黑髮與金髮兩位成年男性同時在原地定格。

「什！什喵～？」

「竟然——」

看來這兩人，並沒有正確掌握到自己外表的年齡。

無論尼洛還是琳，化身成人類時的外表年齡大約都在二十五～六歲。不用說，穿上制服只像是在角色扮演的可疑人士。

被莫妮卡戳破盲點之後，兩人便四目交接，你一言我一句地「那就換這套衣服」、「不不不，那套比較好」……展開了作戰會議。

歸根究柢，尼洛可以變成貓，琳可以變成鳥，根本就沒必要特地化身成人類不是嗎。

可是，兩人對於服裝的議論實在過於認真，莫妮卡決定放著他們不管，開始準備每天早上必喝的咖啡。

＊　＊　＊

賽蓮蒂亞學園的宿舍基本上都是雙人房，但只要捐贈高額的獻金，就可以被安排到個人房。

男爵家出身的拉娜，能夠享有個人房待遇，想必是家人捐獻了不小的金額吧。

於室內待命的中年侍女，正在把一些莫妮卡沒什麼頭緒的道具擺上梳妝台。

而如今響徹這間拉娜個人房的，則是莫妮卡的慘叫。

「唔嘔嘔嘔～好難受～～……」

「好，來，莫妮卡，吐氣，用力『呼——』這樣！」

「唔咕～……」

「不是什麼『唔咕～』，是『呼——』！」

繞到莫妮卡背後的拉娜，把束腰的帶子使勁扯緊之後，開始俐落地打結。

「起先可能會有點難過，但馬上就習慣了……是說，現在這個只是輕裝用的而已喔？宴會用的可是更不得了呢。」

宴會用的束腰為了讓裙子澎起來，裡頭甚至裝有骨架的樣子。

原來貴婦們在光鮮亮麗的社交界底下其實付出了這麼多努力——莫妮卡正一邊用身體領悟這個道理，一邊在束腰外套上制服。

今天之所以把莫妮卡找來，似乎就是為了把束腰借給莫妮卡。此外，拉娜還表示要順便幫莫妮卡化妝，當作替舞會進行預演。

拉娜讓莫妮卡坐在梳妝台前，以熟練的動作替她夾上髮夾。

「出席晚會的時候，妝得化濃豔一點，但今天只是棋藝大會，就幫妳上淡妝嘍。對了，把瀏海稍微往旁邊斜分吧。光是這樣就能改變不少印象了嘛。」

只不過出場棋藝大會，真的有必要做到這種程度嗎？

莫妮卡還在困惑，拉娜就輕聲咕噥起來：

「雖然我也不是想插嘴過問……」

「咦？」

「但今天棋藝大會上，可能會有妳不想遇到的人出現，沒錯吧。」

莫妮卡不由得肩頭一顫。

正如拉娜所言。其實，到場的米妮瓦人士也不一定就會是莫妮卡認識的人。即使如此，單是會有「米妮瓦人士」前來，就已經足夠令莫妮卡感到不安。

莫妮卡沉默不語，拉娜則在她臉頰打上白粉接話。

「只要化了妝，換個髮型，給人的印象就會完全不同。順利的話，搞不好就算遇見不想碰面的人，也能蒙混過去喔。」

「……！」

不想讓人注意到自己時，莫妮卡向來只想到低頭披上斗篷，用兜帽遮住五官。對她而言，拉娜這番話有如一記當頭棒喝。

「父親大人這麼說過喔～人類的第一印象，幾乎都取決於姿勢跟表情。容貌美醜基本上都是次要的。」

這次穿戴的束腰，比起補強體型，更主要的用意似乎就在於矯正姿勢。的確，要是彎腰駝背，束腰就會卡到肉裡，再怎麼不情願也只能抬頭挺胸。

接著，拉娜又為莫妮卡施予能讓臉色看起來更開朗的妝。

原先土土的膚色容易凸顯黑眼圈，這裡用白粉蓋住，抹上薄薄的胭紅，再將未經處理的眉毛稍加修整一番。接著用蜜蠟乳霜替乾燥雙唇增添些許光澤，並塗成薄紅色，去除血液循環不良的感覺。

最後，拉娜掏出一只長方形的盒子，從裡面取出細框眼鏡，掛在莫妮卡的臉上作為收尾。鏡片本身沒有度數，因此視野並未出現變化，不過人生首度戴上眼鏡，還是令莫妮卡稍微有點不知所措。

「來，大功告成了！」

拉娜露出滿意的笑容，向側面跨出一步，好讓莫妮卡也能清楚看到梳妝台。

目睹自己在鏡中的姿態，莫妮卡頓時目瞪口呆。

鏡中所映出的，是一位容光煥發的少女。

當然不可能只靠化妝，就讓莫妮卡變成論誰都想多看兩眼的傾國美人。鏡中的人影，依舊是個圓眼睛、塌鼻子又小嘴巴，隨處可見的樸素少女。

話雖如此，平時總是臉色蒼白的莫妮卡，現在看起來朝氣十足。光這樣就已帶來不小的衝擊。

更重要的是，拜眼鏡之賜，整體散發出一股比平時更成熟的氣質。若是現在的莫妮卡，肯定不會被任何人誤認為十來歲小姑娘了吧。

「我看起來……感覺，好健康！」

「妳第一句話就這個嗎？」

語調雖夾雜著若干傻眼的成分，拉娜似乎還是對於化妝成果相當滿意。

「戴眼鏡可以改變氣質，偶爾試試也不壞對吧？」

「嗯！……嗯！」

看到莫妮卡滿臉通紅地不停點頭，拉娜顯得龍心大悅，用鼻子「哼哼～」了兩聲。

接著，拉娜指示侍女：「拿那個過來。」

（「那個」是什麼呀？光是現在這樣，就已經相當迷人了說！）

帶著某種陌生器具的侍女，來到正望著梳妝鏡感動的莫妮卡身後。

器具的外型類似剪刀，不過有著木製的握柄，此外，在剪刀會是刀刃的部分，器具上裝的是小圓

筒。

看在搞不懂器具用途的莫妮卡眼裡，這也並非完全不像拷問器具……這種想法才剛浮現，侍女竟然就把器具拿到火上開始炙烤。

「拉、拉娜……？那個看起來，像拷問器具的是？」

「什麼拷問器具啦，妳啊～這個是鏝刀好嗎。」

「烤、烤鏝刀？」

說起會用火烤的鏝刀，想像得到的就是用來給家畜上烙印時使用的烤鏝刀。

難不成，要把這個烙在身上——莫妮卡怕得渾身打顫，拉娜忍不住半瞇起眼睛開口：

「這是用來燙捲髮的啦。」

「燙……捲髮？」

不曉得有捲髮這種文化存在的莫妮卡，除了目瞪口呆之外無法做出任何反應。

拉娜舉起梳子，轉身面向莫妮卡的頭髮。

「好了，這裡開始才是重頭戲。從現在起，妳的頭絕對不可以動喔。」

* * *

棋藝大會一早，學生會幹部為了準備迎接外校的同學，奉命要早點到場集合。

當莫妮卡來到指定的接待室，在場其他幹部看到她，表情都同時為之一變。

無論是誰，都注視著與以往判若兩人的莫妮卡。不過，那並不是「啊啊～這位美麗的少女，是哪裡來的公主啊！」的眼神。

「諾頓小姐，看起來就像高中部二年級……」

艾利歐特這句忍不住脫口而出的感想說明了一切。換言之，莫妮卡平常看起來只像個中學部二年級生，甚至是更低的年級。

這番感想根據對象不同，聽起來可能會感到失禮，甚至激怒對方，然而莫妮卡卻是雙眼閃閃發光，使勁用力點頭。

「看、看起來，有像是高中二年級嗎？」

「嗯，有像有像。」

雖然艾利歐特只是隨口應付幾聲，莫妮卡仍感動得不能自己。

對於平時總被說是幼兒體型或長相孩子氣的莫妮卡而言，「外表與年紀相符」就是最極致的讚美。

現在的莫妮卡既透過束腰矯正駝背，又施以化妝讓臉色充滿活力，還掛上了洋溢知性的眼鏡。

淺褐色長髮在末梢燙出了小小的波浪感，並半綁成公主頭。

髮飾選擇的是平時常戴的緞帶，雖然並不是特別搶眼，但由於換了髮型又把末端燙捲，讓整體形象截然不同。

現在的莫妮卡，就像是個隨處可見，平凡無奇的健康少女。

或許該感到傷心吧，小小的改頭換面就讓大家如此驚訝。平時的莫妮卡，給人的印象就是如此不健康。

難掩喜悅之情的莫妮卡正嗯哼哼地笑著，希利爾卻一臉狐疑地開口：

「諾頓會計，妳的視力變差了嗎？」

畢竟是平時裸眼的莫妮卡戴起了眼鏡，希利爾會有此疑問也是理所當然。
莫妮卡左右搖了搖頭。
「不是的，這副眼鏡，鏡片並沒有度數。」
「既然如此，為何妳要戴它？」
這副零度數眼鏡，終究只是防止遭人認出的對策，是戴來改變形象的。
但比起這個目的，另外還有一個念頭，是莫妮卡打從戴上眼鏡的那刻便浮現至今的。
「只要戴上眼鏡啊～……」
抬頭望向希利爾的莫妮卡，握緊拳頭斬釘截鐵地說道：
「就會變得看起來很會下棋！」
「…………」
「會變得，看起來很強！」
「…………」
希利爾無言以對，只露出一臉難以言喻的表情，布莉吉特則小聲咕噥道「若實力配不上外表也沒意義」。
在這之中，尼爾夾雜著苦笑發言：
「不過，這種地方其實也很重要呢。像我在去年，也被人家說過『為什麼這裡會有中學部的學生啊』……」
雖然語帶含蓄，卻讓人非常容易想像那個畫面。
吞吞吐吐的希利爾「是、是嗎」地回應，尼爾接著露出某種眺望遠方的眼神感嘆：

「到現在，我還是會這麼想——去年的比賽我之所以獲勝，會不會就是因為被人當成中學部的學生了呢……」

「不可以過度自卑喔。你的棋藝之美妙，是任何人看了都會贊同的。」

溫和地制止尼爾的人，是菲利克斯。

向尼爾露出柔和的微笑後，菲利克斯順勢轉頭望向莫妮卡。接著，就這麼舉起一小束莫妮卡的頭髮，獻上一吻。

「實在非常迷人呢。雖然妳平時就很可愛，今天的妳卻更顯得高雅動人。這種堪比含苞待放花蕾終於綻放時的美豔，想必就連蝴蝶都忍不住想停下翅膀一親芳澤吧。」

菲利克斯詩情畫意的措辭莫妮卡沒能聽懂半句，所以決定問得直接一點。

「看、看起來有像是高中部的同學，嗎？」

「嗯，很像喔。」

「～～嗯！」

眼見莫妮卡開心到無言地抖著嘴唇，菲利克斯喃喃自語地說：「啊，原來這樣講比較開心啊。」

莫妮卡本身對時尚並沒有特別感興趣。又或者說，根本就是漠不關心。畢竟對於成天窩在山間小屋，不與任何人接觸的莫妮卡而言，時尚打扮完全就是身外之物。

只是，自從像這樣來到賽蓮蒂亞學園，讓拉娜指導過怎麼編頭髮之後，莫妮卡的意識就開始出現了小小的轉變。至少已經改變到，被克勞蒂亞說是「幼兒體型」會覺得在意的程度了。

「時間差不多了。閒話家常還請就此打住，殿下。」

望向時鐘的布莉吉特開口提醒。

菲利克斯不捨地放下莫妮卡的頭髮，轉頭環視全員。

「那麼，我們去向學院與米妮瓦的來賓打聲招呼吧。」

從前就讀的學舍名號傳進耳裡，令原本正有點得意忘形的莫妮卡重新繃緊了神經。

（不要緊、不要緊……保持姿勢端正，態度大大方方，這樣只要不出什麼大意外，應該就不會有人認出我了。）

莫妮卡輕輕深呼吸，與其他幹部們一起邁出腳步。

移動中浮現心頭的是，從前曾是好友的少年——巴尼・瓊斯。

仔細一想，讓莫妮卡知道下棋這種遊戲存在的也是他。

當時，對棋局一無所知的莫妮卡，在米妮瓦某個房間看到有學生在下棋，轉頭問向走在身旁的巴尼。

『巴尼，巴尼，那些人，在做什麼呀？』

『那是在下棋。就是所謂的桌上遊戲……閒人們殺時間玩的。』

說著說著，他用鼻子哼了一聲，帶著嘲笑的語氣開口：

『特地在專攻魔術的米妮瓦成立什麼棋藝社，根本只有荒謬可言。難得有機會進入魔術師養成機構的最高峰，怎麼想都該窮究魔術的研究才合理吧。』

望著棋藝社同學們的巴尼，眼中流露出的是輕蔑的視線。

因此，莫妮卡一直相信，巴尼才不會去下什麼棋。

＊＊＊

Silent Witch

棋藝大會的場地，是位於賽蓮蒂亞學園校舍二樓的多功能教室。

教室內，來自學院與米妮瓦的學生及帶隊老師已經各自坐在椅子上談笑。

而在賽蓮蒂亞學園的學生會幹部與代表選手來到教室後，現場頓時鴉雀無聲。

莫妮卡躲在帶頭的菲利克斯身後，一瞥一瞥地瞄向米妮瓦方的座位。

米妮瓦方帶隊的老師，是一位感覺起來有點靠不住的年輕男性。一頭雜亂無章的焦茶色頭髮四處亂翹，光看就覺得八成沒梳理過，散發著不修邊幅的學者氣息。

長相沒什麼印象，年紀也輕，恐怕是莫妮卡畢業後才當上教師的吧。

（這個人沒見過，應該沒問題……）

將視線從老師身上移開，挪往他身後的三位同學。前排的兩位同學看起來很陌生。後排那位則被前兩人擋住，看不到臉。

只是，從兩人之間隱約瞥見的金髮，令莫妮卡的心跳聲加劇到吵耳的程度。

呼吸突然急促到喘不過氣，耳朵深處甚至可以聽見血液汩汩的流動聲。

兩人身後的少年，動作落落大方地邁步上前。

明知自己要面對王族，舉止卻絲毫不顯怯色。

那當然，因為他是利迪爾王國屈指可數的名門貴族——安柏德伯爵之子。

「初次見面，我是米妮瓦的代表選手，巴尼．瓊斯。」

雖然比記憶中低沉了幾分，卻毫無疑問是他的聲音。

那稍微亂翹的金髮、充滿知性的容貌，以及比起五官稍嫌大了些的眼鏡。

（怎麼會……為什麼……）

莫妮卡強忍住想顫抖的衝動，把滿是冷汗的手，在裙襬前用力緊握。

眼前不停閃爍著白光，從前最後一次與他碰面時的光景再度浮現。

因憎惡而扭曲的表情、投向莫妮卡的輕蔑眼神，以及接連出口的惡毒咒罵。

反射性想低頭彎腰時，肋骨立刻被束腰卡住。不可以，不能低頭，要抬頭挺胸才行。

就在莫妮卡動作生硬地重整姿勢時，代表選手們已經開始彼此問候。

三校的學生紛紛向前，依序自介與握手。

首先與賽蓮蒂亞學園打照面的，是學院的三名選手。

三人都是剃了一頭短髮，有如將學院嚴厲校風如實呈現，表情正經八百的男同學。

帶隊的雷丁格教師則是年約四十五歲前後，一頭黑色短髮，眼神銳利的男人。

與學院選手彼此致意之後，莫妮卡正式與米妮瓦代表選手展開會面。

包含帶隊老師與巴尼在內，米妮瓦的同學都散發一身學者氣息。

目前為止，感覺不出任何人有在注意莫妮卡，或言及莫妮卡的傾向。

（不要緊，我就是〈沉默魔女〉這件事，並沒有穿幫，沒有穿幫……）

莫妮卡在內心死命說服自己，隨後，巴尼來到了她的面前，朝她伸出右手。

「我是巴尼・瓊斯。請多指教。」

肋骨又開始痛了起來。會卡到束腰，基本上就是莫妮卡姿勢不夠端正的時候。

挺胸，挺胸——在心中提醒自己，整肅姿勢之後，莫妮卡回握了巴尼的手。

「……我是莫妮卡・諾頓。今天，還請多多指教。」

雖然語調略顯生硬，但幸好沒有大舌頭。

拉娜有提醒過了。她說，人類的第一印象取決於姿勢與表情。

要像其他人那樣浮現自然的笑容，終究是有點困難，可至少，要避免表現出唯唯諾諾的態度。如此心想的莫妮卡，使勁閉緊了雙唇。

感覺就像變身成了別人——要這麼說或許是有點誇大其辭，即使如此，拉娜精心為莫妮卡化好的妝，還是帶給了莫妮卡些許的勇氣。

（不要緊，這可是拉娜幫我化的妝啊。不會穿幫的。絕對，不會穿幫。）

莫妮卡正試圖說服自己時，學院的雷丁格教師望著賽蓮蒂亞學園的成員們開了口。

「今年的貴校，陣容有別於去年呢。」

一反其凶神惡煞的外表，雷丁格教師以文雅的語調開口。隨後，賽蓮蒂亞學園方的博弈德教師用力點了點他那宛若傭兵的腦袋。

「每年，本校的代表都會輪替，讓不同選手上場。」

「賽蓮蒂亞學園去年實力強得非同小可。原本還期待是不是能與同樣的學生再度切磋呢……你不這麼想嗎，皮特曼閣下？」

被喚作皮特曼的米妮瓦帶隊老師沒有反應，感覺上有點在發呆。

直到被雷丁格再度喚了聲「皮特曼閣下？」他才猛然回神，抬頭傻笑起來。

「啊，是呀。說得沒錯，對對對～」

光看就覺得不苟言笑的學院雷丁格教師，以及莫名散發恍神感的米妮瓦皮特曼教師。

這兩位教師你一言我一句地猛誇去年的賽蓮蒂亞學園。這樣的態度，感覺也有點像在示威「今年的選手不足為懼」。

這時，博弈德教師操著有如發自地底的沉重嗓音宣言：

「今年也很強。」

博弈德教師不是個多話的人，而這短短一句話便顯得分量十足。

雷丁格教師的表情稍稍嚴肅了起來。皮特曼教師則依舊一臉傻笑。

「看來本屆大會也很讓人期待呢。學院今年可是不同凡響喔。」

「米妮瓦的代表也都是些前途無量的孩子。還請大家手下留情啊。」

明明比賽都還沒開始，教師卻比學生更先擦出了火花。

棋藝大會名目上雖然是三校交流會，可實質上也是爭奪三大名校頂點的競賽場。

以往都是由學院立下連勝紀錄，但去年在賽蓮蒂亞學園的壓倒性勝利之下紀錄中斷，因此學院方戰意似乎格外旺盛。

學院的雷丁格教師朝莫妮卡瞥了一眼，微微瞇起眼睛。

「賽蓮蒂亞學園今年也有女同學出賽呀。去年那位克勞蒂亞．艾仕利強得嚇人。這位是叫莫妮卡．諾頓小姐嗎。我們很期待妳的本事唷？」

話題突然轉到自己身上，莫妮卡肩頭不禁縮了縮。

棋賽競技者的女性比率壓倒性地低，代表選手就更不用說了。光是身為女同學，似乎就足夠令莫妮卡成為眾所矚目的焦點。

不知如何是好的莫妮卡，維持著抬頭挺胸的姿勢僵在原地時，博弈德教師伸出他巨大的手掌拍在莫妮卡的肩膀上。

「她是我們期待的新人。」

「那太教人迫不及待了。嗯，真的。」

博弈德教師與雷丁格教師之間，彷彿可以看見飛濺的火花。

深感緊張就要突破極限，莫妮卡只好維持著姿勢與表情，在腦海裡瘋狂計算圓周率。

「果然很引人注目啊～諾頓小姐。」

或許是想化解現場緊張的氣氛，艾利歐特向莫妮卡打趣地說道。

不過，莫妮卡現在無暇與他打趣。

「喂──諾頓小姐？喂──」

艾利歐特伸出手掌在莫妮卡面前揮啊揮的，但他的聲音當然傳不進莫妮卡的耳裡。

「二八四七五六四八二三三七八六七八三一六五……」

「啊，這下完蛋了。變得跟帳本那時候一樣。」

正當艾利歐特伸手按上額頭嘆氣，賽蓮蒂亞學園中堅選手──班哲明・摩爾丁裝模作樣地攤開兩手，扯開喉嚨喊了起來：

「犯不著擔心！我等賽蓮蒂亞學園代表所奏出的優美三重奏保證會抓住眾人的目光與心！如果說，諾頓小姐是技巧超群的鋼琴手，艾利歐特是奏出輕快曲調的小提琴手，那我就是能令聽者心靈蕩漾，變幻自在的大提琴家！啊啊～聽見了，我聽見了。被我們洋溢著音樂性的棋風給撼動靈魂的觀眾內心的吶喊！」

踏上數字世界之旅的莫妮卡，以及前往音樂世界神遊的班哲明。

被夾在兩人中間的艾利歐特，比賽都還沒開始，就帶著濃濃的疲勞神色抬頭望向博弈德教師。

「……我總算明白，博弈德老師為啥要我當大將的理由了。」

一言以蔽之，就是負責管理兩個不定時炸彈的苦差事。

＊＊＊

莫妮卡默念圓周率的期間，各校的大將已經結束抽籤流程，定好了比賽的分組順序。

上午的第一場比賽，由「賽蓮蒂亞學園」對「學院」。

中間穿插午餐會之後來到第二場比賽，由「米妮瓦」對「賽蓮蒂亞學園」。

之後經過短暫休息，就是第三場比賽，由「學院」對「米妮瓦」。

要等結束午餐會，進行第二場比賽時，才會對上有巴尼在的米妮瓦。

話雖如此，巴尼因為是米妮瓦的大將，照理說不會與先鋒莫妮卡直接交手才對。

開場寒暄結束後，經過短暫休息，馬上就要迎接第一場比賽。

比賽開始前，莫妮卡走出休息室，前往附有梳妝鏡的梳妝室。不曉得拉娜幫忙結好的頭髮是不是鬆開了，內心稍微有點不安。

賽蓮蒂亞學園畢竟廣收貴族千金，隨處都設有梳妝室。

莫妮卡跑進距離最近的一間梳妝室，確認髮型與臉上的妝安然無恙，並直直地注視鏡中的自己。

鏡中所映出的，是一位臉色活潑健康，隨處可見的普通少女。

從前居住的山間小屋姑且是也有面鏡子。那是看不下去莫妮卡儀容的路易斯特地幫她送來的，要她「多少注重一下打扮」。

可是，莫妮卡幾乎沒用過那面鏡子。因為她對儀容打扮不感興趣。反正萬一得出外見人，只要披上斗篷用兜帽蓋住臉就好了。

（但如果是現在，或許就有點明白，路易斯先生要我注重打扮的理由了。）

外表在社交界就是一項武器。只要看看菲利克斯與布莉吉特等人，就能明白這個道理。

整肅儀容打扮，就相當於鞏固武裝。

只要這樣一想，便開始覺得束腰有點像是鎧甲了。起初雖然感到很拘束，現在卻覺得束腰莫名地可靠。

莫妮卡稍微調了調眼鏡的位置，向鏡中的自己開口低語。

「要、要好好加油，嘍～」

開口道出決心其實有點難為情，不過也同時感覺到勇氣湧現心頭。

向鏡中的自己點點頭之後，莫妮卡離開了梳妝室。

距離第一場比賽是還有點時間，但早點回去總是比較好。

在走廊上快步走著走著，前方的轉角突然出現一道人影。看到那副身影的瞬間，莫妮卡緊張得停下了腳步。

「失禮了，莫妮卡．諾頓小姐。」

稍微亂翹的金髮，令人懷念的眼鏡。以及合身又挺拔的米妮瓦制服。

巴尼——差點脫口而出的這句喚聲，被莫妮卡死命忍住了。

巴尼臉上掛著友善的笑容。他在親近的人面前，習慣露出略帶嘲諷的笑容。但他畢竟是名家之後。面對初次見面的對象，他也懂得收斂自己愛嘲諷人的個性，令言行舉止符合社交常識。

他現在臉上所浮現的，就是那種笑容。

（他應該不是發現，我就是莫妮卡·艾瓦雷特，吧。）

莫妮卡嚥下一口口水。

這裡該怎麼回應才是最佳解呢？總覺得要是亂講話，可能隨時會露出馬腳。

說自己在趕時間，趕快經過巴尼身邊，肯定就是正確答案。心裡雖然很清楚，可是……

（巴尼他，主動找我說話了。）

好久好久不曾被巴尼主動搭話的莫妮卡，胸口湧現滿滿的懷念與惆悵，令她無法邁出腳步離開。即使曾經被那麼殘酷地拒絕過，巴尼的攀談，卻還是讓莫妮卡無比開心。

「請問，方便占用妳一點時間嗎，諾頓小姐？」

莫妮卡噤口不言，只微微點頭回應。巴尼見狀，隨即語帶親切地笑著開口：

「方才見到妳時，我真是嚇了一跳。妳像極了一位我以前認識的人。而且雖然應該是巧合，但妳們倆連名字都一樣呢。」

以前認識的人——啊啊~果然，巴尼已經不願意把我稱為朋友了。莫妮卡暗自在內心大失所望。

接著，發現自己還會為此失望，莫妮卡吃了一驚。果然，自己還是希望能夠和巴尼當朋友。明明都被他表現得那麼厭惡了。

「話說回來，諾頓小姐。妳從以前就在賽蓮蒂亞學園就讀嗎？」

「……」

莫妮卡在立場上是插班生。這裡就算點頭，謊言也很快就會被拆穿吧。但，如果搖了頭，說不定就會讓巴尼心中的懷疑演變成確信。

究竟該不該回答，莫妮卡一時無法拿定主意。
而這短暫的迷惘便成了致命傷。
「有什麼答不上來的理由嗎？」
曾幾何時，巴尼已經逼近到莫妮卡的面前。
站在近距離一看，更能發現巴尼長高了許多。
從前只要視線稍微向上瞄就能對到眼神，現在卻得抬頭才瞧得見臉。
眼鏡下瞇細的雙眼，正冰冷地打算將莫妮卡逼入絕境。
莫妮卡每退一步，巴尼就立刻邁進一步。沒有要放過她的意思。
（怎、怎麼辦、怎麼辦、怎麼辦……）
雙手交握在胸前的莫妮卡，渾身嘎噠嘎噠地顫抖不已。
在她表現出這種畏畏縮縮的態度之後，巴尼的視線變得更加冰冷了。
（在生氣，巴尼生氣了，得向他道歉才行，得拜託他原諒我才行……）
遭到過往記憶支配的莫妮卡，操著顫抖的舌頭正打算開口道出謝罪的言語時，突然出現某個人物，把莫妮卡猛力扯到自己身邊。
緊接著，一道與現場氣氛格格不入，樂不可支的嗓音從頭上響起。
「喂喂喂，別動本大爺的女人啊。」
莫妮卡動作生硬地轉頭，仰望站在自己身邊的人物。
帶著一臉賊笑攀著莫妮卡肩膀的，是一位身穿華麗禮服的黑髮高個男子。
（尼，尼洛——？）

為什麼會穿著禮服？然後，有必要特地挑在這種節骨眼重現早上那個橋段嗎？

正當莫妮卡不知該做何反應而啞口無言，這會兒換沒被尼洛攀住的另一邊肩膀突然變沉了幾分。

扭動眼珠子一瞄，一位身著禮服的金髮男子——琳的身影隨即映入眼簾。身上的禮服金碧輝煌程度比起尼洛有過之而無不及。

「別動我的女人，是也。」

雖然登場時的表情很酷，但台詞與尼洛撞詞了。

莫妮卡雙眼撐大到極限，嘴巴如金魚般張張合合。

只是，巴尼想必比她更來得驚訝吧。突然殺出兩個派頭搶眼到出戲的程咬金，闖進他與莫妮卡之間。

「你、你們兩個，是怎樣……」

一點都沒錯，到底在幹嘛呀——莫妮卡心想。當然，這句心聲並未脫口而出。

話又說回來，尼洛也好，琳也好，兩人都一副雀躍無比，神采飛揚的模樣，這點更教人頭痛。

尼洛甚至興奮到雙眼閃閃發光。這肯定不是因為擔心莫妮卡而趕來，他百分之百樂在其中。

更別提琳乾脆正經八百地向巴尼如此宣言：

「雖說三角關係存在一種典型的美感，可一旦演化到四角關係，個人就覺得有點多餘了……所以，雖感僭越，但可否請閣下就此收手？」

何等自我中心理論。

但，也不曉得是被這股詭異的氣勢給逼退，還是覺得這樣扯下去有點蠢，巴尼一臉掃興地退後，伸手推了推滑落的眼鏡。

「……恕我賽前失禮了。」
只留下這句話，巴尼便轉過身去，離開了現場。
確認已經看不見巴尼的背影後，莫妮卡當場癱軟在地。
這才發現自己流了一身冷汗。感覺比對局來得更磨耗精神。
「哎呀～看見沒，本大爺的精采演技！果然本大爺最強最帥啦。」
「方才這一幕，讓人感覺今日的任務已經全數圓滿達成了。」
仰頭望向語帶滿足的尼洛與琳，莫妮卡操著有如命懸一線的嗓音問道：
「那個，你們兩個，那身服裝……是？」
尼洛與琳身上的禮服，華麗到就跟要去參加晚會沒兩樣。不合時宜也該有個限度。
面對莫妮卡的質疑，琳淡淡地開口回答：
「是的，由於事前已提醒過，以我們外表的年齡，穿制服恐怕過於勉強，故我們決定加以改善。」
「改善……」
莫妮卡語調空洞地回應，琳點點頭接話。
「本次服裝的主題──『明明就還沒到校慶，卻興高采烈穿了禮服跑來的得意忘形潘吉二人組』是也。」
「變裝得超完美對吧！」
琳與尼洛都一副不覺得自己有什麼問題的態度。
被夾在金碧輝煌的兩人之間，莫妮卡忍不住伸手蓋在掛了眼鏡的臉上。
「那個，你們聽我說……剛才你們及時趕來幫我，我真的很感謝……可是拜託你們……真的誠心誠意求求你們，請你們變身成貓跟鳥吧……」

今早就應該向他們這樣約法三章的，莫妮卡發自內心感到後悔。

✶ 第四章　我的朋友

棋藝大會的會場裡，考慮到避免讓選手在賽事進行過程中分心，觀眾席特地設在離賽桌稍微有段距離的位置。

在拉娜抵達多功能教室時，觀眾席最前排的長椅上，已經坐了沒出賽的學生會幹部。

拉娜還在煩惱該坐哪邊好，一同前來的克勞蒂亞與古蓮就瞄準最前排的尼爾，一左一右毫不遲疑地坐了下來。被古蓮擠開的希利爾眉角當場上吊。

「不准推擠旁人！其他位子明明還多得是吧！」

「可是，就是要坐在尼爾旁邊，比賽時才能聽他解說咩！」

「我跟尼爾可是有婚約在身，坐他旁邊有什麼不對呀。兄、長？」

看到古蓮與克勞蒂亞的舉動，就覺得自己顧忌那麼多像個傻瓜似的，拉娜於是也機靈地坐到了克勞蒂亞身邊。

遠離觀眾席的賽桌旁，正於選手席就坐的莫妮卡發現拉娜一行人抵達，忽地抬起頭來。

拉娜朝莫妮卡揮了揮手，便見莫妮卡忍著不讓嘴角上揚，悄悄地揮手回應。

「總覺得，在各方面都好正式哩。那個看板是做什麼用的啊？」

如此發問的古蓮，手指指的是設置在選手席與觀眾席之間的大型看板。

回答古蓮這道問題的人是尼爾。

「那是用來實況與講解的。你看，上面有畫棋盤格線對吧？到時候就會比照對局內容插上代表各種棋子的圖釘，好用來呈現賽況。」

「原來如此～的確，不然坐這麼遠看不到棋盤嘛。」

正依偎在尼爾身上的克勞蒂亞聽了古蓮這回應，露出一副雞蛋裡挑骨頭的視線望向古蓮。

「……說得好像只要看得見棋盤，你就能搞懂戰況呢。」

「棋賽這點小意思，我可也是看得懂的好嗎。感覺風向不錯的時候，會向對手喊『將死！』對吧。就像在放必殺技，超帥的！」

聽到古蓮的發言，拉娜由衷感到安心。看來，對於棋賽一無所知的人並不只有自己。

暗中放下心中一塊大石頭之後，從附近座位傳來了對話的聲音。

最前排的一張長椅上，可以見到賽蓮蒂亞學園的棋藝教師博弈德，還有學院與米妮瓦的帶隊老師。

其中，學院的老師似乎正在向博弈德老師攀談。

學院，那是賽蓮蒂亞學園接下來準備交鋒的對手。

「今年的學院可不簡單喔。再怎麼說，一年級那個新入生都相當了得。他是來自蘭道爾的留學生，而且是專門為了精進棋藝，才特地進入敝校留學的。據說，他在蘭道爾的學生圈子裡，已經是打遍天下無敵手的名人了。」

學院的老師滔滔不絕地炫耀，坐在一旁的米妮瓦老師聞言，溫吞開口回應。

「為了練棋特地跨國留學的嗎？那可真厲害呀～」

「真的，真的，那同學可優秀極了。偏偏就是腦筋死板了些。以他的實力，明明就應該擔任大將，可卻堅持『個人只是一年級新生，理應當先鋒』什麼的，講也講不聽。唉唉～實在有點對不起米妮瓦與賽蓮蒂亞學園的先鋒選手啊。」

拉娜忍不住望向了記載在看板上的選手名單。

自蘭道爾王國前來學院留學的稀世好手新人，名叫羅貝特．溫克爾。

他就是莫妮卡初戰要面對的對手。

「哎呀哎呀、哎呀哎呀，好同情那位小姑娘啊～就一位女同學而言，她應該算是頗有兩把刷子，可既然對上的是咱們的王牌選手，只怕負擔還是沉重了些。」

學院教師說著說著，還不忘朝博弈德老師剛毅的五官一瞥一瞥地猛瞄。

這時，博弈德老師露出一臉有如身在戰場的嚴厲表情，沉沉地低語。

「先向你賠個不是。」

「怎麼怎麼，這是在賠什麼不是來著？難不成，那位女同學實力真的太差，恐怕讓比賽一面倒，是這個意思嗎？」

「很抱歉，排了莫妮卡．諾頓當先鋒。」

「啊啊～果然，賽蓮蒂亞學園是為了給大會一點滋潤，才特地派女同學出賽的嗎？還是說，那位少女家裡捐贈了高額獻金之類的？唉～賽蓮蒂亞學園畢竟不像敝校採行實力至上主義嘛～也難怪會有這種狀況出現呢，真的。」

（很失禮耶！這人把莫妮卡當成什麼啊！）

就在拉娜咬牙切齒壓抑住怒火時，博弈德又咕噥了起來。

「莫妮卡．諾頓是因為過度缺乏經驗，才被我排作先鋒。」

「喔喔～畢竟女性動手對局的機會不多嘛～她棋歷幾年？總不會才一年來著吧？」

面對強忍笑意的學院教師，博弈德豎起了兩根粗壯的手指。

「兩星期。」

除了拉娜之外，現場還有另一個人豎耳關切著這群教師們的對話。

那就是米妮瓦代表選手——巴尼·瓊斯。

他的細眉向上一顫，帶著打量的眼神，緊緊盯著坐在選手席的莫妮卡不放。

＊　＊　＊

莫妮卡按著隱隱作痛的胃，來到了被安排好的座位。

之所以會胃痛，並非受到比賽帶來的壓力影響，而是感覺真實身分似乎會被巴尼看穿的緊張所致。

除此之外，尼洛和琳有沒有好好執行看守任務也很教人不安。

方才已經向尼洛與琳再三耳提面命過了，內心很想相信不會出問題……可是他們倆對那身裝扮看起來情有獨鍾，實在還是放不太下心。

唉～忍不住嘆了一口氣，結果坐在面前的學院男同學立刻開口關切莫妮卡。

「有哪裡不舒服嗎？」

「呃，不，沒有……我沒事。」

「這樣嗎。」

這位自稱羅貝特·溫克爾的同學，雖然似乎只有十六歲，但體格卻魁梧到不像是比莫妮卡年輕的男生。

他不僅身材高大，肌肉還十分結實，給人一種比起下棋，更適合練劍的印象。

（現在還是，集中精神面對眼前的比賽吧。）

「時間差不多了。請多指教。」

「還、還請……多多，煮教。」

大舌頭了。

唉～今天口齒都還蠻清晰的，怎麼偏偏就這種時候大舌頭，好難為情——莫妮卡稍稍消沉了一下，但僅為期短短數秒。

抬頭面向棋盤之後，莫妮卡內心的羞恥與不安立即一掃而空，滿腦只剩下對局的事情。

察覺到莫妮卡的樣子出現明顯變化，羅貝特顯得有些吃驚。但就連他驚訝的表情都進不了莫妮卡的眼裡。

莫妮卡現在眼中所見的，就只有棋盤上的旗子。

在比賽宣布開始的同時，觀眾席的古蓮便舉手搭在嘴邊，準備大聲么喝幫莫妮卡助陣。驚覺此事的尼爾，當機立斷塞住了他的嘴巴。

「選手對局中，不可以大吼大叫啦！」

「唔咕……我只不過是，想喊聲『莫妮卡加油～』而已啊……」

「不、可、以。」

遭到尼爾痛斥的古蓮身旁，希利爾好似在強忍頭痛一般，揉著太陽穴開口：

「梅伍德總務。就算是為了維持本校的品格也好，請你就這麼把古蓮．達德利的嘴封上一陣子。」

希利爾這番話，讓克勞蒂亞嘴角上揚笑了起來。

論誰都看得出來，那邪惡的笑容底下絕對沒安好心。

「只要大聲幫莫妮卡加油，就可以讓尼爾伸手遮住嘴巴是嗎。好難抉擇呀……」

「完全沒半點需要抉擇的地方好不好。嗳，別扯這個了，比賽戰況如何？現在是誰贏啊？」

聽到拉娜如此在意賽程，克勞蒂亞帶著發自內心傻眼的目光回應。

「……才在這麼序盤，沒可能看得出勝負走向吧。」

對棋事陌生的拉娜，只好默不作聲，使勁按耐激動的情緒。

接著，從尼爾手掌中解放的古蓮，用比往常稍微收斂了點的音量說：

「可是，莫妮卡那桌的進展是不是特別快啊？棋子變動的速度好像是其他桌的兩倍以上喔。」

一如古蓮所言，顯示盤面的看板，就只有先鋒那面以異樣的速度在更新。

變化的速度之快，讓負責更新實況的學生甚至得慌忙交互比對盤面與看板。

拉娜抱著被挖苦也無妨的決心，向克勞蒂亞開口發問：

「嗳，棋賽的對局，有什麼下得愈快愈有利之類的規則嗎？」

「……棋賽有規定選手思考時間的合計上限，所以下得俐落本身絕非壞事。只不過，莫妮卡的速度顯然是太快了。」

莫妮卡每手思考的時間總是不超過三秒。看在旁人眼裡，甚至會覺得她動棋是不是完全沒經過大腦。

古蓮怦地捶了一下手掌。
「我知道了！她一定是想用這種快攻，來給對手製造壓力啦！」
聞言，希利爾面有難色地低語回應古蓮這番見解。
「確實是有主打這種風格的棋手存在……可是諾頓會計她，真的會刻意使用這種向對手施壓的戰術嗎？」
這時，看板更新了莫妮卡最新的一手。下個瞬間，希利爾、尼爾，以及克勞蒂亞三人頓時臉色大變。不單只是他們。除了不諳棋事的拉娜與古蓮之外，幾乎整個會場的人，都被先鋒戰吸走了注意力。

至今為止都只是默默觀戰的菲利克斯，側眼望向坐在身旁的布莉吉特開口：
「如何？她的實力配得上外表吧？」
布莉吉特舉起扇子遮住嘴邊，瞇細了雙眼。
那雙琥珀色的眼眸，正文靜而堅定地注視著莫妮卡。
「我聽說，那姑娘雖然被前柯貝可伯爵夫人收作養女，卻被當成下人對待，沒有接受貴族應有的教育。明明如此，竟然善於運用高等數學，還身懷出類拔萃的棋藝……」
將原本投向莫妮卡的視線轉而望向菲利克斯，布莉吉特以她完美的淑女容貌露出一記微笑。
「真不曉得，要上哪兒接受怎樣的教育，才能培育出這樣的人……我相當感興趣。」
聽了這番話，菲利克斯也回以完美的王子殿下笑容。
「是呀，我也很好奇喔。」

就在兩人簡短交談的這段期間，盤面已經以駭人的速度，展開了水準高到嚇人的攻防。

羅貝特發起的攻勢，都一一遭到莫妮卡精確地瓦解。

莫妮卡反擊的速度，簡直像打從一開始就明白對方會如何下手。而羅貝特也不甘示弱地接連使出下一波攻擊。

下一手，以及下下一手，雙方就這麼不斷預判對方在好幾十步以後的棋路。

論誰看了都明白，就只有這場先鋒戰的水準明顯不一樣。

坐在教師席的學院教師雷丁格一臉鐵青，反覆「兩星期？啊？兩星期～～～？」地咕噥不停。另一方面，坐在米妮瓦區的巴尼，眼中則沒有看板的存在，只露出黑暗的眼神瞪著莫妮卡不放。

莫妮卡舉起騎士，微吐一口氣。原本近乎無機物的撲克臉，就在放下棋子的同時軟化，眉尾不爭氣地下垂。

以一如往常的態度搓著指頭，莫妮卡低聲開口說道：

「呃——這樣就將死……了。」

這場全棋藝大會等級最高的比賽，就這麼在短到驚人的時間內結束了。之後再經過將近一小時，中堅與大將賽都由學院拿下勝利。

最終戰績是二勝一敗的學院獲勝。不過，在場所有的人都心知肚明——

現在這個會場內，實力最強的人是誰。

＊＊＊

第一場比賽結束後，現場舉行了由學生會主辦的，兼具交流會性質的自助餐派對。

參加者只限各校代表選手、帶隊老師，以及學生會幹部。前來觀戰的同學被安排到別處用餐。

不想引人注目的莫妮卡站在會場角落，一瞥一瞥地環顧四周。巴尼正與同樣來自米妮瓦的學生邊談笑邊享用餐點。雖然看起來沒有要接近莫妮卡的打算，但不能掉以輕心。得盡量保持距離才行。

在莫妮卡思索著這些問題時，艾利歐特與班哲明端著盛有輕食的盤子走近了身邊。

「嗨～我看過妳上一場比賽的棋譜嘍，諾頓小姐。」

艾利歐特的態度顯得有點不是味道。

畢竟，與學院的對局，莫妮卡是唯一的勝利者，艾利歐特與班哲明都吞了敗績。該不會是因為只有自己贏棋，害他不開心了吧。

這樣的疑惑正令莫妮卡直打哆嗦，艾利歐特就從極近距離瞪起莫妮卡的臉，伸出食指往她眉間一扭一扭地戳呀戳的。

「明明就陪妳練棋練得天昏地暗……結果妳跟我對局時，又手下留情了是吧？」

「不、不是的，完完全全，絲毫都沒有，那種事！」

「看過這棋譜，誰都會覺得妳練習時放水好嗎。這對局是怎樣！滿滿都是推翻定跡的新棋路……這種比賽，根本就是可以名留棋界歷史的對局吧。」

「哪、哪有，太抬舉了……」

莫妮卡被戳著眉心找理由辯解，班哲明趕緊開口指責艾利歐特，要他別太欺負學妹。

「所謂的協奏曲，任何一方過於突出都無法成立。必須在兩者實力抗衡的狀況下才能導向更高的境界，譜出美妙的旋律。這場比賽，對手是個無可挑剔的強敵。正因如此，諾頓小姐才有辦法將實力發揮得淋漓盡致吧。換句話說，以往沒辦法讓諾頓小姐拿出真本事，只能怪我們自己不中用。別太鬧彆扭了。」

說到這裡，班哲明中斷發言，把他的亞麻色妹妹頭使勁一甩，仰天長嘯起來。

「……喔喔～如果可能的話，真希望不是透過棋譜，而是親眼見證這段美麗旋律誕生的瞬間！神啊！為何，為何祢讓我成了代表選手！我想以觀眾身分見證這一切啊！」

班哲明遣辭用句是浮誇了點，但相當切中核心。

與莫妮卡對弈的羅貝特．溫克爾確實是以往不曾面對過的最強勁敵，也因此莫妮卡才能在對局過程中摸索出新的棋路。

這盤棋下得好開心喔～正當莫妮卡如此沉浸在餘韻中，突然看到有個人朝自己走來。

那身魁梧到難以想像比自己年幼的結實體格，加上一頭黑色短髮與端正精悍的五官——說曹操曹操到，與莫妮卡對局的羅貝特．溫克爾來也。

「莫妮卡．諾頓小姐。」

遭人開口點名，莫妮卡身體為之一顫，反射性躲到了艾利歐特與班哲明的身後。

莫妮卡個性極度內向，其中又以羅貝特這樣高大的男性格外令她恐懼。

面對不知所措的莫妮卡，羅貝特擺出有如軍人般挺拔的站姿繼續開口：

「方才那場比賽的表現，個人深感佩服。」

「謝、謝謝……」

「有鑑於此！」

羅貝特猛力睜大雙眼，朝莫妮卡直視到幾乎教人恐懼的地步。

「個人希望，能以對局為前提，和妳立下婚約！」

發自丹田的中氣十足嗓音。著實響亮無比，響遍了整間會場。

希利爾當場被飲料嗆到，尼爾語調高了八度，脫口爆出「婚！婚約？」的驚愕之聲，布莉吉特則是投以輕蔑的眼神，認定對方是個不看氣氛場合說話的笨蛋。

至於菲利克斯，他笑容一如往常溫和——只不過渾身好似散發一股火藥味，直盯著羅貝特不放。而離案發現場最近的艾利歐特，就跟大多數人一樣，目瞪口呆地說不出話來。莫妮卡也不例外，一臉呆滯不知該作何反應。

出聲打破這股微妙氣氛的人，是班哲明。

「真教人嘆息！」

班哲明仰身向天，劇烈地甩動他亞麻色的頭髮開口。

「所謂的戀愛，理當要奏出更為熱情，更令情緒波濤洶湧的旋律才對吧！不美麗！這場求婚在音樂面而言一點都不美麗！失敗作也該有個限度！」

透過全身肢體語言表現嘆息的班哲明，滔滔不絕地闡述起自身的戀愛論。

就在場面快要一發不可收拾的時候，終於出現一名打圓場的強人——艾利歐特。

「呃——這個嘛。姑且不提什麼音樂不音樂的，你剛那告白是什麼意思來著？若是以結婚為前提也就罷了，什麼叫以對局為前提立下婚約？聽都沒聽過。」

「失禮了，怪我說明不周。容我就此開始解說個人的想法，還望莫妮卡小姐務必積極檢討！」

羅貝特維持著端正的站姿，以正經八百到近乎憨直的態度，乾脆俐落地解釋了起來。

「個人在方才對局中深深為莫妮卡小姐的棋藝所打動。她是第一個令我敗得如此徹底的同年代女性。可能的話，希望將來能有更多與她對局的機會……然而，我們既非同校，又沒有任何交集。為此我思考了一番。只要立下婚約，就有了周末或長期休假時碰面的理由。如此一來，往後就能夠盡情對局。所以，希望能取得莫妮卡小姐的同意。」

原來如此，好一番憨直的說明，確實讓人理解他那番「以對局為前提立下婚約」的說詞絲毫不假。

被莫妮卡拿來當盾牌的艾利歐特與班哲明轉頭望向彼此。

「真不簡單。自我中心到讓人佩服的地步耶，這傢伙。」

「一點都不音樂……啊啊～一點都不美麗……」

這時，羅貝特從旁輕快地繞過盾牌，站到躲在艾利歐特與班哲明身後的莫妮卡面前。

噫——莫妮卡尖叫了一聲，但羅貝特顯得不以為意。

「個人是蘭道爾王國男爵家的五子。雖無法繼承爵位，卻已預定畢業後會進入蘭道爾王國騎士團。在騎士團內，凡是長於棋藝者，皆有機會成為指揮官候補。因此可以自負地說，個人將來是倍受保障的！再者老家並未欠債。雙親事業腳踏實地！與長兄們更是兄友弟恭！還養了三條狗！請無須抱有任何擔憂，儘管安心嫁進男爵家！」

自說自話的飛躍程度也未免過於驚人。

（總而言之，得趕快拒絕……）

歸根究柢，莫妮卡．諾頓這身分從來就只是虛構的。

任務。

莫妮卡的真面目，是為了護衛第二王子而潛入校園的七賢人。和人訂婚什麼的，根本就是不可能的

「那個，我沒辦法和你訂婚。非常對不起。」

「這是為什麼。莫非妳已經有了別的未婚夫？」

「不是的，我沒有，可是……」

艾利歐特向莫妮卡露出了「妳也太老實了吧～」的眼神。

可是，要在這種場合隨便扯些小謊打發過去，莫妮卡還沒有那麼精明。

眼見莫妮卡表現得忸忸怩怩，羅貝特開始講得愈來愈激動。

「若是嫁到外國令妳心有不安，那請儘管放心。無論家庭問題、語言，還是社交界，個人保證會在所有方面竭盡全力給妳支援。好讓妳不用煩惱任何事，可以專注於精進棋藝與對局。」

「不，這個，那個……對不起！」

再也無法留在現場的莫妮卡，一溜煙跑向了走廊。雖然動作笨重無比，卻是莫妮卡使盡全力的極速奔跑。

「莫妮卡小姐！話還沒……！」

羅貝特正打算追過去，就出現兩隻手掌拍在他的肩膀上。

擺在右肩的是菲利克斯的手，左肩的則是希利爾。

看在旁人眼裡，雖然只像是輕輕拍一拍，可仔細觀察就會發現，兩人正強力施壓到衣服出現皺褶的程度。

「失禮了，那孩子是我們學生會的一員。可以請你先與我談談嗎？」

「在交流會做出如此缺乏常識的舉動，作為學生會幹部無法視而不見。」

菲利克斯臉上掛著笑容，只是眼神並沒有笑。

而希利爾甚至已經帶著冷冰冰的撲克臉散發起冷冽氣息。

有預感接下來場面將十分恐怖，艾利歐特臉龐不由得抽搐了起來。

＊＊＊

從午餐會會場飛奔而出的莫妮卡，就在銜下連接二樓與一樓的階梯後停下了腳步。再怎麼說，平時畢竟缺乏運動，單是小跑這麼段路就已經上氣不接下氣。莫妮卡將背部靠上牆壁，試著調整紊亂的呼吸。

（嚇了一大跳……）

被人當面求婚這種事，當然不用說，以往從沒經歷過。

羅貝特並不是受到莫妮卡的容貌或個性給吸引，純粹是看上莫妮卡下棋的手腕，在此前提下，希望能增加對局的機會，因而提出婚約。

對大多數人來說，聽起來或許會覺得像在把人當傻瓜，甚至因此火冒三丈。但莫妮卡卻深感羅貝特思維何其理性，甚至心生佩服。

對於不諳情愛的莫妮卡而言，要扯些戀呀愛的她始終沒什麼頭緒。

自己無論容貌或社交能力都在常人以下，也不懂怎麼察言觀色說些好聽話。要是有人說什麼愛上這樣的自己，還不如憨直地表明因為想對局所以希望能訂婚來得直截了當。

話雖如此，對於這突如其來的婚約，當然也沒半點想接受的意思。

（傷腦筋……）

現在回到會場去，顯然只會在不好的意義上引人注目。

直到與米妮瓦的比賽開始前，都找個地方躲起來好了——就在盤算著這種主意時，前方突然隱約看見某種搖晃的不明物體。

「……咦？」

不明物體原來是火焰箭。五支有成人手臂粗的箭矢飄浮在莫妮卡的前方。

莫妮卡發出聲音的瞬間，火焰箭便朝莫妮卡直飛而來。這是常人絕對無從閃避的攻擊。

不過，莫妮卡反射性地無詠唱展開結界，擋下了火焰箭。

「果然是妳沒錯，莫妮卡。」

從樓梯上響起的嗓音，令莫妮卡瞬間凍僵了背脊。

緩緩抬頭朝樓梯一看，過往的好友——巴尼．瓊斯站在階梯轉角的身影立即映入眼簾。

轉角處窗口射進的陽光，令背光的巴尼表情顯得一片漆黑。即使如此，仍然可以清楚看見，他嘴角正浮現一抹刻薄的微笑。

巴尼緩緩走下樓梯，站到莫妮卡的面前。莫妮卡就這麼站在原地，一動也不敢動。

面對這樣的莫妮卡，巴尼的反應是出言嘲笑。

「七賢人大人，妳怎麼會跑到這種地方來玩學生家家酒？我聽說妳跑到山間小屋足不出戶隱居了，難道只是空穴來風？」

「啊，嗚……」

莫妮卡卯足了勁想開口。可結果只是嘴巴張張合合，無法擠出嗓音。平衡感也逐漸喪失，站姿開始搖搖欲墜。

「喔，該不會妳是隱瞞身分，想重新體驗一次校園生活？特地跑到賽蓮蒂亞學園這個名門中的名門享受學生家家酒，未免太奢侈了吧？更別提還讓好幾個男人同時伺候妳，玩什麼三角戀愛……哈哈，看來妳過得挺愜意的，可不是嗎。」

讓男人伺候——這段話令莫妮卡為之愕然。

莫非，不，根本沒什麼莫不莫非……這肯定是在講那件事。

（是在講尼洛跟琳小姐——！）

使魔與精靈那段使出渾身解數的惡搞，看來是被巴尼給照單全收了。

可是，這裡也無法一五一十向巴尼坦白。護衛第二王子的任務，是極祕任務。

莫妮卡忍不住垂下頭去，巴尼隨即朝她伸手。然後，粗魯地握起一束拉娜幫她燙得漂漂亮亮的捲髮。

「妳給人的印象不一樣嘍？在聽到名字之前，都絲毫沒想過會是妳。這不是變得挺花枝招展的嗎。明明就連好好跟人說話都辦不到。還自以為成熟地扮時髦？」

「……嗚……啊……」

「恭喜妳喔？連鄰國的男人都被妳勾引來求婚。」

巴尼出口的一字一句，都深深刺傷著莫妮卡的心。

莫妮卡表情傷得愈重，巴尼的笑容就愈深。

「喔喔，我懂了。妳是為了攏絡第二王子，才假扮成柔弱的學生接近他吧？很像妳會做的事呢。裝得手無縛雞之力，再依附在別人身上……簡直就像條寄生蟲。」
自己老是接受別人親切幫忙，卻什麼都沒辦法報答，莫妮卡始終為此過意不去，因此巴尼這番指責，實在是過於教她難以承受。
眼見莫妮卡開始渾身顫抖，巴尼更是嗤之以鼻。
「怎麼？妳該不會是沒有自覺吧？那我這就向妳說個清楚。」
揪著莫妮卡頭髮的手沒有放開，巴尼就這麼瞪向莫妮卡的雙眼開口：
「妳就是個狡猾的人。無論何時心裡都只有自己，從不關心他人。自己以外的人不管出了什麼事，妳全都不痛不癢，更從未因此心疼對吧？」
狠狠扔來的激烈侮辱，聽得莫妮卡一片茫然。
（巴尼在心裡，是這樣子看待我的嗎？）
要是，還能像以前那樣好好對話……這麼一絲天真的希望，如今已伴隨著嘲笑聲，在巴尼腳下硬生生遭到了踐踏。
莫妮卡·艾瓦雷特是巴尼·瓊斯所憎恨的對象。疏遠的對象。侮辱的對象——這就是現實。
莫妮卡眼眶的深處，開始持續不斷發燙。
（不可以，哭。）
使勁咬緊牙關，莫妮卡拚命不讓自己發出嗚咽聲。然而，鼻梁還是不斷湧現刺痛感。好想就這麼委身於絕望，不像樣地倒地痛哭。
「像妳這種狡猾的人，要不了多久就沒人想跟妳打交道了啦！」
（我知道啊，巴尼。像我這種人，根本不會有誰想要來往。）

即使如此，在當時還年幼的莫妮卡面前，巴尼向她伸出的援手，還是令她無比開心。所以，莫妮卡好想成為一個讓巴尼引以為傲的朋友。明明只是這樣而已。

（像我這種人，竟然妄想跟人家成為什麼朋友，是我太不知天高地厚了。）

壓抑住的淚水眼看就要一口氣決堤，這時——

「給我等一等！」

一道英勇的少女嗓音響徹了走廊。

回神抬頭一看，發現有人正朝自己跑來。絲毫不顧會甩亂一頭整然有序的長髮，翻著裙襬飛奔而至的人，是拉娜。

注意到拉娜的存在，巴尼趕緊揮開莫妮卡的頭髮，向後退下一步。拉娜就直接闖進這一步拉開的空間，狠狠瞪向巴尼。

「雖然我沒聽到你們的對話，但這是怎麼一回事？這位先生，你是米妮瓦的人對吧？」

「喔，失禮了。妳是這所學園的同學嗎？」

「我在問你這是怎麼回事，先生？請你回答我……還是說，把女孩子在走廊上逼哭，就是米妮瓦的作風嗎？」

拉娜抬起纖細的下巴，繼續朝巴尼瞪住不放，巴尼則皮笑肉不笑地聳聳肩。

「抱歉沒先報上名號，失禮了。我叫巴尼．瓊斯，是米妮瓦的代表選手。我和莫妮卡認識很久了。想說找她聊聊往事，沒想到聊著聊著，她好像就懷念過頭哭了出來。」

聽巴尼講得頭頭是道，拉娜頓時露出看往可疑人物的狐疑視線。

「嗯哼～……原來，你就是莫妮卡不想見到的人是吧。」

低聲咕噥之後，拉娜往莫妮卡背上輕輕拍了拍。

「走，我重新幫妳補妝。一起到梳妝室去吧。」

「……嗚，嗯。」

莫妮卡點了頭，拉娜於是朝巴尼露出一記品行端莊的淑女微笑。

「非常不好意思，瓊斯大人。我接下來，還得忙著幫朋友補妝，恕我先行告辭。」

「朋友？」

拉娜這句話，讓巴尼眉頭一顫，嘴邊浮現扭曲的笑容。

「我勸妳還是別跟那個人當什麼朋友比較好喔。保證妳將來有苦頭吃。她啊，最擅長假裝自己一個人什麼都辦不到，再把別人當成工具利用了。」

巴尼這番話，令莫妮卡身體有如遭到鞭打一般顫抖。

然後，拉娜則是……

「你、說、啥？」

淑女般的笑容開始抽搐，額頭也逐漸浮現青筋。

「莫妮卡才不是會做那種事的人好嗎。」

「她只是在演戲。裝得弱不禁風，實際上，心裡都把人當白痴耍。」

拉娜終於直接扔掉淑女笑容，露出銳利的目光朝巴尼狠瞪。

「你這人眼光也未免太差了吧。怪不得會戴那種既沒品，尺寸又跟臉不合的土～～包子眼鏡，建議你先去重配一副怎麼樣？」

這麼幾句話，場面便立刻凍結。這會兒換巴尼顏面抽搐了起來。

推了推被人嘲笑品味老土的眼鏡，巴尼也朝拉娜回瞪。

「包準妳會後悔。剛才的棋賽妳看到了吧？她實際上腦袋比誰都精明，又天賦異稟。明明這麼得天獨厚，卻裝出一副什麼都不會的表情……『隱瞞自己的真面目』，享受別人給自己的幫助。」

隱瞞自己的真面目──這句話令莫妮卡當場倒抽一口涼氣。

巴尼說得沒錯。的確，莫妮卡隱瞞了自己身為七賢人的真面目。對拉娜撒了謊。仗著大家的好意接受各式各樣的幫助。

發現莫妮卡呆立原地不知所措，拉娜緊緊握住了她的手。

「噯，你差不多就老實承認了怎麼樣？……其實，你就只是嫉妒莫妮卡吧？」

拉娜的回應，令巴尼的動作靜止了一瞬間。

巴尼臉上的笑容逐漸脫落。取而代之的，是從崩落的笑容假面具下，滿溢而出的強烈憤怒與憎恨。

「總有一天妳會切身體悟的。等妳領教到自己與她如天壤之別的實力差距，再不願意都會明白，我說的字字屬實。」

「我要是交到那麼優秀的朋友，還不主動向家父炫耀嗎！『我有個朋友很厲害喔，她是我自豪的好朋友』這樣！是你自己心胸太狹窄而已！」

「我懂了，原來缺乏學力的凡人，一旦與天才之間實力落差過大，就連不甘心的感情都不會湧現啊！」

當巴尼出口嘲笑拉娜的瞬間，莫妮卡腦袋都還沒轉好，嘴巴就先動了起來。

「巴尼──！」

莫妮卡罕見地大吼，讓拉娜與巴尼都滿臉驚訝地望著她。

思緒雖然仍未理清，莫妮卡仍死命從喉嚨擠出嗓音接話：

「要是你敢說，我的朋友的壞話……我會，一輩子沒辦法，原諒巴尼。」

聽完莫妮卡的主張，巴尼顯得有些掃興。

「妳會沒辦法原諒我，那又如何？妳以為事到如今，我還會因妳的發言而受傷嗎？」

出口的話語雖然一樣惡毒，但卻缺少了方才那股咄咄逼人的氣勢。

肯定是嚇到了。因為至今為止，莫妮卡一度也不曾向巴尼表現過敵意。

莫妮卡緩緩調勻呼吸，把始終沒能說出口……但一直想說出口的那番話，傾吐而出。

「我以前，不管什麼事都只會依靠巴尼，所以我一直想要，成為一個能夠讓巴尼依賴的，了不起的人……」

莫妮卡總是仰賴著走在前頭的巴尼，讓他拉著自己的手。所以她希望，有一天能夠成為足以和巴尼並肩同行歡笑的，對等的好朋友。

「我好想讓巴尼，說我是他自豪的好朋友……明明只是這樣而已。好厲害呀，妳很努力吧，我就只是想聽到巴尼這麼誇我，而不是其他任何人……」

但，這只是一場無法成真的夢。會抱著這樣的夢想，本身一定就已經錯了。

「可是，我已經，不要了，我放棄想讓巴尼誇獎的想法了。我不會，再對巴尼抱任何期待了。」

彷彿要斷絕一切似的，莫妮卡閉上了雙眼。

再度睜開眼皮時，瞳孔裡已經不再映照出從前的好朋友身影。

莫妮卡以顫抖的手掌握起拉娜的手，轉身背對巴尼。

巴尼向莫妮卡伸出手去，打算說些什麼，但手掌隨即遭到拉娜毫不留情地拍落。

「一個大男人這麼死纏爛打，很難看喔？」

扔下這句話，拉娜回握住莫妮卡的手掌。

巴尼不發一語，只是靜靜地呆立原地。

就這樣，在兩人比肩起步，遠離巴尼之後，拉娜才滿足地用鼻子哼了一聲。

「這不就好好說出內心的想法了嗎？」

面對笑咪咪的拉娜，莫妮卡靦腆地點點頭。

「今天的我……比平時稍微，強一點。」

低頭望了望自己的制服，莫妮卡扭起嘴角露出微笑。

「因為穿了束腰，讓我會抬頭挺胸，也因為化了妝，讓我想哭的時候，覺得萬一哭出來會害妝糊掉，才忍得住淚水……都是多虧了，拉娜。」

「放心，我會再幫妳化得更可愛出眾的。」

看到莫妮卡不停點頭，拉娜露出開懷的笑容，緊緊抱起了莫妮卡的手臂。

聽到莫妮卡宣言的瞬間，巴尼．瓊斯的思考出現了龜裂。

兩年前，與莫妮卡表明絕緣之後，巴尼自認已經打從心底獲得了安寧。

可是，他卻依然無時無地都在意著〈沉默魔女〉的動向，還把她所發表的論文一篇不漏地讀遍。

每當七賢人〈沉默魔女〉受人讚賞時，巴尼內心的某處就會浮現這樣的想法：

——從前對她百般關照的人，是我。

——傷害這樣的她，把她踐踏得遍體鱗傷的人，是我。

獲選成為七賢人的天才少女，哭成淚人兒乞求自己原諒的身影，一直讓巴尼在心底抱著黑色的愉悅。

然而，莫妮卡已經不再對巴尼抱有任何希望。不抱任何期待了。如此宣言之後，她轉身背向了巴尼。

逐漸遠去的背影，是與兩年前徹底相反的光景。

那時明明是巴尼拋下莫妮卡遠去，如今巴尼卻成了被拋下的人。

（不對、不對、不對！）

莫妮卡必須得永遠意識著巴尼才行。

要更在意更在意更在意巴尼，意識到巴尼，對巴尼感到恐懼才行。

「這種事，我才不承認。」

巴尼快步走在走廊上，尋找米妮瓦帶隊老師皮特曼的身影。

皮特曼留下「我不擅長應付那麼熱鬧的場面啦～」這句話，婉拒了午餐會，也沒到餐會會場露臉。跑到休息室一看，果真不出所料，他正自己一個人讀著書。

「皮特曼老師。」

眼見巴尼一進休息室就朝自己逼近，正在看書的皮特曼抬頭睜大了雙眼。

「哎呀，有什麼事嗎，瓊斯同學。怎麼表情那麼可怕？」

「下一場比賽，請老師派我當先鋒。」

「咦咦～？上、上場前才緊急更動順序……這麼做可是會挨罵的喔？」

「規則上，只要有顧問老師，以及會場校的教師簽名許可，應該就沒問題才對。」

說著說著，巴尼拖著手足無措的皮特曼，快步走向了教職員室。

＊　＊　＊

辦公室裡，女教師綾緹・佩露正在自己座位上飲用紅茶，研讀上午的棋藝大會棋譜。

本日有外校人士出入，因此教職員室按規定，必須隨時有兩名以上教師常駐。

與綾緹一起留守辦公室的，是一臉白色鬍鬚的嬌小老人——負責指導基礎魔術學的瑪克雷崗。

「妳說上午的比賽結果已經出來了？」

「是呀。很遺憾，本校似乎以一勝二敗的結果輸給了學院。」

團體賽雖然落敗了，但綾緹班上的女同學——莫妮卡・諾頓好像在先鋒戰拿下了勝利。晚點要是有機會碰面，再好好誇獎她一番吧，綾緹在心裡這麼想。

（這麼一提，去年向克勞蒂亞・艾仕利小姐說了聲恭喜，結果她露出非常厭惡的表情嘛。）

緬懷一年前的往事時，望著棋譜的瑪克雷崗咕噥了起來。

「賽蓮蒂亞學園輸啦？真可惜。」

「是呀，不過，莫妮卡・諾頓小姐的表現很優異喔。」

「嗯哼～？那孩子，也擅長棋藝啊。」

「也」擅長棋藝？

綾緹正打算開口確認這句話的真意，一陣敲門聲便傳入耳裡。

走進辦公室的，是身著米妮瓦制服的金髮少年。畏畏縮縮地跟在他身後的，則是看起來像米妮瓦教師的男性。

米妮瓦的少年在辦公室左顧右盼，發現瑪克雷崗的身影後，立刻露出了燦爛的笑容。

「瑪克雷崗老師！好久不見了。」

「嗯？你素，誰？」

視力不佳的瑪克雷崗歪頭不解，米妮瓦的教師隨即一臉困擾地湊近少年耳邊開口：

「瓊斯同學，你認識這位老先生嗎？」

「皮特曼老師，麻煩你稍微安靜一會兒。」

吩咐自校老師住口之後，少年推了推滑落的眼鏡。

「我是巴尼．瓊斯。米妮瓦的棋藝大會代表選手。瑪克雷崗老師尚在米妮瓦任教時，我曾於實技課程上受老師諸多關照。」

「瓊斯同學？啊，想起來了。那個跟艾瓦雷特同學很要好的……」

「其實，在棋藝大會會場，有個問題急需賽蓮蒂亞學園方的簽名。」

少年硬是打斷瑪克雷崗的發言，向他遞出了一份文件。

瑪克雷崗撫著鬍子問道：

「讓我來簽行嗎？」

「是的，只要是會場校的教師，似乎誰簽都無所謂。」

聽完少年這番話，瑪克雷崗「嗯哼～」地應了一聲，伸手拿起桌上的羽毛筆。

接著，用他有點微妙地發抖的手，在空白欄位簽了名。

「這樣行了嗎？有沒有簽到格子外去？」

「行的，非常完美。那麼，我就把這份文件送去給博弈德教師了。」

「嗯哼～是嗎。幫我跟他問聲好喔。」

少年帶著家教良好的笑容，點頭回應「好的！」

輕而易舉騙到瑪克雷崗簽名的巴尼，暗自竊笑了起來。

這樣一來，下場比賽自己就能當先鋒——可以和莫妮卡對決了。

（我才不許妳，把視線從我身上移開。）

緊緊握著文件，巴尼快步朝棋藝大會會場走去。

顧問老師皮特曼一直「這樣好嗎～會不會挨罵啊～」地碎碎念個不停，但誰有空理他。

過去也好，未來也好，莫妮卡．艾瓦雷特永遠都必須對巴尼．瓊斯抱著恐懼，瑟縮發抖才行。

第五章　趁虛而入的惡意

讓拉娜重新幫忙化完妝的莫妮卡返回比賽會場時，發現觀眾席正上演著異樣的光景。

觀眾基本上，都坐在學園方安排的長椅上觀戰，可現在卻只有一人保持正坐姿勢跪在地板上。

那人就是向莫妮卡提出想以對局為前提立下婚約，並當場被甩的羅貝特．溫克爾同學。

被夾在學生會幹部席與教師席兩張長椅子之間跪坐的他，背上貼了一張寫著「反省中」的字條。

學生會幹部席上，菲利克斯正露出溫和的笑容，希利爾則雙手抱胸釋放著冷氣。教師席上，可以看到學院的雷丁格教師正愁眉深鎖地瞪著羅貝特。

莫妮卡正為了這種光看就覺得難以接近的空間無言以對，羅貝特就注意到她來場，維持著正坐跪姿大聲開口：

「莫妮卡小姐！等這場比賽結束，請再與我好好談一次方才的事——」

學不乖的羅貝特，被雷丁格教師朝頭頂賞了一拳。

揉著挨揍腦袋的羅貝特，緊接著又被菲利克斯與希利爾冷冷地放話。

「溫克爾同學，我還沒有允許你開口耶。」

「這種會在比賽前動搖選手心情的行為，得嚴格管制，讓你收斂點才行。」

全會場就只有羅貝特周圍顯得氣氛異常火爆。好可怕。

不知所措的莫妮卡，發現選手席的艾利歐特與班哲明正在朝她招手。眼見機不可失，莫妮卡趕緊跑到兩人身邊。

「那個，那個，觀眾席那邊到底……」

「聽好了，沒事不要轉頭看那邊。然後，關於諾頓小姐離席期間發生了什麼事，絕對不許問我。我什麼都沒看到。聽懂沒，我再重覆一次。我什麼都沒看到。」

「喔喔～公認為人溫厚的學生會長，竟然會有那般無慈悲的瞬間……那時候，我確實聽到了。音樂家格奧爾格．奧特邁爾用來表現神罰的第五號鎮魂曲第三樂章——〈神之怒火啊，傾注於此吧〉！」

雖然聽得不是很明白，但總之莫妮卡有理解到，這裡發生過很恐怖的事情。

判斷這件事別深入會比較幸福的莫妮卡，點頭對艾利歐特的忠告表示同意。

米妮瓦方的選手似乎還沒到場。不論學生或顧問老師都不見人影。

結果，直到開賽時間迫在眉睫，米妮瓦方的代表才姍姍來遲。

帶頭來到選手席的人是巴尼．瓊斯。原以為他會在大將席就坐，沒想到他卻穿過艾利歐特面前，坐上莫妮卡對面的位子。

艾利歐特豎起半邊眉毛，望向巴尼開口：

「喂喂，沒把位子搞錯吧？你不是大將嗎？」

「方才已經提出變更申請書。就是這個順序沒錯。」

原本擔任大將的巴尼轉為先鋒，此舉代表米妮瓦將莫妮卡視為不可輕忽的強敵——但，這同時也是對於艾利歐特這個賽蓮蒂亞學園大將的侮辱。

艾利歐特收起了平時輕薄的笑容，瞇起他的下垂眼瞪向巴尼。

「你們的做法不太上道喔。」

「我自知有失禮數。然而這邊也有無論如何都不容退讓的內情。」

巴尼以外的兩名學生，以及帶隊老師，全都顯得有點困惑。恐怕，變更順序的主意，是巴尼的獨斷獨行吧。

莫妮卡雖感驚訝，卻並未動搖。

內心平靜得不可思議。原先那麼不敢面對的巴尼，如今卻絲毫不感到害怕。

想尋求巴尼原諒，想讓巴尼再喊自己一聲朋友，想讓巴尼認同自己——這一切期望全都捨棄的瞬間，扎在莫妮卡胸膛的一根楔子就確確實實地消逝無蹤了。

巴尼將視線從艾利歐特身上挪開，開始緊緊注視著莫妮卡。他的雙眼透露出這樣的訊息——

——看我這邊，再更加更加注意我……

不過，巴尼的執念，已經沒辦法再觸及莫妮卡的心。

開始面對棋盤之後，莫妮卡的大腦立即為對局所占據。能留給巴尼介入的空間，一丁點都不存在。

「請多多指教。」

「請多多指教。」

先攻的巴尼一挪動棋子，莫妮卡就立刻回以下一手。

巴尼是猛攻型的棋手，攻擊性異常猛烈。無論犧牲多少棋子，都絕對要拿下勝利，就是充滿如此強硬意志的棋風。

而他這樣的猛攻，都被正面迎戰的莫妮卡給硬生生打碎。

好歹也是夠格擔任米妮瓦大將的水準，實力自然不差。然而巴尼雖強，卻強得脆弱。

犧牲也好，布局也好，巴尼放手進攻的棋著，全遭到莫妮卡一招又一招瓦解，無功而返。

就與從前射穿翼龍眉心時如出一轍，不帶任何慈悲。

不熟悉棋局規則的拉娜，就算看了實況看板，也分不清現在是哪方占優勢。

（莫妮卡，加油啊……！）

即使如此，她仍嚥著口水，默默守候比賽進行。這時，坐在身旁的克勞蒂亞突然低聲咕噥起來。

「……下手真不留情呢。」

到底有多少人，能被公認嘴巴不留情的克勞蒂亞評為「下手不留情」呀。

與拉娜同樣對棋局生疏的古蓮，望著實況看板向尼爾問道：

「呃——所以莫妮卡感覺上會贏嗎？」

「不。」

尼爾左右搖了搖他表情僵硬的臉。

「她『已經贏了』。」

「咦？」

古蓮當場瞪大雙眼，一聲疑惑的呆滯嗓音脫口而出。也難怪古蓮會如此訝異。畢竟，距離比賽開始，才經過沒多少時間。

「如果莫妮卡已經贏了，為啥比賽還在繼續啊？」

「按這個局面發展，頓諾小姐的勝利幾乎是已經底定了。只不過，她的對手不願意承認這點，還在持續掙扎，應該這麼說嗎……」

希利爾與克勞蒂亞，都點頭同意尼爾的這番解說。

「照那個樣子，就連想逼合都很有難度吧。」

「是呀。話雖如此，都已經特地安排大將降格來對付人家了，要是輸得太輕描淡寫，面子哪掛得住，只好拚上老命拖時間，大概這種感覺嗎？」

古蓮「嗚噎～」了一聲，帶著同情的眼神望向巴尼。

克勞蒂亞給出那句「下手真不留情」評語的對象無他，就是莫妮卡的棋著。

拉娜雙手抱胸，得意地用鼻子哼哼了兩聲。

「當然嘍，今天的莫妮卡可是比往常更帶勁呢。」

「……為什麼是妳在洋洋得意呀？」

面對提不起勁的克勞蒂亞，拉娜驕傲地抬起下巴，得意洋洋地回嘴：

「好朋友這麼厲害，我當然驕傲吧。自己喜歡的東西給人誇獎時，我就是會格外開心，格外自豪啦。」

就在這時，莫妮卡靜靜地發出了勝利宣言。

＊＊＊

「將死。」

在莫妮卡宣言的同時，巴尼渾身顫抖不停，將瀏海撥得一團亂。

莫妮卡只是面無表情地盯著盤面。她眼中所映出的，就只有黑白兩色的棋子，絲毫沒有把巴尼放在眼裡。

其實老早就已經明白了。莫妮卡是真正的天才，而自己不過就是個有點優秀的凡人。兩者間存在著絕對無法推翻的厚重高牆，而巴尼沒有跨越那道牆的能力。

「……該死，該死！」

巴尼猛力起身，撞得座椅嘎吱作響，從會場飛奔而出。

莫妮卡既不往巴尼身後追去，也並未開口阻止巴尼。豈止如此，甚至連目光都不曾投注。直到巴尼奪門而出的最後一刻為止，莫妮卡的雙眼都只盯著盤面上的棋子。

這才是現實。

（該死、該死、該死！）

跑回休息室的巴尼，揮起拳頭狠狠砸向牆壁。

這是安柏德伯爵之子不應出現的粗暴舉動。腦袋雖然清楚，卻按耐不住心中這股無處發洩的憤慨。

「呃——瓊斯同學？」

顧問皮特曼壓低力道敲了敲門，開口向巴尼搭話。看來，他似乎是特地從會場一路追過來的。

「那個，我知道你輸了很不甘心，但還是先回會場去吧？你看嘛，最後還是得全員彼此面對面致詞才行呀。」

「……不好意思。我等等就回去，請讓我自己靜一靜。」

巴尼的固執回應，令皮特曼一臉困擾地搔了搔頭。

「唔嗯～要是拖得太晚，感覺那個長相恐怖的老師又要瞪我了……」

皮特曼口中長相恐怖的老師，應該是指賽蓮蒂亞學園的博弈德教師吧。

確實，被那種跟傭兵沒兩樣的恐怖五官狠瞪，會萌生想開口求饒的心情，也不是不能理解。

（……嗯？）

無意間，巴尼感受到一股異樣感。

不，這股感覺並不是現在這瞬間才出現的——方才在氣頭上，一時沒有察覺，但教職員室內的對話，現在想來其實相當不對勁。

巴尼壓抑住內心對莫妮卡的怒火，轉身面向皮特曼。

「皮特曼老師，等回到米妮瓦之後，可以再麻煩你指導我棋藝的不足之處嗎？」

「嗯，不嫌棄的話，我樂意之至。」

這個回答，讓巴尼心中產生了確信。

強忍住發自背脊的惡寒，巴尼向後退了幾步開口：

「……『你是什麼人』？」

皮特曼頓時瞪大雙眼。

不起眼的學者面孔，散發出滿滿困惑。

「咦？什麼叫什麼人……我是尤金．皮特曼啊。米妮瓦的教師。」

「皮特曼老師雖然是棋藝社的顧問，但其實棋藝不精。連他本人都三天兩頭就強調，自己只是個愛湊熱鬧的門外漢，所以沒什麼能指導我們的。」

「哎呀，就算是我，偶爾也會想在學生面前逞一會兒英雄嘛。」

「那麼，你負責的教科呢？擅長魔術呢？」

接二連三拋出的安全性問題，讓皮特曼陷入了沉默。

皮特曼在成為教師以前，原本就是在米妮瓦就讀的研究生。沒理由不認識長年於米妮瓦任教實技指導的〈水咬魔術師〉威廉．瑪克雷崗。

然而在教職員室裡，這男人卻是這麼說的：

『瓊斯同學，你認識這位老先生嗎？』

博弈德教師也一樣。以顧問身分多次參與大會的皮特曼，竟然講不出博弈德教師的名諱，怎麼想都有古怪。

「……我再問你一次，你是什麼人？」

巴尼進入備戰狀態質問後，皮特曼那靠不住的笑容便瞬間崩解，上揚的嘴角令嘴巴彎成一道圓弧。

尤金．皮特曼是在米妮瓦負責指導範圍應用魔術的教師，同時也是棋藝社的顧問。

他是個性格溫厚，有點優柔寡斷的學者型男人。

可是，那樣的皮特曼——不，借用皮特曼外表的人物，嘴角卻如新月般上吊，在臉上露出殘忍的笑容。

「真～討厭，米妮瓦的孩子，腦袋怎麼就是那麼靈～光～？」

這道嗓音明顯不是皮特曼原本的聲音。

就女性而言過於低沉，以男性來說又太過尖銳，這是種有如以蜂蜜熬煮而成，既甜膩又黏不溜丟的嗓音。

皮特曼——不，假皮特曼口中念念有詞。從微微傳進耳裡的內容，可以聽出那是在詠唱魔術。

（是魔術師嗎！）

巴尼反射性地以短縮詠唱生成十幾支雷箭。啪嘰啪嘰地閃爍金色光芒的箭矢當場圍成一圈，把假皮特曼關在中央。

隨後，巴尼手指一揮，雷箭便同時朝皮特曼射去。

就在這時，假皮特曼的詠唱也結束了。

（事到如今，管你再發動怎樣的攻擊……都不可能比我的雷箭更快！）

雷箭應聲刺進假皮特曼的胸膛。如此一來，他應該會暫時麻痺一會兒，動彈不得才對。

……但——

「哎呀，好疼……以被針刺到而言，實在挺痛的呢。」

說著說著，假皮特曼伸手一揮，雷箭隨即煙消雲散。

是因為抱著要活捉的念頭，把威力壓得太低了嗎。巴尼再度發動短縮詠唱，射出比方才威力更強的箭矢。

一旦確實命中，別說想保持站姿了，就連意識都難以維持清醒，就是蘊含如此強大威力的攻擊——沒想到，還是被假皮特曼給隨手一揮掃開。

巴尼簡直不敢相信自己的眼睛。

（赤手空拳掃開攻擊魔術？怎麼可能？）

本以為可能是運用了防禦結界，但又覺得命中時的手感與巴尼認識的防禦結界不同。

這男的，到底是用了什麼魔術？抱著疑惑的巴尼，見到眼前男人出現的變化後，立即倒抽一口涼氣。

假皮特曼的臉上，浮現了許多泛著青色光澤的物體。定神一看，還不只是臉上，就連脖子、手臂，只要是裸露在外的皮膚上，都可以見到這些物體，那是青色的鱗。

「喔喔，你第一次看到龍化魔術嗎？」
「……龍化？」
這種魔術，根本沒聽過也沒看過。
不過巴尼還是絞盡自己的知識，試圖推測這個男人施展的魔術真面目。
眼前這名男子，明顯引發了肉體的變質。
透過魔術來強化肉體，或令肉體產生變化的魔術，稱為肉體操作魔術。
肉體操作魔術引發魔力汙染的危險性極高，因此全世界都將之視為禁術。不過近年來，唯有一個國家，解除了對肉體操作魔術的禁令。
那是位於利迪爾王國東方的大帝國。
「你來自修華爾葛特帝國是嗎？」
假皮特曼沒有表示答對或答錯，只是露出一抹微笑。
帝國魔術師刻意假冒皮特曼潛入賽蓮蒂亞學園的理由，恐怕不是暗殺，就是誘拐要人。
然後，說起這場棋藝大會肯定會露臉的要人，能想到的就只有一個。
（目標是菲利克斯殿下嗎。）
絕不能放過企圖危害第二王子的入侵者。無論如何，都不能讓這個帝國魔術師得逞。
巴尼正展開詠唱，打算施放最大威力的魔術時，帝國魔術師朝地面用力一蹬，有如滑行似地起跑。
好快。
以遠勝人類的腳力瞬間拉近距離的假皮特曼，單手掐住巴尼的脖子，一派輕鬆地將他舉了起來。
「嘎……啊！」

假皮特曼身高中等，體型又纖瘦，怎麼看都不像擁有能單手舉起人類的腕力。

可是，掐住巴尼脖子的手臂骨骼扭曲，爪子也銳利地伸長。肌肉更是不自然地隆起。看來，他產生變化的部分並不只是皮膚。

能彈開魔術攻擊的鱗片，再加上超越人類的臂力。原來如此，確實跟龍沒兩樣。

巴尼努力擺盪雙腳，以指甲猛戳掐著喉嚨的手臂。可對方仍文風不動。最重要的是，在這種狀況下沒辦法出聲詠唱。

至少，必須把這道消息告訴別人。這個尤金・皮特曼是冒牌貨，是會使用肉體操作魔術，來自帝國的危險魔術師！

「巴尼？」

聽見背後傳來的喚聲，巴尼挪動眼球望了過去。呆立休息室門口的不速之客，原來是莫妮卡。

帝國魔術師咂了咂舌，以短縮詠唱發動了某種魔術。

「溺水窒息吧！」

隨後，莫妮卡腳邊發出微弱光芒，出現一具球體將莫妮卡整個人關在裡頭。

被水球關住的莫妮卡表情痛苦地扭曲，嘴巴不停開合。

帝國魔術師「呼～」了一聲，不耐煩地嘆氣。

「要是妳鬼吼鬼叫可就麻煩了嘛～不好意思，請妳就這樣淹死在裡頭吧，小姑娘。」

莫妮卡在水球中不停吐著氣泡掙扎。

這顆水球是一種向內封鎖的強力結界。一度被關在裡頭的人，都無法輕易脫逃。

即使是魔術師，在無法詠唱的水中也無能為力，只有等待死亡降臨這個下場。

——沒錯，如果是需要詠唱的魔術師，就只有這個下場。

劈嘰——有如玻璃碎裂般的尖銳音色響起。帝國魔術師驚愕地轉身回頭，便見關住莫妮卡的水球結界已經布滿龜裂，由上到下四處都在漏水。

「怎麼可能？」

假皮特曼慘叫的同時，結界已然碎裂，隨著四溢的水流，莫妮卡癱倒在地。

雖然被水嗆得咳嗽不停，莫妮卡還是抬頭注視起帝國魔術師。

被水濡濕的凌亂瀏海下，淺褐色的瞳孔閃耀著綠色的光芒。

魔力生成的旋風聚集在莫妮卡身邊，並形成肉眼無法辨識的子彈，強烈擊打在帝國魔術師的眉心。

「——嘎！啊？」

具備高魔力抗性的龍，唯一的弱點就在眉心——而這點，龍化魔術似乎也大同小異。

眉心的強力撞擊，令帝國魔術師引起腦震盪，整個人向後翻白眼倒地不起。

被他掐著脖子的巴尼也摔在地上，氣喘吁吁地大口大口呼吸。

「巴尼……你、你還好嗎？」

抬頭一看，莫妮卡正一臉憂心地低頭望著巴尼。

巴尼挺起上半身，推了推滑落的眼鏡。

「沒什麼大不了的。先別管我，關於這個狀況，妳是不是知道些什……」

話還沒講完，窗口便傳來叩叩的敲打聲。仔細一看，是一隻黃色的小鳥停在窗邊。

莫妮卡趕去打開窗戶，小鳥立刻飛進室內，並在下一瞬間化身成人型。

那外表很眼熟。是那個派頭搶眼到出戲的金髮男。所以他不是人類，其實是精靈的樣子。

「您排除刺客的手腕實在高明，〈沉默魔女〉閣下。」

「琳小姐，謝謝妳通知我巴尼有危險。」

莫妮卡向金髮的精靈低頭道謝，接著轉身望向帝國魔術師。

「這個人說不定只是佯動，還請妳繼續保持警戒。也請幫我通知尼洛，千萬不要離開殿下身邊。」

「謹遵指示。」

聽到莫妮卡與精靈的對話，巴尼總算理解了莫妮卡為什麼會出現在這所學校。

歸根究柢，極度怕生的莫妮卡，本來就不可能主動進入賽蓮蒂亞學園就讀。

恐怕是為了執行第二王子的護衛任務——而且還是極祕任務。這才是，莫妮卡待在這所學校的理由。

莫妮卡擰著滴水的裙子，拾起掉落在地面的眼鏡收進口袋。

渾身濕透再加上一頭亂髮，不禁令人想起從前還在米妮瓦就讀時，總被同學們霸凌的〈無言的艾瓦雷特〉。

那時的莫妮卡雖然總吸著鼻子痛哭，但現在的她已經不同。

莫妮卡沒掉一滴眼淚，再度轉身面向巴尼。

「巴尼，我跟你說。」

「說什麼。」

巴尼沒好氣地隨口回應，卻見莫妮卡露出一臉略顯落寞的笑容。

「看來，我虛假的校園生活……就要這樣，劃下句點了。」

這起暗殺未遂騷動，肯定會被視為重大事件吧。

遭到帝國魔術師假冒的尤金・皮特曼本尊，恐怕已經不在人世。而既然米妮瓦的教師成了被害者，想隱蔽首先就不可能。

捉拿到入侵者的莫妮卡，真實身分八成馬上就會傳開。如此一來，莫妮卡自然無法繼續待在賽蓮蒂亞學園。

腳步聲自遠方傳來。想來是有人跑到休息室查看狀況。

（啊啊～該死！）

比理清思緒的速度更快，巴尼開了口：

「先叫那隻精靈變回鳥。快點！」

「咦，啊，呃——」

搞不懂這項指示的用意，支支吾吾的莫妮卡身旁，化身成人的精靈迅速地變回了小黃鳥的模樣。

巴尼趕緊將化身成鳥的精靈藏到櫃子下。爾後幾乎就在同一時刻，兩名人物來到了休息室。

那是賽蓮蒂亞學園的學生會幹部，希利爾・艾仕利，以及尼爾・庫雷・梅伍德。

「這是怎麼回事！」

「哇哇哇……妳還好嗎，諾頓小姐？怎麼全身濕透了！」

凌亂的室內，翻白眼倒地不起的皮特曼，脖子瘀青的巴尼，渾身濕透的莫妮卡。不管怎麼看，狀況都絕不單純。

希利爾脫下外衣披在莫妮卡身上，開口質問巴尼：

「米妮瓦代表選手巴尼・瓊斯。請你說明自己受傷的理由。」

希利爾投向巴尼的眼光充滿懷疑。

現場的狀況，看起來的確像是巴尼對皮特曼及莫妮卡下手動粗，也不能怪希利爾警戒。

而巴尼還是擺出了沉著冷靜的態度，光明正大地回答：

「尤金．皮特曼疑似受到不明人士冒充。被我識破之後，對方憤而動手，故我反擊制服了他。至於莫妮卡．諾頓小姐，只是偶然在這個時機來到休息室，遭受池魚之殃的被害者。」

巴尼的告白，聽得希利爾與尼爾雙雙目瞪口呆。

低頭朝冒充皮特曼的魔術師一瞥，巴尼繼續說道：

「這個魔術師用了肉體操作魔術。很可能來自帝國。」

不明人士冒充米妮瓦教師，還入侵賽蓮蒂亞學園，光是這樣就已經令事情相當棘手，這會兒再扯上外國，肯定會讓事態更加嚴重。

也許是察覺了這點，希利爾一臉嚴肅地向尼爾發出指示：

「我負責維持現場及聽取巴尼．瓊斯更進一步的說明。梅伍德總務去向殿下與老師報告這件事。」

「好的。」

「還有，把諾頓會計帶去醫務室。她有幾位朋友待在觀眾席吧，找他們去陪她。」

尼爾大力點頭，向莫妮卡問了聲：「站得起來嗎？」

披著希利爾外衣的莫妮卡，一瞥一瞥地望向巴尼。

「巴尼，那個，呃——……」

為什麼，你要袒護我呢——莫妮卡的眼神流露出這樣的訊息。

巴尼露出了往常那略帶嘲諷的笑容，伸手推高滑落的眼鏡低語：

「妳這種人，就儘管去一輩子感謝我吧。」

魔術師養成機構米妮瓦 2年級
巴尼・瓊斯

希利爾與尼爾無法了解這句話的用意，露出滿臉狐疑的表情。

莫妮卡則向巴尼深深一鞠躬，並在尼爾的帶領下，離開了休息室。

＊　＊　＊

本屆棋藝大會中，賽蓮蒂亞學園與米妮瓦的比賽，先鋒戰是莫妮卡勝利，中堅戰是米妮瓦方勝利。戰績一勝一敗的現在，兩校的最終勝負就取決於大將戰了。

而大將戰如今也即將邁入尾聲，只不過對拉娜而言，比起花落誰家，莫妮卡的狀況更令她在意到不能自已。

先是米妮瓦的巴尼．瓊斯輸給莫妮卡，從會場飛奔而出。爾後過了一會兒，莫妮卡也悄悄離開會場。恐怕是跑去找巴尼了吧。

巴尼是不是又會拿莫妮卡出氣，對她講些惡毒的話，拉娜實在光想就擔心。

希利爾跟尼爾也去巡視休息室的狀況了，所以應該不至於出什麼大事，但總覺得胸口一股莫名悸動，安不下心。

就在這樣左思右想時，方才離席的尼爾回來了。他沒走到自己的位子，而是快步湊近菲利克斯耳邊，小聲說了些什麼。

（艾仕利副會長沒跟他一起回來嗎？）

希利爾不在場，加上尼爾凝重的表情，這兩件事實更加引起拉娜的不安。

正好就在這個時候，大將戰劃下了句點。贏家是艾利歐特．霍華德。結果是賽蓮蒂亞學園方以二勝一敗的戰績獲得勝利。

接下來要進入短暫休息時間，待休息過後，就輪到學院與米妮瓦的比賽開打。

「抱歉比賽剛結束就有事要勞煩各位。但請大家聽我說。」

菲利克斯自座位起身，拉高嗓音開口。臉上看不到往常溫和的笑容。

「剛得到消息指出，校園裡出現了入侵者。」

這句出乎意料的發言，聽得拉娜目瞪口呆。且並不只拉娜，在場所有人都同樣吃驚。大家臉上盡是不安的神情。

就好像要安撫大家冷靜似的，菲利克斯的語調稍稍柔和了幾分。

「但請各位放心。入侵者目前已遭到拘束，且會場外有安排警備兵待命。只是，為了確保安全，我想讓警備兵到校內展開巡邏，因此希望大家暫時別離開會場。」

原本周遭全員正為了菲利克斯道出的消息鼓譟不已，但還好無人陷入恐慌，或許是有警備兵在外待命的補充說明奏效吧。

（慢著，那莫妮卡呢？莫妮卡不在會場呀，她現在怎樣了啊？）

就在拉娜準備開口時，某個人物靜靜來到了拉娜的座位旁。是尼爾。

隨著一句「打攪一下好嗎？」尼爾向拉娜、克勞蒂亞以及古蓮招手，放沉了語調小聲說道：

「在壓制入侵者的現場，我們撞見了諾頓小姐。」

咦咦？——古蓮的叫聲還沒來得及出口，嘴巴就先被尼爾俐落地塞住。感覺上，尼爾遮住古蓮嘴巴的手腕最近愈來愈高竿了。

尼爾「噓——」了一聲，示意別嚷嚷之後，才繼續接話說明：

「幸好，諾頓小姐看起來沒有受傷，但我們猜測她精神面可能有受到打擊……可以請各位到她身邊陪陪她嗎？」

「莫妮卡現在人在哪？」

面對迅速發問的拉娜，尼爾以其他人聽不見的音量回應：

「她在醫務室。」

就這樣，受尼爾之託，拉娜、克勞蒂亞與古蓮三人悄悄離開了會場，在警備兵護衛下動身前往醫務室。

「莫妮卡，妳在嗎？我要進來嘍？」

敲了敲醫務室的門，打開來到裡頭一看，便發現常駐的校醫不見人影，取而代之的是莫妮卡正拘謹地縮在椅子上。

……而且還是只穿著內衣，外頭再披上男性外衣的模樣。

拉娜光速賞了古蓮一記衝撞，把他撞出醫務室，再緊緊關上醫務室的門，只留下自己、克勞蒂亞與莫妮卡共處一室。

可以聽到走廊傳來古蓮「太過分了——！」的嗓音，但現在不是理他的時候。

也不曉得莫妮卡是不是覺得這身模樣被古蓮看到也沒啥大不了，她就只是慢條斯理地坐在椅子上抬起頭來，開口說了聲：「啊，拉娜。」

拉娜大步走到莫妮卡身邊，語帶顫抖地問：

「莫妮卡，妳披的那件外衣，是誰的？」

「呃——是希利爾大人借給我的……」

聞言，拉娜雙手遮臉，仰天長嘯起來。

「希利爾副會長！我看錯你了！」

「拉、拉娜……？」

「而且，竟然還放著這副模樣的女生不管，自己跑不見人，太差勁了！」

眼見拉娜喊得如此悲慟，莫妮卡嚇得眉尾下垂，不知如何是好。

在場唯一冷靜的克勞蒂亞，則是望向掛在房間角落，被水濡濕的莫妮卡制服，低聲咕噥起來。

「那個大木頭，沒可能有這種熊心豹子膽吧。」

「可是！看到這種狀況，不就只能想像成那回事了嗎！」

拉娜雙眼布滿血絲地吶喊，克勞蒂亞則向她伸手指了指掛在房間角落的制服。

看到制服，拉娜頓時瞪大雙眼安靜下來，莫妮卡趕緊小聲解釋。

「呃——我制服濕掉覺得很冷，所以脫下來晾乾。可是，束腰我自己不曉得怎麼脫……還好，拉娜妳來了。」

「…………」

拉娜伸手擱在莫妮卡肩頭，露出認真的眼神望向莫妮卡。

「所以妳沒受傷吧？」

「嗯。」

「沒有地方會痛嗎？」

「嗯。」

莫妮卡不停點頭，拉娜這才放心蹲下，如釋重負地深深吐了口氣。

在拉娜幫忙下解開束腰的莫妮卡，把濕透的內衣也脫了，換上醫務室裡樸素的睡衣。

說實話，只穿這樣冷到教人受不了，只好再從病床上拜借一條薄毛毯，披在上半身。

克勞蒂亞默默地遞出一杯茶杯。看來，她幫莫妮卡準備了一些溫熱的飲品。

莫妮卡心懷感激地收下，啜了一口之後，突然縮起嘴巴渾身僵硬。

「好、好辣……唔，嗚唔……」

「裡頭放了生薑、辣椒跟柑橘皮。很暖喔。」

聽起來是只著重在溫熱身體，絲毫不顧及口味的配方，但小口小口喝著，確實感覺身體從內裡熱了起來。

待莫妮卡呼～地喘了口氣，終於被允許進入醫務室的古蓮才開始提問：

「所以，到頭來是發生了什麼事啊？學生會長好像說什麼校內有入侵者。」

不曉得菲利克斯把情報公開到什麼程度，莫妮卡稍稍煩惱了一下。

聽起來，有入侵者出現的消息，似乎已經傳到棋藝大會會場了。

那麼，莫妮卡本身所知的情報，應該也遲早會傳開才對。

（不過，帝國魔術師冒充米妮瓦教師的事，姑且還是先別講明比較好吧。）

當時情況危急，多虧巴尼腦筋動得快，才讓莫妮卡只被當作碰巧路過的被害者。

反正暗殺者八成也沒發現自己是被莫妮卡用無詠唱魔術攻擊的，只要巴尼願意套好說辭，莫妮卡應該就能繼續維持這段校園生活。

唯獨只有一點，莫妮卡怎麼都想不透。

（巴尼他，到底為什麼要袒護我呢……）

明明就那樣地憎恨莫妮卡。還諷刺莫妮卡玩學生家家酒很懂得享受。

但在最後的最後，巴尼卻撒了謊，好避免莫妮卡的身分穿幫。

『妳這種人，就儘管去一輩子感謝我吧。』

帶著嘲諷的笑容，巴尼這麼說道。

（明明打從第一次見面開始，我就一直很感謝巴尼的說……）

果然還是想不通啦～莫妮卡嘆了口氣，斷斷續續地說明起事情經緯：

「呃——我追著巴尼……追著米妮瓦的大將跑到休息室來，就發現他正在跟入侵者交戰……」

「原來如此，接著妳就被捲入戰鬥了是嗎？看妳衣服濕成那樣，是中了水系魔術還啥咩？」

「嗯，一種就像把人關到水球裡面的魔術……」

聽完莫妮卡解釋制服濕透的理由，克勞蒂亞帶著一種難以解讀感情的眼神，緊緊望向莫妮卡。

「先是在茶會給人下毒，再被捲入木材倒塌意外，這次還撞見入侵者……好一段充實的校園生活呢。」

「唔……」

姑且不論茶會的毒殺未遂事件，後兩者基本上都與暗殺菲利克斯有關。

作為護衛，出現在現場可說是理所當然，但看在旁觀者眼裡，想必只會覺得莫妮卡霉運當頭吧。

不，實際上就連自己，都有一點……或者說很強烈……非常強烈的「自己運氣好像很差」的感覺就是了。

當莫妮卡重新咀嚼著自己非凡的惡運時，正在椅子上沒教養地甩著腿的古蓮忽然轉了話題。

「這下子，棋藝大會果然還是要中止了嗎～虧莫妮卡一直都贏的說。」

拉娜點頭肯定了古蓮的呢喃。

「這麼做比較妥當吧。這種問題可是一下子就會鬧出大風波喔。」

「那～校慶也會連帶中止嗎？」

「應該吧，都已經發生這種事件，校慶當然也沒得辦了……」

負責籌備校慶舞台服裝的拉娜顯得很是消沉。這也難怪，大家原本都是滿心期待校慶的。

古蓮也垂頭喪氣了起來。

不過，他們倆的懸念，卻意外地遭到克勞蒂亞否定。

「……校慶無論如何，都會強行舉辦喔。」

而且那口氣絕對不是在安慰拉娜或古蓮。

克勞蒂亞以一如往常的陰沉表情，像是在道出令人憂鬱的事實似的，一口咬定校慶不會停辦。

拉娜滿臉狐疑地提出反駁：

「正常來說，校方應該會以菲利克斯殿下的安全為最優先考量，中止校慶才對呀。」

確實是再中肯不過的想法。

然而，克勞蒂亞卻露出一臉懶得解釋的不情願表情，嘀嘀咕咕了起來：

「克拉克福特公爵，絕對會強行舉辦校慶啦。」

克拉克福特公爵——菲利克斯的外祖父，利迪爾王國的大貴族。

這所賽蓮蒂亞學園也在公爵的支配下，這是眾所皆知的事實。

可是，這樣的克拉克福特公爵，真的會寧可無視於自己庇護的第二王子安危，也非要強行舉辦校慶不可嗎？

莫妮卡戰戰兢兢地向克勞蒂亞發問：

「那個，克拉克福特公爵他，是殿下的後盾沒錯吧？既然如此，不是應該會把殿下的人身安全擺第一嗎……」

「克拉克福特公爵，並不是妳想的那種人。」

克勞蒂亞以低沉的嗓音斷言。

畢竟沒有直接見過克拉克福特公爵，莫妮卡對他的認識就僅限於傳聞聽來的程度。

按〈結界魔術師〉路易斯．米萊所言——他是個為達目的不擇手段，殘忍無情的野心家。

「相關警備肯定是會強化吧，但校慶本身是絕對不會停辦的。理由很簡單，因為校慶就是讓第二王子首次正式亮相的舞台。克拉克福特公爵絕對把這件事看得比第二王子的人身安全更優先。」

之所以做到這種地步也要確保第二王子亮相，原因只有一個，就是克拉克福特公爵無論如何都想讓第二王子繼承王位。

只要第二王子順利繼位，他背後的克拉克福特公爵當然就會掌握比以往更大的權力，地位也更加鞏固。

屆時，公爵幾乎就等同於實質上的國王。

「……然後，第二王子也不會反抗這件事。因為，那個第二王子是克拉克福特公爵的傀儡。」

克勞蒂亞這番話，不知為何聽得莫妮卡毛骨悚然。

第二王子是克拉克福特公爵的傀儡——這是凱西也曾說過的話。

但，莫妮卡不管怎麼想，都實在不覺得用傀儡這個詞形容菲利克斯有任何一絲貼切之處。

（總覺得，有種不祥的預感……）

感受著胸口湧現的不安，莫妮卡舉起茶杯小小啜了一口。

✦第六章　為了將這個名字刻在歷史上

因入侵者事件引發大騷動的棋藝大會隔天，一名男人來到了賽蓮蒂亞學園。

那是位一身名流打扮，混有些許白髮的金髮男姓。年歲約六十出頭，不過體格修長，舉手投足也端莊得體，加上雖然高齡卻依舊挺拔的鼻梁，令人感覺得出他年輕時肯定是個五官深邃的英俊貴公子。

於迎賓室與這位男人會面的校長，現在正感覺胃部前所未有地翻騰。

這位客人的名字，叫做達瑞斯・奈特雷。

他正是第二王子菲利克斯・亞克・利迪爾的外祖父，亦即利迪爾王國最有權有勢的大貴族——克拉克福特公爵本人。

昨天舉辦棋藝大會時，有冒充他校教師的人物入侵賽蓮蒂亞學園。

稍早之前，才剛被冒充艾柏特商會的竊盜犯入侵校園，這回又重蹈覆轍。賽蓮蒂亞學園警備疏失的罪名只怕是免不了了。

校長膽戰心驚地一瞥一瞥窺向克拉克福特公爵的臉色。

比校長更為高齡的公爵，那頭淺色金髮雖然有不少部分已開始泛白，卻沒給人半點老態龍鍾的印象。

據聞年輕時曾憑藉美貌擄獲眾多貴婦芳心的公爵，那端正的五官即使上了年紀，也十足散發著有如新煉刀刃般的犀利感。

既嚴格，又冷酷。克拉克福特公爵的無情與幹練，在利迪爾王國貴族圈內可謂無人不知無人不曉。
「我聽過報告了。」
克拉克福特公爵開口的瞬間，感覺室內空氣突然凝重了幾分。
那股有如遭人從肩膀與頭頂施予重壓的壓迫感，令校長緊握的雙拳在膝上不停顫抖。
「校慶——……」
「當然，我們必定以殿下的安全為優先，停辦本屆校慶……！」
「要照常舉行。」
校長匆忙回應的急促答覆，直接被一句簡短的命令給打斷。而校長對此完全無從反抗。
在這位公爵面前，就連問一句「為什麼？」都是不被允許的。
過去，對克拉克福特公爵的命令表示質疑，並遭放逐國外的人早就不只一位。
吞下差點脫口而出的疑問，校長機靈地回覆：
「我們會在強化相關警備的前提下，照常舉辦校慶。」
「很好。」
就在克拉克福特公爵點頭的同時，迎賓室外傳來了敲門聲。
進來——開口允諾的人並非校長，而是克拉克福特公爵。這件事如實呈現了誰才是場面的支配者。
「失禮了。」
開門入內的人物是公爵的外孫——利迪爾王國的第二王子菲利克斯・亞克・利迪爾。
他帶著一如往常柔和的表情，摻雜些許賠罪的神色，向外祖父鞠躬問候。
「別來無恙，外祖父大人。抱歉害您操心了。」

面對誠懇問候的外孫，外祖父靜靜地開口關切：
「沒有受傷吧。」
「是的。有幸讓外祖父大人前來關照，內心甚感踏實許多。多謝外祖父大人百忙之中特地跑這一趟。」
菲利克斯懇切又禮貌地表達感謝，克拉克福特公爵默默點了點頭。
這段互動其實稱不上多熱情，但校長還是暗自鬆了口氣，果然克拉克福特公爵是出自愛孫心切，才會急著趕來。
方才聽到校慶要照常舉行時雖然捏了把冷汗，但公爵會如此堅持，一定有他的考量。
（啊啊，我懂了。閣下鐵定是太疼愛外孫，迫不及待想看到外孫活躍！才會這麼下令！）
校長才剛自顧自地想通，克拉克福特公爵就朝他瞥了一眼。
「我想和菲利克斯談談。」
所以快點退下——領會這段言下之意的校長，迅速起身離開座位。
就算貴為這所學校的校長，只要克拉克福特公爵開口要他退下，他就只能退下。
校長離開房間後，克拉克福特公爵的表情開始出現些許扭曲。
扭曲的神情，透露出一股疏離感——以及，一股忌諱感。
「丟臉的東西。」
低沉的謾罵傳進耳裡，但菲利克斯的臉色絲毫不為所動。
望著克拉克福特公爵的菲利克斯，臉上已不見方才柔和的表情。他那雙碧綠眼眸就有如失去光芒的玻璃珠一般，不帶感情地映照著公爵的身影。

簡直就跟吊線傀儡沒兩樣。

「對外部人士都不知道要嚴加警戒。就是這麼怠慢才會導致這次事件發生。」

「恕我直言，米妮瓦與學院都是長年以來與賽蓮蒂亞學園交好的友校。若戒備過於森嚴，恐會有失禮數。」

「不許頂嘴。」

一句話打發掉菲利克斯的反駁，克拉克福特公爵冷冷地下達指示。

「已經邀請諸侯們參加校慶了。不准出亂子。把菲利克斯．亞克．利迪爾的價值——以及我等克拉克福特公爵家的權威好好展現一番。」

決定王儲人選的日子近了。

不遠的將來，國王就會從三位子嗣裡指名成為王儲的對象吧。正因如此，非得趁這次校慶讓菲利克斯好好推銷自己一番不可。

理解克拉克福特公爵意圖的菲利克斯靜靜地彎腰，操著缺乏情緒起伏的嗓音答覆道：

「謹遵閣下吩咐。」

＊＊＊

棋藝大會隔天原本是假日，但學生會臨時召集了幹部集合。

恐怕是針對昨天出現入侵者的事件，有些與今後方針相關的事項要通知吧。

拘謹地縮在學生會室座位上的莫妮卡，轉頭朝室內瞄了一圈。

現在學生會幹部全員到齊，只欠會長菲利克斯。

菲利克斯似乎正為了昨天入侵者的事件，在與老師們討論校慶是否應照常舉辦。莫妮卡他們現在就是在等待結果出爐。

（克勞蒂亞大人她，上次是斷定校慶一定會照常舉行，不過……）

就莫妮卡而言，克勞蒂亞的說法其實並沒有特別說服自己。正常來說，中止或延期才是比較自然的結果。

其他學生會幹部們，也都各自一臉若有所思的表情，坐在座位上等待菲利克斯。

就這樣經過將近一小時，學生會的大門總算打開了。

「嗨，讓各位久等了，不好意思啊。」

「殿下！」

菲利克斯剛進門，希利爾就猛力自椅面起身，推得椅子嘎吱作響。

單手托腮的艾利歐特則露出嘲諷的笑容，側眼望向菲利克斯。

「反正八成是照常舉辦吧。」

「你可真料事如神。」

操著一如往常的沉穩語調回應，菲利克斯走到自己的位子就坐，環顧四周一番，說道：

「首先，關於昨天棋藝大會的入侵者，對方在調查過程中不太合作的樣子。雇主也好、入侵的目的也好，正牌的尤金·皮特曼教師身在何方也好，現在一概不知。想套出這些證言，恐怕要一段時間。」

關於那位入侵者，有個問題無論如何都令莫妮卡十分在意。

包含巴尼在內，米妮瓦所有同學們都沒注意到該名入侵者是冒牌貨，換句話說，他冒充正牌的尤金．皮特曼冒充得出神入化。

然而，那位入侵者既沒有在臉部貼上任何物品來掩飾輪廓或骨骼，也沒有進行在口腔內塞棉花之類的易容。

（這代表，那個入侵者的長相原本就酷似尤金．皮特曼老師？可是，天底下真會有這麼湊巧的事情嗎？）

在莫妮卡暗自百思不解的期間，菲利克斯繼續接了話：

「校慶方面會照常舉行。只不過，警備體制必須重新規劃得更加森嚴。警備方案就由我負責重擬吧。各位請一如往常，明天起各自進行份內的準備工作。」

「殿下，請讓我協助重擬警備方案。」

希利爾馬上自告奮勇要幫忙，但遭到菲利克斯搖頭婉拒。

「今天是校慶前最後的假日。明天起就要開始忙了，希利爾和其他各位都請趁今天好好養精蓄銳吧。」

語畢，菲利克斯還不忘面向希利爾，笑著補上一句：「這是命令喔。」

敬愛的殿下如此耳提面命，希利爾表情十分苦澀。對他來說，無法助菲利克斯一臂之力，遠比工作增加來得更為煎熬許多吧。

只見希利爾愁眉深鎖，嘴巴凹成了ㄟ字形。

「……我明白了。為了明天起能竭盡全力為殿下效命，今日就容我好好補充元氣一番。」

說到這裡，希利爾渾身抖擻地呻吟起來。

「明天起，殿下的工作請全部讓我來……」

「嗯，沒那麼嚴重啦，工作我自己有好好處理好。」

「殿下，要是有任何需要，請無須顧忌，隨時傳喚一聲。我希利爾．艾仕利絕對立刻趕到……」

「不會有問題啦。警備員的人數也比昨天更多了呀。」

在菲利克斯安撫下，希利爾總算不甘不願地受命休息。學生會隨後便宣布今天就此解散。

就在幹部們各自離開學生會室時，唯獨希利爾仍坐立難安地不停偷瞄菲利克斯，刻意費了更久的時間收拾文件，觀望他的動向。

而莫妮卡有事要找希利爾，因此決定在走廊等候。棋藝大會時讓他幫自己披了外衣，今天想要歸還並道謝。

「昨天非常謝謝你借我外衣、昨天非常謝謝你借我外衣、昨天非常謝謝你借我外衣……」

莫妮卡小聲嘀咕不停，想把道謝的句子練熟一點，免得到時又大舌頭。這時，窗外飛進了一隻小鳥飛舞降落。

那隻羽毛光澤鮮豔的黃色小鳥輕巧地停在莫妮卡肩頭。可是，正卯足了勁練習道謝的莫妮卡顯得渾然不覺。

「〈沉默魔女〉閣下。」

「呀哇噫？」

突然在耳邊被點名，嚇得莫妮卡發出一記怪異叫聲，轉頭望向停在肩上的小鳥——琳。

琳會特地跑到校園來找自己，代表有十萬火急的情況發生了。

確認四下無人之後，莫妮卡向琳開口詢問：

「是跟昨天那個入侵者有關的，事情嗎？」

「不是的。本日是有別件事務要向您報告。」

別件事務？莫妮卡才剛露出虛驚一場的表情，琳就壓低音量接話下去：

「其實是——閣下晚點想請〈沉默魔女〉閣下移駕宅邸一趟。」

「……咦？」

聽到琳道出意料之外的名字，莫妮卡不由得瞪大雙眼，緊接著，一陣腳步聲開始從學生會室大門後傳出。恐怕是希利爾放棄繼續觀望，要離開房間了吧。

留下一句「容我稍後再來接您」，琳迅速飛出窗口。幾乎就在同個時間點，希利爾打開了學生會室的大門露面。

見到走廊上的莫妮卡，希利爾顯得一臉吃驚，大概沒想到莫妮卡竟然還在吧。

「諾頓會計？」

「是、是的！」

和琳交談過後，原本死命練習的台詞一轉眼全忘光了。

莫妮卡把抱在胸前的紙袋遞向希利爾，動作生硬地開口：

「那個，希利爾大人……呃，那個……非常、非常，謝謝你『濁』天借我外衣！」

結果還是大舌頭了，方才的練習完全無功而返。

羞得連耳根子都發紅，莫妮卡渾身抖個不停，希利爾則這才「喔喔」一聲，好似終於想起外衣的事，收下莫妮卡遞出的紙袋。

（太好了。有好好，向他道謝把衣服還他……雖然口齒還是不太清晰。）

莫妮卡暗自鬆一口氣，撫著胸口害羞地說：

「我每次，都勞煩希利爾大人借我外衣，呢。」

「……？是這樣嗎？」

「呃——上次搬入資材時也是……」

凱西行凶的暗殺未遂事件後，莫妮卡嚎啕大哭，就這麼哭到睡著。而在睜開眼睛時，身上已經披著希利爾的外衣。

一想起當時的事，罪惡感就令腹部當場沉重起來。

「諾頓會計？」

（就因為我，沒辦法說出真相，才害希利爾大人費不必要的心……）

昨天棋藝大會的入侵者事件，希利爾一定也相信莫妮卡只是無辜被捲入的被害者，為她百般操心吧。

雖然講話總是嚴厲有加，但又常不經意展現親切的一面，處處為人著想，他就是這麼溫柔的人。

每當接觸到他溫柔的一面，隱瞞自己真實身分的莫妮卡胸口就會湧現罪惡感。

（有什麼事情，是我能報答希利爾大人的呢。）

莫妮卡無法向希利爾表明真實身分。因為身分曝光的瞬間，莫妮卡虛假的校園生活就會落幕。

所以莫妮卡希望自己不是以〈沉默魔女〉的身分，而是以學生會的諾頓會計做些什麼來報答他。

（我能夠以學生會幹部身分，做到的事情……）

挺直原本縮成一團的背脊，莫妮卡仰頭望向希利爾開口：

「那個，希利爾大人。我會，很加油很加油的，所以……」

很加油很加油——多麼不善言辭，聽起來又靠不住的說法呀。

即使如此，莫妮卡還是無論如何都想將自己的意思，傳達給希利爾。想把諾頓會計做得到的事情，在這裡好好向他表明。

「我們絕對，要一起，讓校慶成功，喔。」

總算是好好整句講完了。不過一講完就開始覺得有點難為情，馬上又縮成一團開始搓指頭。

頭頂傳來一聲「呵呵」，聽起來像是笑聲。縮成一團的莫妮卡，抬頭從瀏海的縫隙間瞥了瞥，發現希利爾正嘴角微微上揚，向自己露出微笑。

「那當然。」

很有希利爾風格的高傲回應。聽得莫妮卡莫名開心。

（是一如往常的希利爾大人～……）

莫妮卡忍不住露出軟綿綿的笑容，高傲地擺架子的希利爾，則是朝學生會室瞄了一眼。

然後，他的高傲態度漸漸消失，表情苦悶地扭曲起來。

「話說回來，明明現在正是該為了校慶奉獻心力的時刻，為什麼我卻沒有待在殿下的身邊啊……咕唔，殿下都在賣力工作，我又怎能只顧自己休息……」

「希利爾大人，明天！明天再開始一起幫忙殿下吧！」

如果說，瀟灑而強硬的舉止是他一如往常的風格，那每當與菲利克斯扯上關係就容易失控，這種個性也是名副其實的「一如往常的希利爾大人」。

聽到來自走廊的希利爾嗓音，菲利克斯嗤嗤地竊笑，伸手將筆尖沾進墨水壺裡。

「根本用不著那麼擔心。這點小意思，我趁工作閒暇之餘就解決了。」

就好似要回應菲利克斯的低語一般，化身成白色蜥蜴的水精靈威爾迪安奴從制服口袋裡竄了出來。

威爾迪安奴拚命擺動細小的手腳想登上辦公桌，菲利克斯於是停下正在書寫的手，用指頭當成升降梯，讓他一路搭乘到桌面。

「好，等這份工作處理完，我也去放鬆一下吧。」

聽到這番話，威爾迪安奴小巧的水藍色眼睛朝上一轉，望向菲利克斯。

蜥蜴的表情不像人類那樣多變，即使如此，還是隱約透露得出，他正感到十分困惑。

「真的要去嗎，主人？」

「畢竟今天是一年一度的特別日子嘛。留守的工作就交給你了。」

「若是太頻繁夜遊，恐怕有被克拉克福特公爵盯上的可能性……」

「你不就是為此留守的嗎？」

威爾迪安奴是水系高位精靈。雖然不擅長戰鬥與感測，但精於使用魔法讓周圍看見幻象。

每次菲利克斯溜出房間，都會讓威爾迪安奴留在房內，製造幻象掩人耳目。

「有你這個優秀的夥伴，可真是幫大忙嘍。」

語畢，威爾迪安奴依然欲言又止地仰望自己，菲利克斯只得帶著平穩的語調安撫這個愛操心的精靈。

「犯不著這麼擔心，最重要的目的是什麼，我不會搞錯的。」

菲利克斯閉上雪白的眼皮，再緩緩地睜開。

那有如在水藍色瞳孔中點綴一滴綠色水彩的美麗眼眸中，黑暗的決心正閃閃發光。

「『菲利克斯．亞克．利迪爾——只要是為了將這個名字刻在歷史上，就什麼都肯做』……這個誓言打從十年前開始，就一度也不曾動搖，沒錯吧？」

面對露出黑暗笑容的主人，威爾迪安奴低下頭去，應了一聲「謹遵吩咐」。

＊＊＊

「莫妮卡姊姊！我們一起去參加柯拉普東的慶典吧！」

為了報告這幾天發生的事，莫妮卡來到任務協助者伊莎貝爾的房間，隨後便見到伊莎貝爾晃著一具小鐘，笑容滿面地邀莫妮卡上街。

鈴鈴鈴地晃著小鐘的伊莎貝爾，在一身禮服上頭披了件附有山貓耳朵造型的斗篷。

這身明顯有別於平時的打扮，令莫妮卡歪頭感到不解。

「呃——柯拉普東是……」

「在這所校園東邊的小鎮喔。今晚在那兒會舉辦名叫鳴鐘祭的慶典呢！」

為了向大地之精靈王亞克雷德獻上感謝之意，利迪爾王國各地常會在入秋後舉辦這類收穫祭或豐穰祭。

這類慶典依地域不同各有其特色，莫妮卡曾聽說，由於動物是大地精靈王的眷屬，所以東部地區盛行扮裝成動物，或披上動物外型的衣物。伊莎貝爾現在披著的山貓斗篷就屬此類。

只不過，關於「鳴鐘」，就完全是陌生的習俗了。

「那具小鐘，有什麼特別的涵義嗎？」

「這是用來引渡死者的鐘喔。」

「引渡，死者？」

與收穫或豐穰完全無緣的詞彙傳進耳裡，莫妮卡不由得一臉納悶。這時，伊莎貝爾的隨身侍女——艾卡莎沖著紅茶解說了起來：

「東部地區流傳著這樣的說法——『慶典之夜，人類看起來實在太過開心，因此就連冥府守門人都忍不住拋下工作，偷偷跑來共襄盛舉。結果，死者就從冥府敞開的門縫內返回了人間。』」

冥府守門人是暗之精靈王的眷屬，一種長有黑色爪子與羽毛，臉上戴著白色面具的陰森生物。在幼童取向的讀物裡，常被描寫為駭人的存在，小孩子使壞時，還會被大人拿「壞孩子會一輩子被冥府守門人追著跑」之類的說法當警告。

不過，竟然還會摸魚參加慶典，或許冥府守門人其實意外地很有人情味也說不定。

「冥府守門人與死者，都會在慶典結束時回歸冥府。在守候這些男男女女離去時，就會搖響這些引渡的小鐘喔。」

隨著艾卡莎的說明，伊莎貝爾不停「沒錯沒錯」地點頭稱是，舉起手上的小鐘。

「所以說，在參加東部地區秋季的慶典時，動物裝與引渡小鐘都是不可或缺的配件喔！」

伊莎貝爾雖貴為伯爵千金，每年到了這種日子還是會微服出巡，與艾卡莎一同參加慶典。

眼見伊莎貝爾與艾卡莎一搭一唱地開懷不已，莫妮卡忍不住低下了頭。

雖然對歡欣鼓舞的伊莎貝爾相當過意不去，可是莫妮卡在這之後，還有著無法推辭的邀約。

「那個，伊莎貝爾大人，我……」

「說真的，棋藝大會時我好想去當啦啦隊，在最前排幫姊姊助陣啊！偏偏我表面上的身分是欺負姊姊的反派千金，無法如願以償。幸好，參與校園外的活動就沒有這個問題了！況且鳴鐘祭還要裝扮成動物，最適合隱瞞身分同樂呀！」

啊啊～莫妮卡忍受著內心愈來愈強烈的罪惡感，小聲地說道：

「對不起，伊莎貝爾大人。我其實，在之後，還有事情要辦……」

此話一出，伊莎貝爾的動作瞬間靜止了下來。

伊莎貝爾就這麼定格在原地，幾秒鐘後，才總算靜靜地脫下山貓斗篷，像是為了自己得意忘形的模樣感到羞恥似的，滿臉通紅地低聲開口：

「實在很抱歉，我太得意忘形了。明知姊姊有重要的任務在身，我卻……」

伊莎貝爾碩大的眼眸中，滲出了汪汪的淚水。

明明每次都受到伊莎貝爾百般援助，卻害她像這樣顧慮自己！莫妮卡在胸口揮之不去的罪惡感刺痛下，擠出聲音接話：

「那個，要是我，有機會到柯貝可參觀的話……希望，能跟伊莎貝爾大人一起參加慶典。伊莎貝爾大人，總是給我許多幫忙，到時候，請讓我盡力報答。」

話才剛出口，就忽然驚覺這提議會不會反造成伊莎貝爾的困擾，是不是對人家很失禮。想著想著，莫妮卡臉色愈來愈鐵青。

不過，這一切都只是杞人憂天。

「姊姊，請別說什麼報答！姊姊是我們的恩人。報答什麼的，我們擔待不起。不過……」

原本正消沉的伊莎貝爾再度抬頭，雙眼不停閃閃發亮。

「等慶典的季節來臨，還請務必光臨柯貝可！到時候，我一定拿出渾～～身解數招待姊姊呀～！姊姊，要不要和我一起扮成同樣的動物？得趕快準備些可愛的手杖來吊鐘……啊，對了對了，聽說還有一種傳統糕點，只要兩人把這種糕點對半平分，就能永遠相親相愛喔！」

面對大為興奮的伊莎貝爾，艾卡莎露出一副有如望向妹妹的溫柔表情笑道：「真是太好了呢，大小姐。」

＊＊＊

返回自己房間的莫妮卡，脫掉身上的制服，換上先前路易斯贈送的藍紫色禮服。

考慮到接下來要赴會的對象，或許穿七賢人的正裝會比較妥當，但當時覺得任務用不到，所以把長袍與法杖都留在山間小屋了。

路易斯贈送的並非晚會用的華奢禮服，而是適合外出的款式，在莫妮卡的便服中，屬於最高檔的衣物。

穿戴整齊後，外頭再披上一件白色外套收尾，這件也是路易斯送的。接著，莫妮卡原地轉了一圈。

「尼洛，好看嗎？」

「喔，好看好看。所以，妳要上哪兒去？」

「嗯，其實……」

就在這時，閣樓間從窗外傳來一陣叩叩聲。打開窗戶之後，一隻黃色小鳥立刻飛舞進室內。著地的同時，黃色小鳥便化身為金髮的美豔女僕。

〈結界魔術師〉路易斯·米萊的契約精靈琳姿貝兒菲，在掀起裙襬行禮的同時開口：

「我來接您了。現在開始，請容我為〈沉默魔女〉閣下帶路，一同前往〈詠星魔女〉閣下的宅邸。」

邀請莫妮卡的人物，是與莫妮卡同為七賢人之一的〈詠星魔女〉——梅爾麗・哈維。

其為利迪爾王國最優秀的預言家。

✦ 第七章 〈詠星魔女〉梅爾麗・哈維的心跳加速占星術☆

〈詠星魔女〉梅爾麗・哈維的宅邸位於距賽蓮蒂亞學園約馬車兩小時車程的地點，不過有琳的飛行魔術加持，移動上並未花到多少時間。

放著尼洛留守閣樓間，莫妮卡大約在黃昏時抵達了哈維宅邸。太陽即將下山。

「歡迎光臨我的宅邸，莫妮卡。」

隨著這句問候迎接莫妮卡的，是在長椅上抱著靠墊的銀髮美女。

成熟女性特有的穩重風範，以及逐夢少女的天真無邪，這兩種相異的氣質，同時存在於這位不可思議的女性身上。

她正是七賢人之一，王國最優秀的預言家——〈詠星魔女〉梅爾麗・哈維。邀請莫妮卡前來赴會的事主。

身著隱約透出身材曲線的絹絲薄禮服，外頭再披上七賢人長袍的她，從身旁待命的年少侍從手中接過葡萄酒杯，仰頭將杯中物一飲而盡。

輪番進出侍奉主人的侍從，每個都是眉清目秀的俊美少年。身著的制服，則統一為禮服襯衫搭配蓋不住膝蓋的五分褲。

梅爾麗對面的座位上，將栗色頭髮綁成三股辮的男人——〈結界魔術師〉路易斯・米萊正以飲用白開水之勢乾了一杯葡萄酒。

從他身上也披著七賢人長袍，並將法杖靠在長椅旁這點看來，他應該也是為了七賢人相關事務被找來宅邸的吧。

將空的酒杯擺回桌面後，路易斯望向莫妮卡，笑咪咪地開口：

「哎呀，同期閣下。妳好嗎？那件禮服，很適合妳喔。」

「好久不見了，路易斯先生。呃——那個……」

莫妮卡的視線不停在梅爾麗與路易斯身上來回，含糊其辭回應。

雖然不清楚自己為什麼會被找來，但既然路易斯在這裡，想必是出現了相當嚴重的問題，嚴重到必須好幾位七賢人合力解決吧？……腦海裡雖然浮現這種猜測，但梅爾麗與路易斯卻都顯得一派輕鬆，優雅地享用著美少年斟滿的葡萄酒。

（我到底，為什麼會被找來呀……）

莫妮卡正感到困惑，梅爾麗就笑咪咪地督促莫妮卡就坐。

「好啦好啦，先坐下來吧。莫妮卡妳喜歡葡萄酒嗎？我有幾瓶法佛利亞的好酒喔～今年的葡萄酒品質都不錯，讓人忍不住就買了一大堆呢～」

利迪爾王國只要滿十六歲就視為半成年，可以合法飲用麥酒或葡萄酒之類的含酒精飲料。

不過，莫妮卡卻不善於喝酒。說得極端點，根本就很怕酒味。

「那個，我對酒，不太……」

「這樣嗎～？那不然，就來點果實水吧。妳看妳看，這邊有很多珍奇的水果喔。雖然離晚餐時間還早了點，但妳儘管吃別客氣～」

「非、非常感謝招待。」

小口小口啜著侍從美少年為自己斟好的果實水，莫妮卡觀察了一下房間。

〈詠星魔女〉梅爾麗．哈維畢竟原本就出身侯爵家，又長年以七賢人身分為王國效命，宅邸著實稱得上豪華絢爛。

尤其窗戶更是格外壯觀。在施有美麗裝飾的外框內嵌好的巨大玻璃板，令外頭的景色一覽無遺。想來是她詠星所需，才會準備這麼氣派的玻璃窗，即使如此也實在奢華至極。

「那個～請問，今天是為了什麼事情……」

莫妮卡戰戰兢兢地發問後，梅爾麗舔了舔她被葡萄酒滋潤過的雙唇，露出一抹作弄人的微笑。

「唉唷，討厭啦，別那麼拘束啦。只是因為難得路易斯來一趟，想說我們幾個七賢人一起吃頓飯，加深彼此間的交流呀。我啊，一直想跟莫妮卡變得更要好些喔～？妳看嘛，七賢人裡頭的女孩子不就我們兩個而已嗎。」

莫妮卡曖昧地「喔……」了一聲，身旁的路易斯則欲言又止地合上了嘴。

八成是想說「這把年紀還自稱女孩子，恐怕勉強了點？」之類的吧。即使如此，話都到嘴邊了還願意吞回去，看來路易斯或許算是有在顧慮梅爾麗的感受。

再怎麼說，梅爾麗．哈維也是目前推算最年長的七賢人，而且還是王國最優秀的預言家。

立於魔術師頂點的七賢人，每人都有各自專精的魔術。

就好比莫妮卡擅長無詠唱魔術，路易斯擅長結界術一樣，占星術就是〈詠星魔女〉梅爾麗．哈維的拿手好戲。

研究占星術的人本身就已經比較罕見，而梅爾麗的精準度又是其中的佼佼者。

正因此，國王才會對她寄予絕大的信賴。召開七賢人會議時，也都由她負責主持。

一道想法不經意浮現莫妮卡心頭。該不會，梅爾麗是看不慣莫妮卡每次都不出席七賢人會議，所以想委婉地教訓一番？

仔細一想，莫妮卡就任七賢人已經長達兩年，但每幾個月就召開一次的七賢人會議，莫妮卡出席的次數卻一隻手就數得出來。

「那個，我不常到會議露臉，真的很抱歉……」

莫妮卡先發制人道歉，梅爾麗隨即誇張地笑了起來。

「沒關係啦～那種會議沒必要硬著頭皮參加啊。反正基本上就是路易斯跟〈寶玉魔術師〉在那邊唇槍舌戰的，〈荊棘魔女〉只顧悠哉吃菜，〈砲彈魔術師〉整場打呵欠嘛。〈深淵咒術師〉就更別提了，出席率比莫妮卡妳還低呢。」

過於殘酷的現實，幾乎讓「立於魔術師頂點的頭腦派集團」這種形象徹底灰飛煙滅。

拾起侍從送上的葡萄，莫妮卡剝著皮，朝身旁的路易斯瞥了一眼。

路易斯與梅爾麗在七賢人中都屬於比較善於社交的一方，不過莫妮卡並沒聽說他們倆私下有什麼交情。

「路易斯先生你常會，來〈詠星魔女〉府上拜訪嗎？」

聽到這則提問，路易斯慢條斯理地搖了搖頭。

「沒有喔，今天是〈詠星魔女〉閣下有些關於封印結界的事情要拜託我處理。」

「沒錯沒錯，然後我準備了些酒菜當作謝禮，聊著聊著想說『乾脆把莫妮卡也叫來嘛～』所以就請路易斯的契約精靈去把莫妮卡妳帶來了～」

一如結界魔術師這個別號所示，路易斯精通結界術，王國內主要設施都由他負責架設防禦結界。梅爾麗恐怕也是拜託他處理些類似的工作吧。

莫妮卡還在猶豫該不該深入追問，梅爾麗就突然露出靈機一動的表情，喊出一聲：「對了！」

「今天啊，附近的鎮上要舉辦慶典喔～我會在那邊表演魔素解放的魔術奉納，莫妮卡妳也來參觀參觀吧～」

所謂的魔術奉納，就是在典禮或祭典之類的場合請魔術師表演魔術，藉以向神或精靈王供奉魔術的儀式。其中，吸收土地魔力加以釋放的項目，就稱作魔素解放。

一旦特定的土地累積過多魔力，就可能招惹來一些性好魔力的生物，好比精靈或龍等等。

除此之外，也發生過土地的魔力濃度過高，導致魔力汙染而危害人體的案例，因此為了除去土地的魔力，定期舉辦魔素解放儀式是有必要的。

莫妮卡對於這類儀式雖然有所認識，但卻並未親眼觀摩過。因為打從就任七賢人以來，莫妮卡就一直逃避與儀式典禮有關的工作。

眼見莫妮卡煩惱著不知該如何應答，路易斯就像要看好戲似的，瞇起眼睛望向莫妮卡。

「同期閣下，魔術奉納屬於七賢人業務的一環。去觀摩觀摩不會吃虧喔。」

「嗚……」

路易斯這番話，令莫妮卡表情蒙上一層陰霾。

可能的話，實在好不想表演魔術奉納喔～這才是莫妮卡的真心話。理由很單純，因為魔術奉納基本上都被當作慶典的重頭戲，受人矚目的程度非同小可。對於不擅長高調行事的莫妮卡而言，實在是過於沉重的負擔。

面對支支吾吾的莫妮卡，梅爾麗伸手按上臉龐，笑容可掬地補充：

「哎呀～別想得那麼複雜，就來慶典上共襄盛舉吧。魔素解放的儀式啊，可是非常漂亮的喔～」

「喔……呃——請問那場慶典，是在哪裡舉行……」

「在叫做柯拉普東的小鎮喔。」

那不就是幾個小時前，伊莎貝爾邀自己一起去參加的慶典的小鎮嗎。雖說純屬偶然，仍不由得令人感受到某種緣分。

艾卡莎解說的慶典由來頓時浮現莫妮卡心頭。

「柯拉普東的慶典，應該是東部地區發祥的鳴鐘祭，對吧。呃——據說慶典過程中死者會返回人間……」

「沒錯沒錯。為了感謝大地精靈王亞克雷德，以及憑弔死者，每年都會獻上作物啦～唱歌跳舞等等的當作奉納。今年流年星象特別好，所以決定舉辦魔術奉納喔～」

流年星象與魔術的關係莫妮卡雖然不甚了解，但對於梅爾麗這個王國首席占星術達人而言，流年星象似乎會大大影響魔術的威力與精度。

梅爾麗的魔術奉納，莫妮卡確實有那麼點興趣。一瞥一瞥地瞄向路易斯，莫妮卡問道：

「呃——路易斯先生也要，一起去，參加慶典嗎？」

「沒有，我不去。但可以把琳借給妳們。只要有她在，想要短時間移動到會場也不成問題吧。」

魔術師施展的飛行魔術，基本上都只能讓施術者獨自飛行，且難以進行長距離移動。

但琳是風系高位精靈，可以讓不只一個人包覆在風裡，進行長距離高速移動。這是因為精靈無論魔力含量或魔力操控技術都遠在人類之上，才辦得到這樣的特技。

只要有琳幫忙，莫妮卡便能在參加慶典後，悄悄地返回賽蓮蒂亞學園。路易斯想必是連這點都計算在內，才開口提議的吧。

「你要把高位精靈借給我們嗎？哎呀，真開心～路易斯你要是再年輕個十五歲，我說不定會親親你的臉頰喔。」

「哈哈哈哈哈。」

聽到梅爾麗肆無忌憚地表明自己喜愛美少年，路易斯只有乾笑回應，再朝身旁的莫妮卡一瞥。

「也罷，就是這麼回事。妳就乖乖認命，去吸收一下在外人面前工作的經驗吧，同期閣下。」

「哎呀，也不必這麼挖苦她嘛。在七賢人裡頭，莫妮卡可算是很賣力工作的嘍～？」

梅爾麗從長椅上探出身子，伸手抱住莫妮卡。

柔軟的觸感與撲鼻的香水味令莫妮卡感到天旋地轉，接著，磨蹭著莫妮卡臉頰的梅爾麗繼續開口：

「謝謝妳之前幫我的弟子們計算觀測紀錄～真的是幫大忙了～」

從前莫妮卡還守在山間小屋足不出戶的時候，受託處理的其中一項工作，就是幫忙梅爾麗．哈維的天文學家弟子們計算觀測到的星體軌道。在莫妮卡接下的工作中，這件堪稱是難度最高的。

正因為這項工作如此具備挑戰性，莫妮卡現在也記憶猶新。

「我記得，要把一顆星球的記錄整整追溯十年分，對吧。當時重算了好幾次。後來，成果怎麼樣呢？」

莫妮卡提出自己始終耿耿於懷的疑問，但梅爾麗緩緩地搖了搖頭。

「完——全不行。果然，觀測結果還是跟占卜有出入呢～」

梅爾麗會根據星光的顏色、閃爍的次數、軌道，以及與其他星球的距離來解讀人物或國家的未來。

而莫妮卡負責的工作是計算觀測結果，至於算出的數字象徵誰的命運，就不是莫妮卡能理解的了。

莫妮卡終究只是從結果推演出軌道，再把答案提供給梅爾麗而已。

只是，唯有一點是莫妮卡當時就很清楚的——梅爾麗打從許久之前開始，就始終對於某顆星星念念不忘。

「那個～請問〈詠星魔女〉大人一直很在意的那顆星，顯示的是哪位人士的命運呢？」

這句疑問，令梅爾麗停下正舉起酒杯就口的動作，小小嘆息了一聲。

接著，一則令人意外的名號出口。

「是第二王子，菲利克斯·亞克·利迪爾殿下喔。」

莫妮卡忍不住倒抽一口氣。路易斯表情雖然沒變，但也稍稍皺了下眉頭。

也不曉得究竟有沒有注意到這兩人的反應，梅爾麗伸手按上額頭，憂心忡忡地嘆了口氣。

「我向來觀星，都會格外著重在國家未來與王族命運的部分……但差不多從十年前開始，就只有菲利克斯殿下的命運，我怎麼看就是看不出來呢～」

梅爾麗的詠星術並非萬能，絕非一切真相盡在她的掌握中。不過，菲利克斯的名字在這個時間點傳進耳裡，還是引起莫妮卡胸口一陣騷動。

凱西的暗殺未遂計畫，以及棋藝大會的入侵者。各種火藥味十足的事件接連爆發，而校慶就要在這種狀況下照常舉辦。

（總覺得，有股不祥的預感……）

在不安驅使下，莫妮卡伸手按住胸口低頭，但，梅爾麗卻把莫妮卡的臉拉向面前，緊緊凝視不放。

梅爾麗那焦點對不太上的水藍色眼眸，就有如水面般映照出莫妮卡的身影。

「那個，〈詠星魔女〉大人？」

「好黯淡的表情喔～呵呵，對了～就當作之前請妳幫忙的謝禮，我來看一下莫妮卡的命運吧。」

緩緩起身的梅爾麗，拖著絹絲薄禮服站到了窗邊。

曾幾何時太陽已經下山，夜空正閃爍著微弱的星光。望著這樣的星空，王國首席預言家道出了莫妮卡的命運。

「莫妮卡現在戀愛運絕佳！說不定有機會與迷人的男士度過火～熱的一晚喔！」

只見莫妮卡露出隨時要反胃的表情，低頭舉起雙手遮臉。

「不用了～～～～」

畢竟，昨天可是才有人提出要以對局為前提訂婚呢。

就七賢人的預言來說，這可真廉價啊～路易斯傻眼地咕噥。

歡談一會兒，來到該準備移動的時間時，梅爾麗說要補妝，自長椅上起身離席。

確認梅爾麗離開房間後，路易斯命侍從們也退下，擅自打開了房間的窗戶。

隨後，雖然已經日落，一隻黃色的小鳥——琳還是自夜空飄舞降落。小鳥原地咕嚕轉了一圈，變成一位身著女僕服的美女。化身成人形的琳操著平淡的口吻，面無表情地說道：

「敢問閣下有盡情享受過酒池肉林了嗎？」

路易斯緊緊皺起眉頭，抽搐著臉頰回應。

「請妳記好，千萬不要在蘿莎莉面前講這種鬼話。」

留著身懷六甲的妻子守家，自己在外享受酒池肉林，再怎樣也太過於不堪入耳。

面對一臉嚴肅的路易斯，琳也一本正經地點頭。

「好的，我會向蘿莎莉夫人報告：『路易斯閣下在美少年伺候下享用送上的美酒』。」

「看來妳有必要從應答方式開始重新管教一番呢，廢女僕？不過在那之前得先工作。把〈詠星魔女〉閣下與〈沉默魔女〉閣下送到柯拉普東去。之後與〈沉默魔女〉閣下同行。等慶典結束，記得把她送回賽蓮蒂亞學園。」

「謹遵指示。」

足不出戶的莫妮卡，雖然不曾覺得飛行魔術有多麼重要，但在這種時候，飛行魔術的便利性還是令人銘感五內。

就算不到古蓮那種能自由自在翱翔的程度，只要能多少飛行一段距離，想偷溜出宿舍都會方便許多。

（果然還是，練習一下飛行魔術比較好嗎。）

從前還在米妮瓦就讀時，莫妮卡曾經嘗試過唯一一次飛行魔術。

飛行魔術是一種講究施術者體能的魔術，主要以平衡感為最，而莫妮卡想實驗看看，能不能透過同時展開風系魔術來當作體能面的輔助。

就結論而言，實驗是失敗的。莫妮卡只稍微離地就在半空中轉了整整一圈半，最後從臉部著地。這是莫妮卡運動神經的絕望程度突破她卓越計算能力的瞬間。可能的話，實在不想再經歷第二遍。

正當莫妮卡一臉苦澀地回憶當時的慘況，路易斯突然關上窗，喚了聲「同期閣下」。

在低垂的夜幕籠罩下，玻璃窗有如鏡子般反射出路易斯的身影。玻璃窗上的路易斯，正一臉嚴肅地瞇細雙眼。

「關於〈詠星魔女〉閣下提到的，看不見第二王子命運的問題，實在有點令人掛心。」

「……是的。」

「棋藝大會的那個入侵者，預定會在近期遣送王都。到時候，想怎麼逼供都不成問題。我會不擇手段讓他招出幕後主使是誰的。況且入侵者本身也讓我有些在意。」

說著說著，路易斯把戴著手套的指頭拗得啪吱作響。

路易斯的手雖然如貴族般纖細美麗，但莫妮卡知道，他中指根部的關節長有厚實的拳繭。

對於今後要接受路易斯逼供的入侵者，莫妮卡不由得暗自心生同情。

「同期閣下，這個飯桶廢女僕就暫時借給妳，盡情使喚她吧。」

「是，輔佐〈沉默魔女〉閣下的任務，就包在我優秀女僕長琳姿貝兒菲身上。」

朝厚臉皮的契約精靈瞪一眼，路易斯清了清嗓子接話：

「然後，校慶當天我也會去露臉。顧全警備當然是理由之一……也罷，總之我順便要辦點事情。」

能夠廣範圍行動的琳，加上精通結界術的路易斯屆時都會在場，再也沒有比這更可靠的消息了。莫妮卡隨著一句「有勞多多關照了」低頭致意，這時，路易斯罕見地擺出柔和態度回應。

「也罷，妳就當今天是執行重大任務前放鬆的機會，好好去享受慶典吧。畢竟摸魚……畢竟養精蓄銳是很重要的。比起這個，今天的魔術奉納會用到古代魔導具喔。我記得，妳很喜歡這種東西吧？」

「咦？會用到，古代魔導具嗎！」

莫妮卡忍不住向前探出身體，雙眼閃閃發光。

魔導具的原理是在礦石或金屬等物品上刻畫魔術式，好讓不具備魔術知識的人也能啟動魔術式，發揮魔術的效果。懂得如何製作魔導具的人有限，因此魔導具屬於高級品。若出自七賢人之手，幾乎得花上蓋一棟房子的錢才買得到。

然而，現代的魔導具，能夠賦予的魔力量是有限的。

凱西用來暗殺菲利克斯的〈螺炎〉，其威力在現代魔導具中可以算是頂級——即使如此，依然存在著效果範圍狹窄這個缺點。

能夠發揮超越製作者本身能力的效果——想找到這樣的現代魔導具基本上相當不容易。

但古代魔導具就不一樣了。在魔術還被視為神祕力量的舊時代，出自當時魔術師之手的古代魔導具，個個都蘊含著非同小可的強大能力。

況且舊時代使用的魔法技術與當今系統有出入，因此遑論重現，就連解析都被視為不可能。

如此具備歷史價值的強力魔導具，只要身為魔術師，論誰都想親眼拜見一次。莫妮卡當然也不例外。

（聽說留存到現代的古代魔導具，幾乎全被視為國寶，由高位貴族加以管理……沒想到，竟然有機會可以親眼目睹實際使用的過程！）

莫妮卡雀躍不已地問向路易斯：

「那個，請問今天要用的古代魔導具，是怎樣的東西？」

「是可以吸收土地魔力加以解放的首飾，名叫〈紡星之米拉〉。我這次之所以被找來，就是為了解除〈紡星之米拉〉的封印。」

具備強大能力的古代魔導具，根據情況不同，有的會施予封印處置，想解除必須獲得國家許可。路易斯看來就是為了解除這種封印而來。

「古代魔導具的封印，應該是一級封印結界吧。我記得，想解除非常棘手……」

「是呀。唉～不過我好歹也是〈結界魔術師〉，所以解除封印結界這件事本身是沒花多少工夫，只不過……」

說到這裡，路易斯低頭望向腳邊。臉上隱約流露出一股劍拔弩張的神情。

「古代魔導具雖然是道具，卻存在著自我，這妳有聽說過嗎？」

「是、是的，因為有人格寄宿在內，對嗎。」

現代魔導具與古代魔導具最大的差異就在此。古代魔導具是有自我意識的，有時還會做出試探使用者的舉動。

究竟是透過怎樣的技術，才讓人格寄宿在道具內，這點著實耐人尋味。就在莫妮卡顯得好奇不已時，路易斯卻不知為何露出一種眺望遠方的眼神，低聲咕噥起來。

「〈紡星之米拉〉這古代魔導具是個瑕疵物件，據說持有者如果是男人，就會遭到這個魔導具殺害。」

好個教人不敢恭維的瑕疵。

「在進行調整封印的作業時，魔導具人格開口找我搭話，那可真是個性強烈的人格。嗯，磨耗人神經的本領堪稱一流……」

路易斯反常的筋疲力盡模樣令莫妮卡有點不知所措，琳則是淡然地開口：

「路易斯閣下向來有口皆碑的粗神經，竟然會被魔導具給磨耗，實在令人相當感興趣。」

「那個人格在不同意義上，就跟妳一樣讓人愈對話愈頭痛啦。為了保護我內心的平穩，我這就回家去了。」

路易斯拾起靠在長椅旁的法杖，交雜著嘆息聲，念念有詞地咕噥著：「好想見蘿莎莉……」

那道背影中，飄蕩著一股難以言喻的哀愁。

＊＊＊

柯拉普東是位於王都東方的旅宿鎮。

由於位在主要街道旁，平時就有大量人潮進出，而今晚正是秋日慶典最熱鬧的時候，因此鎮上更加人山人海。

來往的行人都各自披毛皮戴面具扮妝成動物，手持吊有小鐘的手杖在攤位間流連忘返。

其中，有一位席地而坐，擺地攤賣稻草工藝玩偶的男人。

年齡約二十六、七歲。是個一頭黑色短髮，包著頭巾，五官深邃的男人。下巴留有鬍鬚，身穿滿是口袋的工作服，腰帶上還掛了一包工具袋。

「唉～～為啥這麼乏人問津啊。果然，還是該賣扮裝活動最熱門的面具或手杖嗎。不，可是能便宜到手的材料就只有這個……」

就在男人這麼盤腿坐在地攤上，拿著毫無出售跡象的稻草工藝玩偶喃喃自語時，一位少年唱著數小豬的歌，逛到攤位前停下了腳步。吸引少年目光的，是稻草公雞玩偶。男人立刻擺出討好的笑容，操著諂媚的嗓音開口：

「哎～唷喂，眼光不錯喔小弟弟。這傢伙呀，可是我這巧手巨匠巴托洛梅烏斯特製的公雞喔。那雄偉的雞冠很藝術對吧？」

「有夠怪的！」

「臭小鬼你說啥！」

工藝品商人——巴托洛梅烏斯扯著嗓子怒吼，不過少年已經隨著嘲笑聲混進人潮逃離現場。

可惡，該死的臭小鬼……巴托洛梅烏斯一面咒罵，一面點起香菸。

巴托洛梅烏斯使盡渾身解數製作的公雞，最大的特徵就是那頭巨大的雞冠。

雄偉的雞冠是公雞的象徵，既然如此當然愈大愈好吧。抱著這種想法造出的雞冠，到頭來存在感過強，整體不協調到光是公雞還能保持直立就已堪稱奇跡。

公雞以外的玩偶也沒兩樣，要不就擺出奇妙姿勢的雙腿步行豬，再不然就是過度追求躍動感，已經連原型都不剩的馬。總之個性實在過於強烈，根本沒辦法讓人一眼認出是什麼玩偶。

稻草的編工非常細膩，其技術之精湛可見一斑……偏偏完成品卻盡是流於教人看了毫無頭緒的物體，所以才吸引不了客人上門。

巴托洛梅烏斯用鼻子噴菸，悻悻地想：

（唉～該死，要不是摩西那白痴給人抓了，哪需要這樣跑路！）

巴托洛梅烏斯的職業，就是所謂的萬事屋。

雖然統稱為萬事屋，但也細分為擅長使劍的、擅長演戲的，各有各的強項。身為落魄技術人員的他，承攬的工作主要是製作精巧道具或修繕房屋等等。只要有錢賺，不管是為樂器調律、修理馬廄、縫補衣物還是擦鞋，什麼都肯幹。他就這麼過著漂泊四方，得過且過的旅行生活。

這樣的巴托洛梅烏斯近來接下的工作，是重現某家商會的紋章。

委託人是這一帶惡名昭彰的小混混摩西，很顯然，那個紋章肯定不會拿去幹什麼正經事。

話雖如此，自己製作的成品不管會被拿去用在什麼地方，巴托洛梅烏斯都沒興趣干涉。只要能有銀子到手，什麼都肯做，這就是他的原則。

誰曉得，委託人摩西竟然異想天開，掛著巴托洛梅烏斯偽造的商會紋章就闖進賽蓮蒂亞學園去。有勇無謀也該有個限度。

現在，王國第二王子菲利克斯．亞克．利迪爾正在賽蓮蒂亞學園就讀，想也知道會警備森嚴，一旦失風被逮，除了非法入侵之外，還會額外附贈一條反叛王家的嫌疑。真不知道還有什麼贈品比這更惹人厭的。

（這麼一提，因為他催得太急，害我忘了給那頭公牛畫尾巴嘛。該不會～是因為這樣才害他穿幫被逮的吧……）

雖然不清楚摩西落網後招出了多少事情，但一個不好，自己沒準會被當成共犯。正因如此，巴托洛梅烏斯才只好慌忙從原本的據點捲鋪蓋，連夜潛逃到這個鎮來。

適逢慶典的柯拉普東來往人潮眾多，不但適合藏身，還可以順便做生意。

就這樣，巴托洛梅烏斯費盡九牛二虎之力製作稻草工藝玩偶，打著想掙些跑路用盤纏的如意算盤，可是買氣卻不見起色。

再這樣下去，遲早會連旅費都花得一乾二淨。

「事到如今，只能賭一把大的了嗎。」

咬在嘴裡的菸斗上下抖個不停，巴托洛梅烏斯瞪向儀式會場的方向。

會場今晚就要舉辦慶典的重頭戲——魔術奉納。據說七賢人也會到場，而且還會帶上〈紡星之米拉〉這個古代魔導具。

（找機會偷……偷觀察那個古代魔導具！然後，打造複製品賣來大賺一筆！）

古代魔導具是深具歷史意義的美術品，公開亮相的機會寥寥無幾。只要製作古代魔導具的山寨土產品，再吹牛說有提升運勢的功效，或是有〈詠星魔女〉的加持，肯定會爆賣。

製作仿冒品是絕不被允許的犯罪行為，但如果只是把粗糙複製品當成土產來賣，就毫無違法疑慮。

（這樣就能遊走邊緣又不至於犯法了。我腦袋真靈光！）

另外，古代魔導具基本上都被嚴加管理，光是侵入受管制的現場都屬於犯罪。

但，明明是技術人員，個性還大而化之的巴托洛梅烏斯卻樂天地以為「我又沒有要偷，不會怎樣吧」。

「哈哈！好事趁早，趕快到儀式會場去吧！」

我絕對不是非法潛入，只是不小心迷路闖進去而已，所以不是犯罪。我沒有犯罪喔。巴托洛梅烏斯不停這樣說服自己。不用說，這當然就是犯罪。

可是，巴托洛梅烏斯這個男人，不管什麼事都會用對自己有利的方式解釋。他就這麼收拾好稻草工藝玩偶，抱著對素未謀面的古代魔導具的遐想，意氣風發地朝儀式會場動身。

第八章　莫妮卡，變成不良少女

風系高位精靈琳的高速移動，能夠以風包覆超過一人的對象，再連同整個結界一起移動。若換作人類，魔力量既無法長時間維持這等規模的結界，想高速移動也十分困難。

莫妮卡雖然有辦法用風系魔術讓物體浮空，但要讓物體以這樣的速度長距離飛行，就已經不太可能了，更別提這類魔術在想要讓施術者自己浮空時，難度都會直線上升。

讓二十隻以上的翼龍緩緩飄落地面，相較於讓自己的身體浮空，後者的難度還是壓倒性地高。

明明只是見習魔術師，卻能輕而易舉自在飛翔的古蓮，算是極度特殊的案例。

「好厲害呀～真不愧是高位精靈呢～」

梅爾麗笑容滿面地摸著抱在胸前的箱子。

這只施有黃金裝飾的漂亮寶石箱，尺寸大到需要兩隻手才抱得住。古代魔導具〈紡星之米拉〉似乎就收納在箱內。

距離抵達會場還要點時間，莫妮卡決定趁現在把掛念的事情問個清楚。

「那個，這具〈紡星之米拉〉是用來吸收土地魔力的魔導具對吧？請問吸收的規模多大呢？」

「〈紡星之米拉〉的能力，會受到流年星象所左右。單純來說，光是在白天啟動，就會讓吸收的魔力掉到夜間的十分之一以下。反過來說，若是在流年星象運行良好的夜晚……這個嘛～吸收範圍應該可以擴大到比這個鎮還大兩、三倍的面積喔。今晚剛好就是這種時候～」

莫妮卡想起，梅爾麗在宅邸內說過「今年流年星象特別好」。今年的慶典儀式項目之所以會選擇魔術奉納，古代魔導具的特性似乎也是理由之一。

正覺得自己想通了，梅爾麗卻突然湊到莫妮卡耳邊，小聲開口補充：

「雖然不能講得太大聲，不過〈紡星之米拉〉可以把吸收的魔力轉換成攻擊魔術喔。換句話說，根據用法不同，很可能被當作兵器惡用……所以平時才會封印起來～」

將吸收自廣範圍土地的魔力轉換為攻擊魔術——概略估算其威力之後，莫妮卡表情不禁為之凍結。恐怕，會與召喚十幾回精靈王的威力有得比吧。炸飛一座小鎮什麼的，根本不費吹灰之力。

原來如此，確實如梅爾麗所言，這只古代魔導具只要湊齊條件，就能成為可怕的兵器。

「那、那個，能夠轉換為攻擊魔術，應該是很重要的祕密吧……這、這麼重要的事，告訴我沒關係嗎？」

「嗯哼哼。給立於王國頂點的七賢人知道，不會有什麼問題吧？畢竟，哪天搞不好會輪到莫妮卡妳來使用〈紡星之米拉〉呢。」

可能的話，真希望那天千萬不要來臨～莫妮卡暗自心想。這時，始終望著前方的琳開了口：

「可以看見目的地了。請問要在哪裡著陸呢？」

「這個嘛～從上空直接降落到祭壇，應該會很引人注目吧，不覺得這樣很棒嗎～？」

梅爾麗的提議令莫妮卡睜大雙眼，左右猛力搖頭。

「那、那個，那個，可以的話，拜託選在比較不顯眼，的滴方……」

從天而降的七賢人這種光景，原來如此，作為慶典的表演確實相當轟動吧……不過，莫妮卡打從心底就沒有登上祭壇的打算。

莫妮卡只想盡可能找個人煙稀少的地方，靜靜觀摩魔術奉納的儀式。

「這樣嗎～？那──就選在儀式會場，教會的後院吧。琳，可以盡量貼近教會的牆壁嗎？我會用幻術避人耳目的。」

說著說著，梅爾麗快速詠唱了起來。隨後，她細長的手指一揮，淡銀色的光點立刻包覆起莫妮卡一行人。

身在幻術內側的莫妮卡看不見詳情，但恐怕現在大家身上都覆蓋了與教會牆壁同樣紋路的幻影吧。

（要是有那種能完全不被人察覺……讓自己透明化的幻術就好了。）

幻術是一種極為高難度的術。有幾種是莫妮卡也會用的，但魔力消耗相當激烈，限制又多，因此她沒用過幾次。

維持著幻術的梅爾麗，也不曉得是否對自己施放的幻術成果感到不滿，嘟著嘴咕噥了起來。

「幻術好難喔～雖說如果換作星空，我有自信能完美重現就是了，每天都在看嘛。」

梅爾麗好像對幻術沒什麼自信，但太陽已下山的現在，只要沒被貼得太近，相信是不會穿幫才對。

教會四周圍著一圈鐵柵欄，柵欄外有不少行人，但沒有半個人正朝這兒注視。

琳在著地時絲毫沒發出半點聲響。平時總愛提議嶄新著陸方式的琳，今天相信是顧及了莫妮卡不願引人注目的想法吧。

「來，我們就這樣沿著牆壁繞過去吧。」

在梅爾麗督促下邁出步伐的莫妮卡，視線無意間飄到柵欄的後方，隨即在原地陷入僵硬。

（咦？咦？那是……）

吸走莫妮卡視線的，是某個混在人群中行走的人物。

那個人物以白色面具遮住臉的上半部，又披了件有黑色羽毛的斗篷。想來是在扮演冥府守門人吧。

問題是，斗篷蓋不住的那雙修長雙腿。

與那雙長腿以黃金比例構成的體型，莫妮卡絕不可能看走眼。

「殿、殿……」

「哎呀，妳怎麼了～莫妮卡？」

梅爾麗一臉不可思議地望著唐突出聲的莫妮卡。

要是只有琳在場，還可以扔下一句「為什麼殿下會在這裡」就追上去，但這件極祕任務的消息並沒有透漏給梅爾麗。

「呃——那個，我看到有認識的人在那邊……我、我去打聲招呼！」

莫妮卡當場從身邊的教會後門飛奔而出，四處尋找黃金比例——尋找菲利克斯的身影。偏偏不曉得是否已經被人群沖散，怎麼找都找不到。

扮裝成冥府守門人的行人比比皆是，可是沒有半個黃金比例體型的金髮男子。

（為什麼，殿下會在這種地方……身邊感覺起來不像有護衛在，該不會跟伊莎貝爾大人一樣，是隱瞞身分跑來的？）

換作平時，莫妮卡也不會緊張到這種地步吧。但是，昨天的棋藝大會才剛發生過入侵者騷動。無論如何就是會感到不安。

莫妮卡是菲利克斯的護衛。這種放任菲利克斯獨自外出的狀況，絕不能視而不見。

（去找殿下吧。）

但無論再怎麼抬頭想環顧四周，還是馬上被人潮擠得一團亂。

在日已西沉後的入夜時分，鎮上四處都映著提燈的亮光，街頭巷尾擠得水洩不通。看來這些觀光客全是衝著〈詠星魔女〉的魔術奉納而來。

嬌小的莫妮卡努力踏出一步，接著立刻被擠向側面，打算返回原地，卻不知為何又被沖往後方，最後還是一路跌跌撞撞來到了路尾。

「呼咕嗚。唔，唔嗚……」

雖說最近怕生的情形有好轉跡象，但也只是有尼洛或拉娜一起時，能夠勉強在鎮上走路的程度。自己鑽到熱鬧慶典的群眾裡頭人擠人，莫妮卡還沒堅強到這樣也能保持冷靜。

被擠出路尾的莫妮卡，就像是總算回想起如何呼吸似的，淚眼汪汪地反覆短促吸氣吐氣。

抬頭一看，眼前所見盡是人、人、人……過於密集的人群令莫妮卡不禁頭昏眼花起來。

大量的人潮，會令莫妮卡想起內心最可怕的回憶。

這裡是慶典會場。不是記憶中那個場所。頭腦雖然明白，來往行人的喧鬧聲還是讓莫妮卡忍不住在耳邊湧現回憶裡的聲音。

燒死那個罪人——行人的喧囂，都在莫妮卡耳邊成了群眾吼出的這聲怒罵。

迴響於耳內的怒罵聲愈來愈大，眼前的光景開始扭曲。

「爸，爸……」

試圖掩蓋的記憶，一點一滴地鮮明起來。

莫妮卡臉色鐵青地呆立原地，隨後遭到某人的手臂撞上肩膀。

跌倒在地的莫妮卡，反射性舉起雙手抱頭。

「噫——唔，啊……」

發現莫妮卡抱頭呻吟，撞到她的某人開口關切。
「嘿，抱歉。沒事吧，小不點？」
來自頭上的嗓音，無法傳進現在的莫妮卡耳裡。
撞倒莫妮卡的男人，一副傷腦筋的模樣搔了搔頭。
那是個在黑髮外包著頭巾，下巴留有鬍鬚的男人。小眼珠加上厚嘴唇，以及深邃的五官，在這一帶算是不怎麼多見的長相。
男人蹲到發抖的莫妮卡面前，從行李袋內掏出了某個物品，在莫妮卡眼前晃了起來。
那是一只以稻草編成的玩偶，看起來並非完全不像公雞，但若要說是公雞，雞冠未免也太大了。
「來～喔，咕咕咕，我是公雞先生喔～咕咕咕～～～～！」
晃著公雞玩偶的男人，擠出假音嘟起嘴唇，還順便翻白眼模仿起公雞的叫聲。
過於逼真的演技，令莫妮卡當場看呆，男人這才一副大功告成的表情擦去額頭的汗水。
「哼哼～怎樣。我的公雞演技如何。小時候，我都靠這必殺技把哭鬧的妹妹逗得大爆笑呢。」
男人露出微笑，開口問向莫妮卡。
「嘿，小不點，妳不會是迷路了吧？」
「呃——該說是迷路嗎，我是，在找人……」
「妳找什麼人？有扮裝的嗎？」
「扮裝成冥府守門人的，金髮的，男生。」
恐慌好不容易平穩下來，莫妮卡撫著狂跳不已的心臟回應。男人「唔姆唔姆」地點頭，並轉頭環顧四周。

「這一帶嘛～好像沒看見這樣的人啊。沒轍，我陪妳一起找吧。所以別再哭嘍？別哭喔？我啊，只要看到妳這樣年紀的姑娘掉眼淚，就怎麼都靜不下心來啊。」

「非、非常，謝謝你……」

聽到莫妮卡吸著鼻子道謝。男人豪爽地伸手摸摸莫妮卡的頭，邁步走了起來。

男人每走幾步，就會回頭確認莫妮卡有沒有被人潮給沖走。莫妮卡則以男人的頭巾為目標，死命向前邁出腳步，以免被沖散。

就這麼走上一陣子之後，男人望著前方的人牆，小小「喔」了一聲。

人牆後頭似乎正在表演戲劇。莫妮卡個子太矮，看不見在演什麼，但勉強可以聽到台詞內容。

『來，快請收下吧。瑪莉亞貝兒公主。這件物品，是為了妳而存在的。』

『——啊啊，這遠比夜空更加深邃的黑瑪瑙光輝……肯定錯不了。這正是，我王家被邪龍盜取的祕寶！』

莫妮卡對於戲劇並不是特別感興趣，不過男人似乎以為莫妮卡覺得很好奇。

男人將手伸到停下腳步的莫妮卡腋下，隨著一聲「嘿咻」，把莫妮卡輕而易舉地抬了起來。

「噫呀啊？」

緊張與恐懼交錯之下，莫妮卡頓時渾身僵硬，男人卻得意地笑了起來。

「如何，這樣就看得清楚了吧！」

在裝飾樸素的舞台上，一位渾身鎧甲，典型冒險者打扮的男人，正與身著禮服的公主對話。

抬著莫妮卡的男人，一臉開心地解說起來。

「那是《巴索羅謬．亞歷山大的冒險》吧。這齣劇很棒呢。再怎麼說，男主角的名字都帥呆了。」

不知該作何反應的莫妮卡曖昧地「喔……」了一聲，男人隨即將莫妮卡放下，裝模作樣地眨了眨眼。

「我的名字叫巴托洛梅烏斯。如果用利迪爾王國的念法，就是巴索羅謬啦。帥吧。」

看到五官時就隱約有這種感覺，看來他——巴托洛梅烏斯並不是利迪爾王國出身的。從名字的發音推測，八成是來自帝國吧。

思索著這些問題時，差點又被人潮給沖走，巴托洛梅烏斯趕緊慌忙揪住莫妮卡的大衣衣襟。

「哎唷喂，妳再這樣發呆，小心給冥府守門人抓走喔。再怎麼說，今晚的慶典都是死者會造訪的日子嘛。」

巴托洛梅烏斯故意翻白眼，向前擠出下巴，裝出一副嚇人的鬼臉。模仿公雞的時候也是，他在這方面真是格外賣命。

眼見莫妮卡當場渾身一顫，巴托洛梅烏斯又咯咯咯地笑了起來。

「我老家那邊有類似的祭典啦。與其說是死者會來人間玩～更像是回來報仇的感覺。所以為了嚇跑來襲的死者，都會戴上恐怖的面具呢。」

土地一變，文化就隨之不同。會想把死者嚇跑，實在是挺耐人尋味的風俗。

莫妮卡正為此感到欽佩，巴托洛梅烏斯忽然望著鎮上擺設的鐘，瞇細了雙眼。

「也罷，那也有自己的一番樂趣啦，不過……引渡死者的憑弔鐘聲是嗎。不錯的習俗啊。」

巴托洛梅烏斯的低語，聽起來夾雜著不少沉重的感覺。他是不是，也有想要引渡的對象呢。

望向巴托洛梅烏斯視線前方的鐘，莫妮卡茫然地思考。

與內心重視的人永別之際，能夠好好地道別的人，究竟有多少呢。

能夠好好建墓，獻花禱告憑弔的人，究竟有多少呢？

從前爆發過戰火與飢荒的時代，無法達成這些心願的人恐怕多如繁星。或許就是這樣的人們留下的願望與祈禱，才促成了這樣的風俗。

無法好好道別，甚至連憑弔都不被允許的痛苦，莫妮卡非常清楚。

（……爸爸。）

倘若敲響鐘聲真能為逝去之人憑弔，那對於留在世間的人，也算是一種救贖。

「哎唷喂，戲差不多快演完了。人潮馬上會開始動，別跟丟嘍，小不點。」

「好、好的！」

就在莫妮卡慌忙想跟上巴托洛梅烏斯的時候，肩膀忽然被某人拍了拍。

沒想太多就回過頭去，豈知下一秒，莫妮卡立刻目瞪口呆。

站在莫妮卡身後的，是扮裝成冥府守門人的修長青年。

在夜風吹拂下搖曳的一頭金髮。斗篷遮也遮不住的均衡黃金比例身形。

「嗨，原來妳在這裡嗎。找妳找好久呢。」

冥府守門人操著平穩的語調開口，只用上揚的嘴角對莫妮卡露出微笑。

「殿、殿殿殿……！」

莫妮卡險些發出叫聲的嘴唇，被冥府守門人戴著黑色手套的指頭貼了上來。

巴托洛梅烏斯一臉狐疑地交互望向冥府守門人與莫妮卡，不過馬上又爽朗地笑了出來。

「怎麼，難不成妳就是在找他？」

「呃、呃——……那個～……」

渾身嘎嗟嘎嗟顫抖的莫妮卡，冷汗直流地游移視線，冥府守門人於是代為回應。

「沒錯，就是這樣。非常感謝你幫忙照顧她。」

「嘿，不足掛齒啦。別再走散嘍，小不點。」

巴托洛梅烏斯咯咯咯地笑著向莫妮卡揮手道別，消失在人群中。

被留下的莫妮卡，動作僵硬地抬頭望向冥府守門人。

閃耀的金髮，以及修長的手腳。戴著黑色手套的指頭卸下面具，露出了甜蜜溫柔的俊美容貌。

站在莫妮卡面前的，正是護衛任務的目標——利迪爾王國第二王子，菲利克斯．亞克．利迪爾本人。

原本打算偷偷找到人，再暗中執行護衛任務，卻突然先被對方找到了。

（怎、怎麼辦～～～～……）

菲利克斯稍微彎下身子，與冷汗直流的莫妮卡四目相交。

「那男的和妳認識嗎？」

「不，那個，我在這邊迷路，結果他開口關心我……」

「不可以太輕易相信沒見過的人喔。畢竟有很多壞蛋，想趁著慶典做壞事呢。」

菲利克斯的言論再中肯不過。可是，比起這個，莫妮卡有更需要確認的事情。

「那個，請問殿下，為什麼會跑來這裡……」

「妳看不出來嗎？」

莫妮卡仔細望向菲利克斯，從頭頂到腳尖仔細端詳了一番。

感想是扮裝得非常賣力。

「看起來，很像是盡全力，在享受慶典……」

「答對了。」

悄悄環視周圍。果然還是沒看到任何護衛的身影。

（為什麼王子殿下會連個護衛都不帶，就跑來參加什麼慶典嘛。唔嗚，胃又開始痛了……）

接著，換菲利克斯開口向暗自撫著心窩的莫妮卡提問：

「這樣說起來，比起享受慶典，妳看起來更像是在找人呢。我有猜對嗎？」

語畢，莫妮卡的表情瞬間凍結。

該不會，菲利克斯發現了人群中笨手笨腳的莫妮卡，然後一直在暗中觀察動向？

一瞬間，莫妮卡考慮過要謊稱自己是跟伊莎貝爾一起來的。但，萬一謊言被拆穿，恐怕會給伊莎貝爾帶來困擾。

「我、我是自己來的。沒有半個，同行者。」

「妳自己一個人跑到這個鎮上來玩？」

有如在調侃般瞇細的雙眸，用眼神訴說著：「那是騙人的吧？」

任何人只要認識平時膽小內向的莫妮卡，都肯定會萌生同樣的猜疑。確實，若沒有任何人開口邀請，莫妮卡首先就不可能會有參加慶典的念頭。

（殿下在懷疑我了。不趕快找個理由不行。我自己跑來參加慶典也不會突兀的理由……理由……）

就這樣，擁有國內最高峰頭腦的七賢人，在優秀的腦袋全力高速運轉之下，擠出了一則藉口。

「我、我其實……有件事，一直瞞著，殿下。」

「嗯。」

菲利克斯露出某種看好戲的神情望著莫妮卡。

莫妮卡握緊拳頭，揚起一邊嘴角，模仿〈結界魔術師〉路易斯・米萊的邪惡表情——至少在內心是這麼打算。

生疏的虛張聲勢令身體顫抖不已，但莫妮卡還是中氣十足地宣言：

「其實，我是個，不良少女！」

「……」

「所以說，沒錯，我這個不良少女，是自己跑到外面，來夜遊的！」

菲利克斯陷入了數秒面無表情的狀態。緊接著，他噗哈一聲失笑。笑得肩膀不停打顫。

「不良……妳是不良少女……噗，呵呵，這樣嗎。那就跟我一樣嘍。我們都是壞學生。」

「是、是的，一樣是壞學生！」

「那我有個主意。我們這對不良少年少女，何不一起去夜遊？有夥伴一起在身邊遊玩，會讓夜遊開心程度翻倍喔。」

這對莫妮卡來說，是求之不得的提議。如此一來，不就可以光明正大地護衛菲利克斯了嗎。

「好的，請多多指教！」

至於魔術奉納的事情就等之後再煩惱吧——莫妮卡在腦海角落暗自這麼想。現在得把護衛菲利克斯擺第一。

正經八百地鞠躬，教人怎麼看都無法跟不良少女聯想在一起的莫妮卡，令菲利克斯不禁抖著喉嚨咯咯發笑。

這不是往常那種柔和的笑容，而是要隱瞞自己被逗得開心的竊笑。

「那妳在這裡請叫我艾伊克。沒問題吧？」

「艾、艾伊克，大人？」

是從菲利克斯的中間名「亞克」衍生而成的假名嗎？

艾伊克大人、艾伊克大人——莫妮卡小聲練習著陌生名諱的發音，結果菲利克斯又伸出食指按在莫妮卡的嘴唇上。

「不是艾伊克大人，是艾伊克。我跟妳同樣是壞學生對吧，莫妮卡？」

「可是……」

菲利克斯向一臉困惑的莫妮卡伸出手掌，以樂不可支的嗓音開口：

「來，走吧，莫妮卡。黎明可是轉眼間就會降臨了。我們還不快把握今夜玩個過癮。」

重新戴好面具後，菲利克斯主動握住手掌，拉著不知所措的莫妮卡邁出腳步。在往來人潮中見縫插針穿梭的身影，顯然比莫妮卡更加慣於應付這種擁擠場面。

「話說回來，妳平時都在怎樣的店玩樂？」

「……咦？」

總覺得，望著莫妮卡的菲利克斯，露出的笑容比平時更加壞心眼。

莫妮卡開始認真思考，夜遊究竟是什麼。

基本上，自己平時無論白天夜晚都足不出戶，成天只顧與數字及魔術式交鋒。對於這樣的莫妮卡而言，玩樂是一種未知的領域。更遑論是夜遊。特地挑晚上外出是能幹什麼呀？

「妳不是慣於夜遊的不良少女嗎？那妳平常都上哪種店玩？」

「呃——這個……那是……」

莫妮卡支支吾吾地念念有詞，接著靈機一動。

對了，自己稍早之前不就才剛體驗過夜遊嗎。而且還是庶民無從體會的，貴族階級的夜遊！

作為賽蓮蒂亞學園的學生，這肯定就是對於夜遊的模範解答不會錯。莫妮卡就像是解開了複雜的算式，導出解答時一樣自信滿滿，雙眼閃閃發光地答道：

「享受美少年伺候的，酒池肉林！」

菲利克斯終於捧腹大笑了起來。

眼見菲利克斯做出從平時態度難以想像的舉止，莫妮卡不禁為之啞然。菲利克斯脫下面具，擦去笑出的淚水回應。

「要是妳喜歡這味的，我可以介紹妳高檔的店喔？」

「不，這類的我已經，那個……已經，有點玩膩了……」

再怎麼說，直到方才為止，自己都還在〈詠星魔女〉的宅邸內，受美少年款待得無微不至。

「就去殿、艾伊克大人……艾伊克同學，想去的地方就好……」

「艾伊克。」

「……嗚，就、就去艾伊克想去的地方就好。」

語無倫次地答覆後，莫妮卡小小打了一記噴嚏，身體顫抖起來。

就算是熱鬧的慶典時分，秋末冬初的夜風還是涼得透心。路上行人扮裝大多穿著毛皮套裝，光看就覺得暖和。

菲利克斯重新戴上面具，在莫妮卡前方轉身起步。

「首先就去打點妳的禦寒衣物吧。跟我來。」

＊＊＊

告別迷路的小不點之後，巴托洛梅烏斯帶著滿心「哎呀～日行一善真教人神清氣爽」的快活心情，入侵了儀式會場。不用說，這當然是犯罪。

會場地點是鎮上最大的教會。〈詠星魔女〉到時似乎就是要在教會前的廣場，舉行魔術奉納的儀式。

教會裡雖然設有重重森嚴警備，但巴托洛梅烏斯胡扯說自己是來修理祭壇，光明正大地正面闖入。實際上，巴托洛梅烏斯確實受託修理過教會的水路與柵欄，現在也穿得一身技術人員行頭，所以沒半個人起疑。

最重要的是，自己又不是來偷東西的。只不過想要就近觀摩那什麼古代魔導具的看個過癮——這種毫無犯罪意識的態度實在過於落落大方，恐怕就是這樣，才會連看守都不覺得巴托洛梅烏斯有什麼形跡可疑之處吧。

教會的格局，以前來修東西時看過，大體上都還記得。

（要安置古代魔導具的話，八成會挑在聖具室吧。那是在禮拜堂側面的小房間。）

巴托洛梅烏斯躡手躡足地往聖具室移動。

出乎意料地，輕而易舉就抵達了目的地。途中甚至不曾與人擦身而過，難道，大家都忙著在參加慶典嗎？

換作慣於違法入侵的人，這時應該就會為了戒備稀疏的程度感到不對勁，可是樂天的巴托洛梅烏斯卻滿腦「多虧我平時做人成功！」之類的想法，悠哉地打開聖具室大門。

門並沒有上鎖。樂天依舊的巴托洛梅烏斯抱著「我今天出運啦！」的愉悅感，踏進了聖具室。

聖具室沒有設置窗口，裡頭一片昏暗。巴托洛梅烏斯點燃帶來的提燈，照亮室內。

燈火照明下，可以看見一面櫃子收有禮拜時會用到的各種小道具，櫃子前有一張桌子，桌上擺著一只小箱，光看便覺得可疑。

「哈哈！肯定是你。」

巴托洛梅烏斯將提燈放上桌，開始調查箱子。

那是只寶石箱，大到要兩手才抱得住，外頭沒有上鎖。

打開箱蓋，只見天鵝絨台座上收納了一副首飾，那是將雕有纖細黃金雕工的手環與指環透過細小鎖鏈連結而成的。手背的部分有著金鎖與裝飾用寶石，設計非常古色古香。

「這就是古代魔導具……！」

巴托洛梅烏斯得意忘形地舉起〈紡星之米拉〉，擺到提燈的火光旁。

夾雜著纖細鎖鏈發出的唰啦唰啦晃動聲，一陣糾纏如蛇蠍的女性嗓音，突然撼動室內的空氣。

『親愛的……』

「哇哈！果然，古代魔導具的厚重感就是不一樣……嗯嗯？剛才是不是有怪聲……」

『啊啊～啊啊～親愛的。你終於來救我了嗎。來拯救遭人囚禁的我。』

巴托洛梅烏斯的嗓音與女性的嗓聲同時響起。女人的嗓聲是從巴托洛梅烏斯手邊傳出的。

大吃一驚的巴托洛梅烏斯，反射性想放下手上的古代魔導具。但，他的手掌卻一反他的意志，擅自舉起手環，套進了自己的右手腕。

「這是怎麼回事……身體，怎麼自己……」

手環乍見之下比巴托洛梅烏斯的手臂要小，可是一套進手掌，手環就自動變大，直到手腕關節通過，才再度緊縮。就這樣，古代魔導具自動改變外型，變得緊緊吸附在巴托洛梅烏斯的肌膚上。

然後，巴托洛梅烏斯的左手拾起與手環相連的指環，套在右手手指上。

服貼在手背部分的紅寶石，隨著內部的白色星型模樣陰森地閃爍不停。

『……再也不離開你了。是呀，怎麼可以離開。啊啊～親愛的。我愛你，我愛你。』

巴托洛梅烏斯的中指浮現出紅色的紋路。那是契約之印，獲得認可成為古代魔導具使用者的證明。

就算巴托洛梅烏斯不是古代魔導具專家，也明白「事情好像不太妙啊」，這下可不是能用一句「我就偷看一下而已嘛」打發過去的狀況了。

『來，我們私奔吧。親愛的。』

被古代魔導具〈紡星之米拉〉包覆的右手擅自舉起，拖著巴托洛梅烏斯的身體一路向外離去。

在來到禮拜堂的同時，巴托洛梅烏斯的右手舉得更高。就彷彿被肉眼不可視的神之手所牽引一般，巴托洛梅烏斯的身體從右手開始輕飄飄地升空……

「嗚嘎啊啊啊啊啊啊啊！」

接著，豪邁地撞破禮拜堂的彩繪玻璃天窗，一路飛向外頭。

第九章　溫柔的幽靈

在表明要幫莫妮卡打點禦寒衣物的菲利克斯帶領下，兩人抵達了大道上格外氣派的一間二層樓店面。穿過華麗裝飾的店門後，隨即聞到從奢華花瓶內的花朵傳來一陣夾雜香水味的蠱惑芳香。說是要打點防寒衣物，所以本以為鐵定會到服飾店去，可論誰一看都明白，這間店的商品絕對不是服飾。

這家店販賣的，是與花枝招展的女士們共度的刺激時光。

「這、這這、這這……！」

「妳在模仿公雞嗎？」

面對歪頭不解的菲利克斯，莫妮卡左右猛力搖頭，死命擠出嗓音接話：

「這裡是……」

「卡珊卓拉夫人之館。」

菲利克斯剛卸下面具回答，店裡就走出一位女性，那是將一頭櫻桃金秀髮扎得鬆散，身著禮服，大方袒露胸肩的女性。

女性就有如發現大餐的貓咪，笑瞇瞇地一摟抱住菲利克斯的頸子，朝他臉頰獻上熱烈的親吻。

「老闆！好久不見了呀。最近老闆完全不上門光顧，人家寂寞死啦。」

「嗨，朵莉絲。不好意思啊，最近比較忙。」

「嗳，今晚指名人家嘛。老闆願意來的話，其他預約人家會全部推掉的。」
菲利克斯回吻朵莉絲的臉頰，一派乾脆地答道：
「抱歉嘍，我有事要先找卡珊卓拉夫人。」
「嗯哼～？」
朵莉絲似乎這才注意到莫妮卡的存在，保持著依偎在菲利克斯身上的姿勢，只扭動脖子望向莫妮卡。
視線裡不帶有任何惡意。朵莉絲純粹只是用打量的眼光在端詳莫妮卡。
「唔嗯～就老闆帶來的而言，感覺在這裡不太吃得開耶……」
低聲喃喃自語之後，朵莉絲再度仰頭望向菲利克斯。
「也罷，無所謂啦。嗯，卡珊卓拉夫人在裡面。跟我來跟我來。」
說著說著，朵莉絲伸手勾著菲利克斯的左手朝店內走去。
莫妮卡慢吞吞地跟上，朵莉絲隨即傻眼地瞪向莫妮卡吼了起來。
「喂，妳發什麼呆呀！老闆的右手空著不是嗎？」
「……咦？」
朵莉絲向莫妮卡招手，讓莫妮卡站到菲利克斯右邊。
然後揪起莫妮卡的手，硬是勾在菲利克斯的右手上，自己再重新回去勾住菲利克斯的左手。
「勾手的時候要這樣！再把胸部貼上去一點……啊，哎呀～妳沒有能貼上去的胸啊。」
自己到底正在接受什麼樣的指導啊。
莫妮卡一臉困擾地抬頭望向菲利克斯。只見他強忍著笑意開口：

「我們先去跟夫人打聲招呼吧。」

「呃、喔……」

曖昧回應之後，莫妮卡維持著勾住……應該說，維持著純粹將手添在菲利克斯手臂上的狀態，隨著兩人一起移動。總覺得自己就像個迷路的孩子，跟在保護自己的大人身邊。

卡珊卓拉夫人之館在這一帶算是特別熱鬧繁華的店，地毯也好，柱子或門扉的裝飾也好，整個裝潢都給人一種奢華到難以直視的感覺。

莫妮卡深切感受到，〈詠星魔女〉梅爾麗・哈維的宅邸雖然也很豪華，但與這間店比起來，格調還是高雅許多。

終於，在走廊盡頭的某間房間門口，朵莉絲停下了腳步。

「夫人——！卡珊卓拉夫人！好男人久違地來見夫人嘍！」

「進來吧。」

房間內傳出的，是女人醉醺醺的嗓音。

朵莉絲愉悅地開門，帶菲利克斯與莫妮卡進房。

途中經過的走廊就已經相當豪華了，而這間房間又更加炫目。

以紅色為基底色調的地毯，搭配天鵝絨幕簾。還用上大量的金絲銀絲來當作裝飾與流蘇。

房間正中央擺了一具氣派的彎腿沙發椅，上頭坐著一位女性。

將灰色頭髮整齊地束在一起，身穿鮮豔緋紅禮服，頭戴寬邊帽的這位女性，要以中年形容，她是過於年長了些，但要說是老婦人，又顯得過於神采洋溢。

那雙寄宿著耀眼光芒的瞳孔一捕捉到菲利克斯的身影，塗滿鮮紅色口紅的嘴唇立即高高揚起嘴角，笑著開口：

「哎呀呀～老闆。好久不見了。真是的，最近沒看你上門光顧，店裡的姑娘們都提不起勁來，害我傷透腦筋呢。」

「這真是失禮了，夫人。都怪我近來業務纏身。」

哪有什麼業務不業務，菲利克斯還是個學生。

但，看了現在的菲利克斯，肯定不會有人相信他還沒出社會。他實在與燈紅酒綠的夜晚太搭調了。

（感覺起來，我似乎別多嘴比較好……）

莫妮卡默默退下一步，躲到身利克斯的身後，隨後，被喚作卡珊卓拉夫人的女性努了努下巴，望著莫妮卡問道：

「那個小姑娘是？」

「想拜託夫人幫她打點一下穿著。」

原來如此，要幫莫妮卡打點禦寒衣物，這句話似乎姑且算是認真的。

一般服飾店在這時間早就關門了。想要買女性衣物，確實是到這類店來光顧比較快。

隨著一句「如果是這麼回事，就包在人家身上吧」，朵莉絲揪起了莫妮卡的手腕。

「這邊，跟我來！」

「咦，那、那個……」

莫妮卡狼狽地交互望向菲利克斯與朵莉絲，但菲利克斯只是笑咪咪地揮揮手。

「去吧，讓人家幫妳打扮得可愛點喔。」

「那個，請問……」

「快來，腳步大方點！」

緊緊抓著莫妮卡驚慌失措擺動的手，朵莉絲大步大步走了起來。

莫妮卡就這麼在朵莉絲帶領下前往別間房間，只不過那帶領幾乎有一半跟拖行沒兩樣。

目送朵莉絲拖著莫妮卡離去後，菲利克斯走到卡珊卓拉夫人對面的沙發坐了下來。

卡珊卓拉夫人朝一具附鎖的小置物箱伸手，打開抽屜拾起幾只信封，擺在菲利克斯面前。

「你在這間店認識的貴族大爺們要給你的。」

「每次都有勞幫忙了，謝謝妳，夫人。」

菲利克斯收下信封道謝，並放進懷裡。

信封上記載的貴族名號都有兩個共通點。那就是全都是克拉克福特公爵傘下的貴族，以及全都對於克拉克福特公爵抱著深刻的不滿與反叛心。

直覺過人的卡珊卓拉夫人，想必早就察覺了這件事吧。

「你的身分，我是無意過問啦……不過，你以後不會再到這間店來了嗎？」

「恐怕是的。」

要少一個大戶了呀——卡珊卓拉夫人嘆了口氣。菲利克斯則是掏出一袋金幣擺在她面前。

「今晚，就麻煩夫人用這些辦一場浩浩蕩蕩的宴會吧。最好熱鬧到不負引渡死者的鳴鐘之夜的名聲。」

「這場宴會，你當然也會出席吧？」

「不，我還有其他地方得去。今晚只要能請夫人幫我安排一間房間過夜就夠了。」

卡珊卓拉夫人一臉不悅地取出菸斗，用鮮紅的雙唇刁住。

「都最後一晚了。儘管找中意的姑娘陪你度春宵吧。」

「雖然聽起來也不壞，不巧我意外多了一位夜遊的伴侶，今天打算以她為優先。」

「……嗯？」

卡珊卓拉夫人撐開了原本不悅地瞇細的雙眼，望向菲利克斯眨個不停。

「難道說，方才那個不起眼的小姑娘……」

「是我的朋友。」

聽到菲利克斯輕描淡寫地回答，卡珊卓拉夫人伸手按在額上，仰頭嚷嚷了起來。

「我的天哪。咱家還以為你鐵定是想把那姑娘賣到我們店裡來……」

就在卡珊卓拉夫人大發牢騷的同時，走廊傳來了啪噠啪噠的急促跑步聲。

房門一開，把莫妮卡抱在腰間的朵莉絲衝了進來。

「夫人，夫人，夫人——！」

朵莉絲使勁高聲尖叫，被她抱著的莫妮卡正兩眼空洞，嘴裡念念有詞地咕噥著數字。

見到莫妮卡的打扮，菲利克斯忍不住瞪大了眼睛。

套在莫妮卡身上的，是這間店裡的女孩們常穿的那種，與內衣沒兩樣的輕薄禮服。

這件高裸露度的禮服，穿在朵莉絲這種前凸後翹的豐盈女性身上很中看，然而骨瘦如柴的莫妮卡穿了，只是更凸顯她的寒酸，教人擔心她會否著涼。

勃艮第酒紅色的材質不但沒起到襯托效果，反而強調了膚色的蒼白，不合身的肩帶也已經半垂在手臂上，感覺那平坦的胸膛隨時都會春光外洩。

朵莉絲搔著頭髮，向目瞪口呆的菲利克斯解釋起來：

「抱歉啊，老闆。你帶來的這個姑娘，我想指導她些怎麼取悅男人的方法，實際演練了一下……她就突然變成這樣了。唉～怎麼辦啦？把頭敲一敲會變回來嗎？」

朵莉絲實際演練的指導，對莫妮卡來說大概刺激過強了吧。

結果，似乎就讓莫妮卡像先前那樣，一個人跑到數字的世界神遊去了。

「不好意思，朵莉絲。是我講得不夠清楚。」

「嗯？老闆不是要把這個看起來就無依無靠的小姑娘，賣到我們店裡來嗎？唉～雖然她身材是寒酸了點，可能不太受男人歡迎。但我還是會好好指導她，讓她有辦法獨力接客的，安心託付給朵莉絲大姊吧，我保證不會虧待她。」

「沒有，不是這樣子的……」

後來，直到菲利克斯解開朵莉絲的誤會之前，莫妮卡都帶著空洞的眼神不停咕噥著數字。

噗呢～臉頰上柔軟的觸感令莫妮卡回過神來。

「啊，肉球……」

一定是尼洛用柔軟的肉球在幫忙按摩臉頰。

如此心想的莫妮卡環顧了下四周，但這裡既非山間小屋，也不是宿舍的閣樓間，而是布置得紅一塊金一塊，讓眼睛不太舒服的房間。

轉向有肉球觸感的左臉方向，只見菲利克斯正以難以言喻的表情望著莫妮卡。
「回復正常了嗎？」
「殿殿殿……」
菲利克斯伸出食指，按住差點讓「殿下」兩字脫口而出的莫妮卡雙唇。
莫妮卡保持姿勢不動，只用眼神窺伺了一下周圍狀況。
現在，莫妮卡正坐在一張奢華的沙發上，而且還依偎著同坐的菲利克斯。對面的沙發上則是卡珊卓拉夫人，朵莉絲就在夫人身邊待命。
與莫妮卡四目交接後，朵莉絲用手指捲著她的櫻桃金秀髮露出苦笑。
「哎呀～不好意思啦。我還以為妳肯定是要賣到我們店裡來的。」
「呃、喔……」
這時，莫妮卡才總算注意到自己的穿著。
方才朵莉絲硬給自己套上的，薄得與內衣沒兩樣的酒紅色禮服。
哈啾——莫妮卡打了一記噴嚏，朵莉絲忍不住笑了出來。
「抱歉抱歉，我再借妳一套暖呼呼的毛皮衫吧。手套應該也戴一戴比較好。」
「那個，只要能，把我原本的衣服還給我，就……哈啾。」
打噴嚏的衝擊，讓肩帶鬆垮垮的禮服，直接一路滑落至腰間。
莫妮卡掀起禮服，「嘿咻」一聲，把肩帶重新套到肩上。
菲利克斯與朵莉絲雙雙啞口無言，滿臉驚愕地望著這一連串舉動。
卡珊卓拉夫人將菸斗拿離嘴邊，皺起眉頭開口：

「好個怪孩子啊～」

「那個～請問我的衣服……」

「朵莉絲，給她換回去。」

卡珊卓拉夫人努努下巴示意，朵莉絲應了聲「馬上去～」並向莫妮卡招手。

眼見莫妮卡有些遲疑，朵莉絲傷腦筋地搔了搔臉。

「只是把衣服還給妳而已啦，好嘛，過來過來。」

「好、好的……」

「如果妳想學怎麼取悅老闆，我再偷偷教妳吧。」

莫妮卡猛力搖頭，幾乎要把脖子給搖斷。朵莉絲見狀，笑得更樂不可支。

之後，朵莉絲把藍紫色禮服與白外套還給莫妮卡，還順便借了能套在外套上的毛皮披肩、手套，以及參加慶典的人都會拿的吊鐘棒木手杖。

披肩是焦茶色的，兜帽的部分縫了動物耳朵造型的裝飾。想必是慶典上用來扮裝的。

莫妮卡披上披肩，扯了扯縫在兜帽上的耳朵。尖端偏細的這對茶色耳朵，比兔耳要來得短了些。

（是馬的耳朵嗎？）

一般說法認為，慶典時扮裝的動物，是以大地精靈王之眷屬，也就是在地面上行走的類型為主。馬就是其中最具代表性的對象。

一定是馬耳吧——莫妮卡自顧自地想通，不過菲利克斯卻笑著說道：

「是小松鼠耶。」

「唔咦？我、我還以為，這個是，馬兒的耳朵……」

「是小松鼠吧。」

朵莉絲與卡珊卓拉夫人也紛紛「是小松鼠啦」、「是小松鼠呢」地附和菲利克斯。

莫妮卡垂下眉尾，仰頭望向菲利克斯。

「請不要叫我，小松鼠……」

「抱歉抱歉。來，我們走吧，莫妮卡。」

菲利克斯稍稍伸出左手，擺在莫妮卡面前。

這種狀況下，正確答案應該是要像朵莉絲方才指導的，把手勾上去吧。然而，嬌小的莫妮卡與修長的菲利克斯，兩者間的身高差距實在過於巨大。

在苦惱之末，莫妮卡伸出沒有持杖的手，用指尖揪住菲利克斯的袖口。這樣一來，就不用擔心走散了。

菲利克斯沒有斥責這番舉動，反而配合莫妮卡的步伐，小步小步地走了出去。

離開卡珊卓拉夫人之館後，菲利克斯重新戴上面具，朝大道走去。腳步中沒有一絲迷惘，果然夜遊對他而言早已是家常便飯。

「那麼，我有間想去的店，在那之前先稍微散散步吧。路上的攤販或店面，其實逛起來意外地好玩喔。」

說著說著，菲利克斯選擇了攤販店面較多的路。

除了提供烤肉串燒與果實水的攤販之外，就連買賣異國毛毯飾品的店都隨處可見。

「嗨，帥哥。來看看咱們的貨吧。高級飾品咱們應有盡有喔。給那位小姐買只可愛的手環怎麼樣啊？」

「那就看看好了。」

菲利克斯停下腳步，望向攤販羅列的飾品。

感覺到大戶上門，店主笑咪咪地搓著手推銷起來。

「咱們這兒的飾品啊～跟外面不一樣喔。再怎麼說，也是有大名鼎鼎的魔術師大人加持過嘛。」

「喔～所以是魔導具嗎？」

「對呀，沒錯，就是那種感覺。」

看來，比起說是魔導具，用有加持或下咒之類的說法，會比較受年輕人歡迎。

什麼這邊的項鍊有下了提升魅力的咒語啦～那邊的戒指有逢凶化吉的效果啦～店主一本正經地講得煞有其事。

在攤位提燈的燈火照耀下，每件商品都閃著美麗的光輝。比起在日間，夜晚更難區分便宜貨與高級品的差異，相信店主十分清楚這點。

莫妮卡靜靜地瞥了眼羅列的商品。

（感覺上，每件都沒有魔導具該有的效果……）

戒指的底座或金具上的確都刻了些有模有樣的魔術文字，但每則內容都是胡謅。

恐怕，菲利克斯也發現了這件事吧。雖然裝得一副興致勃勃的模樣，但望向商品的眼神卻不帶半點熱情。真的就只是看看而已。

不經意地望著飾品時，莫妮卡突然被後排的某個胸針吸引了目光。就只有這個胸針上頭刻的，是貨真價實的魔術式。

（內容是簡易的防禦結界，不過精度看起來沒有很高……）

發現莫妮卡正在注視胸針，店主抓緊了機會，拉高嗓子大肆吹噓。

「哎呀～這位小姐眼光真好。這只胸針跟其他款不同，是特製的喔。」

講到這裡，店主稍微向前彎腰，像在說悄悄話似地壓低了音量。

「兩位絕對想像不到！這只胸針啊，竟然出自七賢人──〈寶玉魔術師〉大人之手啊！」

「咦……」

七賢人──這則辭彙傳進耳裡，莫妮卡頓時心跳加速。

菲利克斯伸手按在下巴上，喃喃自語起來。

「〈寶玉魔術師〉伊曼紐·達爾文……我有聽說過，據說是製作魔導具的天才。」

「帥哥，你很懂喔～一點也沒錯！〈寶玉魔術師〉製作的魔導具，要是循正規管道購買，花費都能在王都買棟房子了。而本店，可以在這裡用特別的價格提供給兩位……怎麼樣？」

「胸針，方便先讓我看看嗎？」

聽到菲利克斯開口，店主親切地回應「請看請看～」並將胸針包在布巾裡遞給他。

菲利克斯收下胸針，將寶石的部分擺在提燈前，觀察透著燈光的寶石。想必，他是在確認裡頭浮現的魔術式。

魔術式內部用極小的文字，刻著伊曼紐·達爾文的名字。

就常識思考，這肯定是冒牌貨。魔術式的精度本身就低，況且七賢人製作的魔導具怎麼可能擺在這種攤販隨便叫賣。

只不過，胸針的裝飾實在令莫妮卡莫名在意。自己在最近才剛看過，與這個如出一轍的胸針。

（這跟希利爾大人的胸針，非常像。）

希利爾・艾仕利有著容易在體內累積過量魔力的體質，因此隨時都戴著胸針型魔導具，好將體內的魔力吸收並排出體外。

那只胸針莫妮卡有直接拿在手上觀察過，絕對不會弄錯。

（記得希利爾大人的胸針上，也刻了〈寶玉魔術師〉大人的名字才對。）

沒有施加保護術式的，希利爾的胸針。

以及現在菲利克斯手上的，只施加了粗糙防禦結界的胸針。

兩者各方面的相似程度都極高。無論是胸針的裝飾，還是魔術式的寫法。

「嗯，我喜歡。這只胸針，我買了。」

「嘿嘿，夠海派～帥哥。謝謝光臨。」

支付以攤販而言過於難以想像的高額價碼，菲利克斯收下了胸針。

接著，他轉動在面具下的碧綠眼眸，望向莫妮卡。

「嗳，莫妮卡。妳有什麼想要的飾品嗎？如果有看到中意的儘管說，我買給妳。」

「……不，我就不用了。」

莫妮卡溫吞地搖頭，隨後，菲利克斯身子向前微彎，凝視起莫妮卡的臉。

「棋藝大會那天妳有化妝對吧。化得很適合妳喔。」

「喔……」

「可以讓我送妳一個，和那天的妳很相襯的飾品嗎？」

被菲利克斯用這麼甜蜜濃膩的嗓音低語，多數貴婦肯定都會著迷得臉紅心跳吧。

然而，莫妮卡卻怎麼也無法動心。

以自己的思路試著釐清理由後，莫妮卡語調生硬地開了口：

「呃——請問你還記得，我們第一次見面時的事嗎？」

「妳在舊庭園，撒了一地樹果對吧。」

「那時候，你幫我把樹果撿起來，我看了，真的……真的，好開心。」

對於才剛到校園，孤孤單單，人生地不熟的莫妮卡而言，拉娜贈送的緞帶，以及菲利克斯幫忙撿起來的樹果，自己一直視如珍寶。當時的樹果，甚至到了讓莫妮卡捨不得吃掉的地步。

「呃——雖然我沒辦法表達得很清楚……但是，就算在這裡讓你買飾品送我，我一定也沒辦法像當時的樹果那樣開心……我有這種感覺。」

「……這樣啊。」

答覆的嗓音莫名夾雜一股寂寥，這與坐在學生會長座椅上的他又是不同的聲色。

莫妮卡感到十分過意不去。無論是為了什麼理由，拒絕掉菲利克斯好意的事實，都是不變的。

所以，莫妮卡趕緊慌忙開口補充：

「那個，再加上——我是個，最近才終於開始對時髦打扮感興趣的，時髦初學者！那個，飾品對我而言，該說是難度還太高嗎……沒錯，飾品是時髦高手專屬的道具，所以我覺得，自己要戴飾品還太早了！」

這樣的主張，聽得菲利克斯不由得為之訝然，面具下的眼睛睜得老大。

莫妮卡見狀，擔心是不是自己又失禮了，忸忸怩怩地搓起手指，不過菲利克斯馬上又彎起嘴唇，浮現淡淡的笑容。

「既然如此，就當作是這麼回事好了。」

說著說著，菲利克斯開始朝隔壁的攤位走去。

隔壁攤位賣的似乎是烘焙點心。掌心大的扁圓形糕點，在表面雕了非常精緻的造型。

「這些糕點的造型，好漂亮呢。」

食物當前，莫妮卡率先注意到的卻是外型，菲利克斯不禁笑了起來。

「這是鳴鐘祭的傳統糕點喔。按習俗，這種糕點吃的時候要對半，跟人分著吃。」

菲利克斯向攤位買下了一塊糕點，從中分成兩塊，將其中一半遞給莫妮卡。

「這點程度的話，妳願意讓我請客吧？」

「呃──那、那我開動了……」

糕點本身口感類似麵包，以蜂蜜調出甜味，裡頭再填進滿滿的葡萄乾、無花果乾與胡桃等餡料。

就好像要掩飾尷尬似的，莫妮卡大口大口嚼得臉頰整個鼓起來，這時，從旁伸來的手指，一把揪起了黏在莫妮卡嘴角的糕點屑。

「嘴邊沾到嘍。」

菲利克斯的指頭碰觸到嘴角的瞬間，莫妮卡無意識地僵住了臉，肩膀微微打顫。

也許是聽到了莫妮卡喉嚨「噫」的顫抖聲吧。菲利克斯帶著略顯落寞的嗓音問道：

「以前妳說過，自己並不怕馬對吧。妳不覺得馬可怕，但卻會怕人嗎？」

正是如此。

動物與昆蟲不會讓莫妮卡感到害怕，但人類不一樣。打從遇見巴尼以前──從進入米妮瓦就讀之前，就一直是這樣。

尤其身材高大的男性更是格外恐怖。只要有高個子男性在自己身旁舉手，莫妮卡就會害怕到站都站不穩，腦內不停湧現那隻手朝自己揮下來的畫面。

遇見巴托洛梅烏斯的時候也不例外。心裡雖然明白，並不是什麼人都會對自己施加暴力，可身體就是會自己出現反應。腦袋變得一片空白，受恐懼支配全身。

（我每次都這樣，給人家的好意吃閉門羹……）

罪惡感在臉上蒙起一片陰霾，莫妮卡努力擠出顫抖的嗓音：

「……真的，很對不起。」

菲利克斯沒有斥責這樣的莫妮卡。他的嘴角彎成了溫柔的笑容。

「如果說，人會讓妳覺得害怕，那就把我當成幽靈吧。今天剛好是死者來訪的慶典──鳴鐘之夜呀。」

菲利克斯向莫妮卡握著的榛木手杖伸手。

朵莉絲借給莫妮卡的榛木手杖上，吊在前端的可愛小金鐘正在晃動。菲利克斯的指尖朝小鐘戳了戳，令小鐘輕輕發出響聲。

叮鈴叮鈴的響聲清澈無比，來慶典共襄盛舉的死者離去時，就是在這樣的響聲之下目送死者。

「妳的好朋友艾伊克，其實是一個不存在任何地方的幽靈。所以說，他不會傷害妳喔？」

面具下的碧綠眼眸，以及那故意裝出來的惡作劇嗓音裡，洋溢著滿滿的溫柔與落寞。

莫妮卡嘴巴不停開合，覺得自己非得說點什麼不可。可是，腦中卻完全浮現不出適合的詞句，就只有口中吐出的白色氣息不斷浮上夜空消逝無蹤。

「喉嚨有點乾了呢。我去買些果實水來，妳稍微等等我。」

留下這句話，菲利克斯披風衣襬一甩，轉身消失在茫茫人海中。

護衛他是自己的任務，得追上去才行。

就在莫妮卡抱著這種想法，慌忙踏出一步的同時，背後傳來一道嗓音。

「〈沉默魔女〉閣下。」

大吃一驚地回過身去，只見女僕服美女——風系精靈琳就站在莫妮卡的正後方。

琳一如往常，面無表情地開口：

「請問，這是『別動我的女人』案件嗎？」

披頭第一句就是這種傻話。

看來，在琳的眼裡，扮裝後的菲利克斯就像在找莫妮卡麻煩的壞男人。

要是在這種狀況下，棋藝大會上演過的——身著華麗禮服跳出來大喊「別動我的女人」橋段在這裡也重演，事情就一發不可收拾了，莫妮卡趕緊否定琳的發言。

「不、不是這樣的，那個人是殿下。」

「竟然。」

語調雖然與平常一樣缺乏抑揚頓挫，但姑且是有吃驚的樣子。

琳舉手添在嘴邊，脖子向右猛力一倒，擺出很有沉思風格的動作。接著，在精準經過三秒後，脖子又回歸直立，再度開口：

「那麼，可以當作今夜的任務，就是保持這個狀態護衛殿下嗎？」

「是、是的，如果琳小姐可以跟我們保持距離，視情況給予支援，我會很感激……」

「謹遵指示……哎呀？」

好似注意到了什麼似的，琳仰頭望向上空。反射性跟著仰頭的莫妮卡，看到一道視黑夜為無物，攤開羽翼朝這裡飛來的鳥影，驚訝地睜大了雙眼。

不久，夜空下滑行的鳥兒降落在琳的頭頂上，咕咕地叫了一聲。原來是隻貓頭鷹。仔細一看，貓頭鷹腳上還套了一具裝有小圓筒的腳環。

刻在圓筒上的星形紋章，是莫妮卡有印象的圖案。

「這孩子，是〈詠星魔女〉的使魔……？呃——琳小姐，可以請妳蹲下來嗎？」

「請。」

莫妮卡戰戰兢兢地朝貓頭鷹腳上的圓筒伸出手去。圓筒內裝了一張折得小小的信紙。

紙上用美得堪比王宮邀請函的文字，寫著這樣的內容：

『〈紡星之米拉〉被人偷走了。拜託～幫幫我～！』

「咦、咦咦咦咦？」

嘴巴反覆開合的莫妮卡，緊緊盯著紙上的文字不放。

用美麗文字與輕快語調撰寫而成的簡短文章，描述的卻是非同小可的大事件。

從旁窺探信紙的琳，也保持著讓貓頭鷹停在頭上的狀態，低沉咕噥道：「事態緊急呢。」

莫妮卡最直接的感想，則是：「怎麼辦啊？」

護衛菲利克斯，以及回收被盜取的古代魔導具，兩者都是極為重要的任務。

〈紡星之米拉〉能夠吸收這一帶土地的魔力，將之轉換為攻擊魔術。

（萬一，有壞人用〈紡星之米拉〉，攻擊這座小鎮的話……）

光是想像就毛骨悚然。柯拉普東這點規模的小鎮，今晚的〈紡星之米拉〉不費吹灰之力就可以輕鬆毀滅。

（路易斯先生說，一級封印已經解除了。換句話說，現在什麼時候出現被害都不奇怪……）

守護小鎮，避免威力強大的古代魔導具對鎮上造成危害，乃是莫妮卡身為七賢人的職責。

況且，更重要的是——莫妮卡將手按在胸口，閉上雙眼。

傳進耳裡的，是鎮上四處裝飾的小鐘叮鈴作響的清澈鐘聲。那是用來引渡死者，憑弔已逝之人的響聲。

（一定會有人，能因為憑弔死者獲得救贖……就跟我一樣。）

所以說，這場慶典絕對不能搞砸。

莫妮卡緩緩睜開雙眼，望向前方的視線中，已經沒有一絲迷惘。

「琳小姐。妳能夠感測魔力嗎？」

「不能。我雖然，很擅長捕捉聲響，對於感測魔力卻沒那麼在行。」

感測魔力的魔術，莫妮卡本身是會用的。

不過，感測術式是一種甚至有專家在專門進行研究的特殊術式。展開既困難，想讀取情報又需要相當熟練的直覺。

雖然有辦法完美重現術式，但要讀取感測的結果，就不是莫妮卡的強項。真要說起來，比較會用這種魔術的人，應該是專攻實戰的魔法兵團出身者。

（即使如此，也非做不可。）

閉上雙眼集中意識，莫妮卡啟動了感測術式。

現在，浮現在莫妮卡眼皮下的光景，就有如高掛在漆黑夜空的繁星。

這些小到不集中精神就難以辨識的星點，就是一顆顆的魔力凝聚塊。可以根據大小與色澤的差異，來一一判斷魔力量與屬性。

然而，就算是高魔力量的高位龍種或精靈，只要目標有意隱藏自身的力量，就不時會發生感測不到的狀況。

魔導具也不例外，有許多種類的魔導具，就與先前凱西用來暗殺的〈螺炎〉一樣，在啟動之前都不會被感測到。

（被偷走的古代魔導具〈紡星之米拉〉應該具備會吸收魔力的性質。所以，只要尋找魔力量有在逐漸上升的反應……）

莫妮卡逐次擴展搜索範圍。偏偏，搜索的範圍愈廣，這種東西就愈容易漏看。

額頭滲出豆大的汗水，莫妮卡努力觀察眼皮下難以數計的繁星。

這就與觀測在夜空無秩序徘徊的彗星沒兩樣。目標都已經小到必須集中精神才看得見了，還不停四處亂跑，當然對集中力有相當的要求。

就在這時，莫妮卡發現，只有一顆星移動的軌道相當不自然。

那顆星以莫名快速的動作，從城鎮中央直直向外移動，而且亮度緩緩上升，說明了這顆星在持續吸收周圍的魔力。

「找到了。」

出現反應的地點，與莫妮卡現在的位置有相當的距離。照這個速度，莫妮卡追上之前，犯人就會逃出鎮外了吧。

莫妮卡現在該做的，是以最快的速度取回古代魔導具，並重新返回現在地，繼續進行菲利克斯的護衛任務。

「在我前去取回古代魔導具的期間，琳小姐請留在這裡為殿下進行護衛。然後……」

緊握手中的榛木手杖，莫妮卡直直凝視自己該前進的方向。

古代魔導具竊盜犯移動的路徑上，有一座窄而高的鐘塔。正好適合當作路標。

「請以那座鐘塔當作目標，盡全力把我往那邊吹過去。」

「可據我所知，〈沉默魔女〉閣下並不會使用飛行魔術才是？」

「是的，但如果只是著地，總會有辦法的……大概。」

只要用風系魔術製造緩衝墊，應該就不至於受傷。

而且再怎麼說，要笨手笨腳的莫妮卡在這種擁擠的人潮裡穿梭，還想追上犯人，根本是不可能的任務。想趕上犯人的腳步，就只剩這個方法了。

「謹遵指示。那麼……」

貌美女僕頂著頭上的貓頭鷹小小點頭，舉起一隻手伸向莫妮卡。

莫妮卡腳邊隨即颳起旋風，將外套衣襬大大地吹開。

「我已經在這一帶的上空布下了消音結界，還請無須顧慮，盡情放聲尖叫。」

「…………咦？」

「我會調整在人體不至於毀損的，瀕臨極限的速度。」

「不那個可以的話，希望妳用適可而止的速度就──噫嘎啊啊啊啊啊啊啊！」

下個瞬間，莫妮卡的身體便以驚人之勢升空，有如劃開夜空的流星般飛翔天際。

✦第十章　飛天小松鼠，飄舞於星空

披著山貓斗篷，在柯拉普東的攤販街閒逛的伊莎貝爾，手上正拿著剛買的糕點，掌心被熱氣烘得暖呼呼。

「能在賣光前買到真是太好了，大小姐。」

陪主人一起微服出巡的侍女——艾卡莎這番話令伊莎貝爾露出滿面笑容，點頭應了聲「是呀」。

從前在柯貝可，伊莎貝爾也不時就會隱瞞身分跑去參加慶典。只是，故鄉的鎮民們基本上都認得她，每次來到大街上總是問候聲四起，像是「喔唷，伊莎貝爾大小姐，微服出巡嗎」、「也帶些咱家的點心走唄～」等等。換言之，平易近人的伊莎貝爾，根本沒能好好隱瞞自己的身分。

不過，今天這趟慶典行，就可以說是不折不扣的微服出巡了。

「要是，今天莫妮卡姊姊有一起來，就更開心了說……」

話才出口，伊莎貝爾就像是要當作沒說過似的，左右不停搖頭。

「不行，我不能這麼任性。姊姊可是努力在執行重要的任務呀！」

既然莫妮卡來不了慶典，至少想幫她帶些土產回去。

伊莎貝爾正是為了這個目的，才會走在攤販街上。

來到攤販街，第一個搶著買下的就是造型精緻的傳統扁圓形糕點。相傳只要和要好的人把這種糕點對半來吃，兩人就能夠永遠相親相愛。

等回到校園，就和憧憬的姊姊把這個一人一半……就在伊莎貝爾這麼想時，前方傳來了小朋友吵架的聲音。

「大騙子！大騙子！」

「我才沒有騙人！人家真的看到了！」

在爭吵的是一位十歲左右的少年，以及歲數比他再小一點的男孩。兩人長相相似，肯定是兄弟吧。

年紀小的弟弟指向夜空嚷嚷不停。

「我真的看到了！對面的屋頂上，有一隻大松鼠，咻地一聲用力飛起來了啦！」

「松鼠才不會飛。你一定是把大鳥看成松鼠了。」

「明明就是松鼠。人家有看到松鼠的耳朵嘛！」

男孩的雙眼逐漸泛起了淚光。

看不下去的伊莎貝爾，快步闖進了兩人之間。

「到此為止！慶典的日子吵架只會留下傷心回憶而已。」

突然殺出程咬金，嚇得弟弟瞪大雙眼，哥哥則露出尖銳眼神瞪向伊莎貝爾。

不過，伊莎貝爾沒有半點怯色，而是落落大方地打開特地請店員包好的紙袋，拿出傳統糕點。接著把那塊糕點分成兩半，露出一臉笑容。脫俗地動人，可愛至極的笑容。

「把這個吃掉，乖乖合好吧？」

兩兄弟滿臉通紅地收下遞來的糕點，邊嚼邊向伊莎貝爾道謝。

守候著這幅光景的艾卡莎，臉上也洋溢著燦爛的微笑。

＊＊＊

在由提燈彩飾的城鎮夜空，〈沉默魔女〉莫妮卡．艾瓦雷特正以子彈般猛烈的速度急速飛行。

莫妮卡雖然滿嘴「嗶呀嗚哇嗚哇嗚哇嗚」地狼狽慘叫，仍抱著至少要讓意識維持清醒的決心，緊緊握住手中的榛木手杖。

迎面呼嘯吹來的冰冷夜風，颳得裸露在外的臉頰刺痛不已。還好有朵莉絲借的手套。不然手掌八成早就凍得連手杖都握不住。

總算，鐘樓出現在前方視野。但若保持這個衝勁，肯定會狠狠撞上鐘樓。

莫妮卡無詠唱展開風系魔術，打算在減速的同時，讓自己緩緩落下……但，所處的高度與飛行的速度，令莫妮卡心生恐懼，妨礙了思路的運轉。

平時可以精準展開的魔術式現在歪七扭八亂成一團，無法呈現正確的內容。

「噫噫噫噫噫，哇，哇，哇，啊嗚啊嗚啊嗚啊嗚，噫哇哇哇哇啊啊啊！」

就在險些衝撞鐘樓的千鈞一髮之際，莫妮卡驚險地展開了魔術。

原本就要一頭朝鐘樓撞去的身體當場翻轉，眼前所見光景亦隨之迴旋。莫妮卡用鞋底踢向鐘樓的牆面，透過反作用力改變墜落方向，避免了迎頭撞擊鐘樓的危機。

話又說回來，莫妮卡事到如今才切身體會到，在腳踏實地的狀態使用魔術，以及在不安定的動態下使用魔術，竟有著如此巨大的差別。沒有好好站穩，基本上就無法集中精神。

幸好，下降地點會落在鐘樓後方，一塊無人的平地。

（這樣的話，只要向地面施放風系魔術，就能用反作用力抵銷墜落的衝擊！）

就在莫妮卡死命編組魔術式，準備向地面釋放氣流時，附近的樹叢突然劇烈晃動，竄出一個男人。

墜落中的莫妮卡頓時尖叫了起來。

「不要啊～～～拜託快閃開～～～！」

＊　＊　＊

『啊啊～啊啊～親愛的！就是這樣，帶著我遠走高飛吧……！』

「不是啊！不管怎麼看，被拉著遠走高飛的人都是我吧～～～？」

巴托洛梅烏斯的身體，正被自己右手上閃閃發光的古代魔導具〈紡星之米拉〉不斷向前拖行。

看在旁人眼裡，只像一個右手向前伸的男人，在雙腿幾乎毫無動作的狀況下前進吧。甚至還有路人誤以為是街頭藝人在表演雜耍，接連投錢打賞。

落在腳邊的打賞銅幣，巴托洛梅烏斯雖然是很想好好撿起來，偏偏〈紡星之米拉〉完全不聽使喚，只顧著一路向前飛。

方才撞破禮拜堂的彩繪玻璃窗飛出教會，害巴托洛梅烏斯身上刺著不少玻璃碎片。再加上不時撞來撞去的粗魯拖行，全身四處可見青一塊紫一塊的撞擊瘀青或擦傷。

然而，即使巴托洛梅烏斯已經滿身瘡痍，〈紡星之米拉〉還是絲毫都沒有要顧慮的意思。

「喂，妳也稍微替我的身體著想一下啊！妳親愛的男人遍體鱗傷啦！」

『啊啊～親愛的。你竟然為了帶著我逃跑，弄得這麼遍體鱗傷……』

這個古代魔導具，乍見之下有在和人溝通，實則微妙地自說自話。

狀況真的很不妙很不妙啊——巴托洛梅烏斯不由得冷汗直流。

（再這樣子下去，我會被當成偷走古代魔導具的賊呀！）

自己明明就只是想要偷偷拜見一下古代魔導具，打造山寨品當土產賣來大賺一筆而已！

總而言之，現在只剩下避人耳目，找個四下無人的地方把手環破壞一途。幸好，右手雖然遭到控制，左手倒還能自由動作。

巴托洛梅烏斯用左手悄悄摸了摸工具袋，向〈紡星之米拉〉開口：

「好好好～知道了知道了。總之我們先找個能夠獨處的地方再談情說愛吧。有外人在場會害臊，我愛你三個字沒辦法說出口啊……」

『哎呀～竟然想要找地方獨處，親愛的好、大、膽。』

「哈哈哈哈哈。」

乾笑不已的巴托洛梅烏斯，就這麼在〈紡星之米拉〉拉扯下，朝著人煙稀少的方向移動。

前方正好有一座鐘樓。〈紡星之米拉〉閃也不閃地撞進周圍茂密的樹叢，朝眼前無人的空地直衝。

被這般無謀行徑撞得滿臉葉片的巴托洛梅烏斯，呸呸呸地吐掉口中的葉片，向腰間的工具袋伸出左手。

『來吧，這裡就沒有別人，只有我們倆獨處了，親愛的。』

「嘿，很好很好，那咱們就來盡情談情說愛……吧！」

就在巴托洛梅烏斯準備將左手緊握的鑿子朝〈紡星之米拉〉揮下的同時，一陣尖叫聲突然自頭頂響起。

「不要啊～～～拜託快閃開～～～～！」

「……啥？」

仰頭一望，只見一道在夜空下與圓月重疊的黑影，形狀看起來像是握著手杖墜落的松鼠……不對，是酷似松鼠的嬌小少女。

巴托洛梅烏斯正看得目瞪口呆，上空隨即颳起一陣強風，把巴托洛梅烏斯吹離原地。

「嘎啊——？」

被強風颳走，撞進樹叢的巴托洛梅烏斯看到了。

從天而降的少女，身體就好似撞在透明的緩衝墊一樣彈了起來。不會錯，那是風系魔術。

倘若就這麼順勢漂亮著地，肯定會顯得有模有樣，可惜在氣體緩衝墊上反彈的少女只是「嗚嘎嗯！」一聲慘叫，東倒西歪地摔在地上。

「好、好可怕……噫～……嗚、嗚咽～～……」

笨手笨腳地站起身子，吸著鼻子啜泣的，是一位披著斗篷的嬌小少女。仔細一瞧，那不就是巴托洛梅烏斯方才打過照面的迷路小不點嗎。

「妳是，剛才那個小不點……原來妳是魔術師嗎。是說～為啥妳會從空中……」

千鈞一髮之際發動風系魔術，免於摔死的莫妮卡，轉頭望向埋在樹叢中的男人。

在一頭黑髮外包著頭巾的男人，是先前迷路時，出聲關切莫妮卡的巴托洛梅烏斯。

抱歉牽連到你了——莫妮卡正準備賠罪，下一秒卻當場目瞪口呆。

巴托洛梅烏斯的右手，套著一具將手環與指環以鎖鏈連接而成的裝飾品。那閃耀不停的黃金光輝，以及服貼在手背上的大顆寶石，都不是隨隨便便有辦法到手的。

不會吧……帶著預感啟動感測魔術，吸收四周魔力，緩緩膨脹的強大反應立刻出現在眼前。

「──〈紡星之米拉〉！」

話才喊出來，巴托洛梅烏斯就當場臉色發青，一道女性嗓音自他的右手響起。

那股糾纏如蛇蠍，帶有獨特腔調的嗓音，悲愴感四溢地喚了起來：

『啊啊～不好了，不好了。追兵來了。親愛的，我們快逃吧！』

巴托洛梅烏斯的右手就彷彿具備自我意識一般，高高舉了起來。

輕輕咂了咂嘴，巴托洛梅烏斯以左手就近抓住樹枝，使勁踏在原地開口求救：

「拜託，救救我！我不是什麼賊！是這傢伙自己附身在我的右手上！」

「咦咦？」

「是真的！我是被害者啊！」

滿臉通紅的巴托洛梅烏斯喊得口沫橫飛，看得出他相當賣命。

怎麼看都實在不太像在說謊，莫妮卡不由得困惑了起來，沒想到，巴托洛梅烏斯的右手又忽地脫力下垂。

『……好過分。』

那是有如眼淚隨時要奪眶而出的語調。

『為什麼，你為什麼要說那種話呢。親愛的……啊啊～啊啊～我的心都要碎了。』

〈紡星之米拉〉這番話，令巴托洛梅烏斯表情再度開朗起來。

「嘿，對我心灰意冷了嗎？這樣啊～既然如此，就趕快把我解放……」

『我們兩個，注定沒辦法在這個世上共結連理是嗎……』

巴托洛梅烏斯的右手緩緩舉了起來。瞪大雙眼的他，身體正在右手的拉扯下緩緩升空。

『那我們殉情吧。親愛的。』

「嘎啊啊啊？太高了太高了太高了！喂，慢著慢著慢著，是我不好！我錯了，求妳重新考慮……嘎唔！」

慘叫聲中斷了。看來是因為巴托洛梅烏斯手舞足蹈地掙扎，結果一頭撞上鐘樓的裝飾柱，當場翻起白眼，腦袋向下一癱。

出乎意料的發展接連上演，一臉茫然的莫妮卡，無意間回想起路易斯說過的話。

──〈紡星之米拉〉這古代魔導具是個瑕疵物件，據說持有者如果是男人，就會遭到這個魔導具殺害。

（難不成，那指的……就是這麼回事──？）

莫妮卡臉色頓時泛青。再這樣下去，巴托洛梅烏斯就要被〈紡星之米拉〉給害死了。

「等等！」

隨著這句喚聲，莫妮卡反射性地無詠唱張開結界，將飄浮在半空中的巴托洛梅烏斯關在結界裡。

然而下個瞬間，好幾道閃耀金色光芒的光箭自翻白眼飄浮的巴托洛梅烏斯右手──〈訪星之米拉〉上頭射出，破壞了莫妮卡的結界。

「怎、怎麼會……！」

雖然及不上〈結界魔術師〉路易斯．米萊，莫妮卡展開結界的本事也絕非尋常魔術師有辦法相提並論，如此強韌的結界卻三兩下就遭到光箭給破壞。

能夠吸收周圍土地魔力的古代魔導具。親眼目睹其所釋放的魔力箭矢有何等威力，一滴滴冷汗頓時滑落莫妮卡的額頭。

『哼哼，嗯哼哼哼哼哼，從這種高度摔下去，一定可以讓我們毫無痛楚地抵達冥府女神腳邊吧……可是——』

〈紡星之米拉〉在手背的位置裝飾著一顆紅寶石。一道白色星形的圖案就浮現在紅寶石內。感覺那顆星星就有如瞳孔般，朝瞪了莫妮卡一眼。

『如果要死，也要找個寧靜的場所，讓我們倆獨自上路……來，我們走吧。親愛的。』

巴托洛梅烏斯的身體浮到鐘樓屋頂的高度後，就這麼順勢朝城鎮的出口飛了過去。

（怎、怎麼辦，怎麼辦，怎麼辦……！）

莫妮卡不知所措地呆立原地。

要以攻擊魔術擊落〈紡星之米拉〉，這對莫妮卡來說完全不費吹灰之力。

可是，古代魔導具是以現代不可能重現的技術打造——一旦毀壞了，就再也無法修復。

（用破壞以外的方法阻止失控的古代魔導具？這樣的前例，根本從沒聽說過……！）

更別提，〈紡星之米拉〉還能夠吸收魔力，不會有魔力枯竭的問題。

走投無路的莫妮卡，思路終於開始偏離正軌。

（既然和人類一樣具有自我意識，又能夠與之對話，是不是有辦法用言語說服呢……）

說服——那是不善言詞又內向的莫妮卡最不擅長的選項。何況〈紡星之米拉〉還對巴托洛梅烏斯抱著愛戀之心，殉情之意甚堅。

復甦在莫妮卡腦海的，是剛進入賽蓮蒂亞學園時遭遇的花盆墜落事件。

為了深愛的未婚夫引發事件的瑟露瑪．卡許大小姐，一方面也受到精神干涉魔術的影響，陷入嚴重錯亂的狀態，實在不是可以說服的對象。現在的〈紡星之米拉〉，就與她沒什麼兩樣。

（……啊，咦？）

回憶先前事件的莫妮卡，腦裡閃過了一道想法。

（既然〈紡星之米拉〉存有自我意識……說不定……）

莫妮卡開始在腦內試算魔術式。

（理論上辦得到……才對。可是，既然沒有先例，勝算就只有五成。）

即使如此，也非動手不可──莫妮卡心想。

要是束手無策地放任〈紡星之米拉〉逃跑，自己一定會為此後悔。

（「那道魔術」沒辦法遠端施放，必須非常接近目標才行……）

〈紡星之米拉〉已經將巴托洛梅烏斯連人帶手一起飛上夜空。實在不是唾手可及的距離。

（要趁現在回頭，請琳小姐幫忙嗎？但，這樣一來就沒人可以護衛殿下，而且很可能在回頭的期間讓〈紡星之米拉〉逃離……既然如此──）

莫妮卡以顫抖的手掌緊緊握住榛木手杖，仰頭望向夜空。如此集中精神開始編組的，是令莫妮卡大為棘手的飛行魔術。

（距離上次挑戰飛行魔術……不曉得，有幾年了呀。）

說真的很害怕。可以的話完全不想嘗試。只是，莫妮卡更不願意在這裡追丟〈紡星之米拉〉，導致慶典泡湯。

莫妮卡將手杖握得更緊，開始在腹部使力。

「呀——！」

四周颳起旋風，吊在手杖前端的小鐘不停叮鈴叮鈴作響。

然後在下個瞬間，莫妮卡的身體縱身一躍，飛上了比鐘樓更高、更高的高度。

＊　＊　＊

「似乎開始了呢～」

正在教會房間待命的〈詠星魔女〉梅爾麗．哈維打開了窗口仰望夜空。

在慶典提燈的光害下，星空比往常更難目視。即使如此，梅爾麗還是聚精會神地持續解讀星象。

今晚，王國就會迎向分歧點——星象是這麼告訴梅爾麗的。

鐘樓旁發出了某種強光。〈紡星之米拉〉終於開始用吸收的魔力展開攻擊了。

梅爾麗拾起靠在牆邊的法杖，抬頭望向夜空展開詠唱。

隨著宛若歌唱的輕快詠唱，法杖逐漸散發出銀色的光芒。

有如銀色砂礫般細小的光之粒子就像要融入夜空似地飄舞而上，包覆住柯拉普東周邊的天空。

梅爾麗施展的是幻術。

為了隱藏失控的〈紡星之米拉〉與莫妮卡的身影，這道幻術所呈現出的景象，是柯拉普東的夜空。

拜每天觀星的〈詠星魔女〉之賜，上空發生的一切，全被擋在了栩栩如真的精巧夜空幻影之後。

將法杖上的裝飾搖得鏘鈴作響，梅爾麗露出一抹微笑。

詠星魔女
梅爾麗・哈維

「來，讓我拜見妳的本事吧。〈沉默魔女〉莫妮卡．艾瓦雷特。」

＊＊＊

透過飛行魔術高高升空的莫妮卡，身處的位置嚴重偏離了原本的預定。再這樣下去，就要飛往與〈紡星之米拉〉不同的方向了。

莫妮卡就像個溺水的人，不停擺動四肢，試圖修正軌道——然後失去平衡，朝鐘樓直直撞了過去。

「哇啊……哇，哇，哇！」

「噫噫噫噫？」

透過在空中猛力擺腿傾斜身體，莫妮卡千鈞一髮之際避開了牆面，以幾乎貼壁的狀態從鐘塔一旁呼嘯而過。

雖然喉嚨「噫～噫～」地抽搐不停，莫妮卡依然嘗試追上巴托洛梅烏斯與〈紡星之米拉〉。可是，傾斜的身體沒辦法按自己的意思朝正確方向前進。

（好可怕好可怕好可怕！平衡！我必須保持平衡……平衡是什麼啊啊啊～）

擅長飛行魔術的古蓮，無論用怎樣的姿勢都能飛得輕鬆寫意，偏偏莫妮卡就連想保持直立姿勢都有困難。

形容得極端點，莫妮卡現在飛行的方式，就是狗爬式。那身以不上不下的前傾姿勢擺動手腳的動作，就與被河水沖走的人一個樣子。

就在莫妮卡手忙腳亂地於夜空飛行時，巴托洛梅烏斯的身影開始漸行漸遠。再這樣下去恐怕會追丟。

（保持平衡，保持平衡，想保持平衡，就必須～～……）

莫妮卡快速回顧自己短短的人生經驗，想設法挖出與保持平衡的方法有關的記憶。

換作與魔術或數學相關領域，莫妮卡多得是可以當場引用的知識。但關於自己身體的用法，相關知識只能說少得可憐。

（需要保持平衡的是……對了，騎馬！）

莫妮卡一腳跨在緊握的榛木手杖上。這樣可以稍微讓自己比較模擬騎馬的姿勢。

（身體前傾會容易翻倒，太過後仰也容易失去平衡，要隨時注意保持身體挺直……）

按照菲利克斯在馬術課上指導過的內容修正姿勢後，左右搖晃的程度減輕了幾分。雖然同樣不能掉以輕心，不過莫妮卡前進的速度，已經遠較方才的狗爬式來得像話多了。

跨坐在手杖上的莫妮卡，身體不時就嘎噠嘎噠地上下晃動。騎在全力奔馳的馬匹上，不曉得是否就是這樣的感覺。

（馬兒跑步時是採二進位法……配合一、二的節拍，反覆起身坐下。這樣就比較容易避開振動，保持平衡。）

這是菲利克斯提過的，名叫快步的技術。

手杖不像馬裝有馬鐙可踏腳，所以沒辦法完全依樣畫葫蘆，但莫妮卡還是注意保持身體按照節奏上下。

起初只是身體不像樣地擺盪，但在反覆配合晃動進行上下運動的過程中，莫妮卡感覺自己有比較容易保持平衡了。若只是要直線前進，應該已經勉強行得通。

莫妮卡的飛行較為穩定之後，與巴托洛梅烏斯之間的距離便開始縮短。

『〈沉默魔女〉閣下。』

忽然出現在耳邊的嗓音，令莫妮卡忍不住發出「呀哇噫？」的怪聲。

那是琳的聲音。恐怕，是直接振動鼓膜，藉此傳聲的魔法吧。

『由衷恭喜您習得飛行魔術。』

說真的，目前的慘狀實在還稱不上習得。就像要剛出生的小鹿行走大地一般，甚至更加驚險。

莫妮卡「呼～呼～」地喘著大氣，卯足全力保持平衡，琳則繼續接話：

『柯拉普東的上空已經被施加了廣範圍的幻術。推測應是〈詠星魔女〉閣下的傑作。我會繼續維持消音結界，相信不用擔心被鎮民發現才是。』

「非、非常感謝妳的幫……噫呀啊～？」

話還沒說完，〈紡星之米拉〉便詭異地閃爍起來，放出閃爍著耀眼金光的箭矢。其數量，約為十來支。

莫妮卡反射性展開防禦結界想擋下光箭。但防禦結界一接觸雨點般密集的光箭，就有如脆弱玻璃般粉碎四散。

接著，經過極其短暫的空檔，下一波光箭再度襲來。依莫妮卡飛行魔術的本領，無法確實閃過這些攻擊，因此除了一股腦展開防禦結界之外，沒有其他選擇。

即使已經縮小防禦結界的範圍，藉以提升強度，還是輕描淡寫就遭到粉碎。莫妮卡這才重新為了〈紡星之米拉〉的攻擊性能感到戰慄。不但連射快到近乎毫無空檔，威力又高得驚人。

莫妮卡雖然可以同時維持兩道魔術，可現在已經使用飛行魔術在先，只能同時再施展一種魔術，應對的手段無論如何就是不夠用。

『竟然膽敢妨礙我們的私奔，太可惡了，太可惡了……這次一定要把妳擊落。』

〈紡星之米拉〉發出更強烈的亮光，再度生成光箭。這次是讓光箭展開成環繞在莫妮卡周圍的圓頂陣勢。

在古代魔導具的敵意包圍下，莫妮卡從內心向自己喊話。

（這些全都是，數字。光箭也好，我也好，全部，全部都是——這個世界是由數字所構成的。）

莫妮卡的意識開始沉澱到數字的世界裡。就這樣排除一切情感，將包圍自己的光箭全數置換為數字。

計算光箭射出的速度。以莫妮卡拙劣的飛行魔術，想閃避首先就形同不可能。

計算防禦結界的強度。包覆莫妮卡全身的話，強度肯定不夠，但若是縮至盾牌大小，應該就能勉強抵擋數發。

計算方才的光箭軌道。那些光箭沒有追蹤效果，計算起來輕而易舉。

（這樣的話……）

光箭開始如雨點般降臨。幾乎在同個瞬間，莫妮卡「解除了飛行魔術」。

只要保持下墜，光箭就只能從上方射來——亦即可以將防禦集中在正上方就好。

然後既然飛行魔術解除，莫妮卡就能同時展開兩道防禦結界。

其中一面盾牌若是粉碎，便趁著以另一面盾牌防守的期間，生成新的盾牌。就這樣，在下墜過程中交互運用兩面盾牌，莫妮卡完美防住了所有的光箭。

施術時需要詠唱的魔術師絕對跟不上這樣的速度，唯有身為無詠唱魔術師的莫妮卡，才有辦法像這樣土法煉鋼。

接著，擋下光箭的莫妮卡，再度無詠唱發動了飛行魔術。

打從承受攻擊開始，莫妮卡就一直不停計算。

（距離〈紡星之米拉〉發動下一波攻擊的時間，最快也要約三．五秒。）

莫妮卡讓飛行魔術加速至極限。

捨棄閃避也捨棄防禦，就只是朝著上方的目標直直加速猛衝。

『不要過來，不要過來，不要過來——！』

「鎮上有，很多很多人，都期待著妳的魔術奉納！」

莫妮卡維持著跨坐在手杖上的姿勢，一把抓住巴托洛梅烏斯的右手。

『我不要，我不要。我想跟心愛的人共結連理。在冥府女神跟前，永遠永遠不分開……』

想打動被妄念與固執纏身的古代魔導具，單憑莫妮卡的言語，只怕是不可能的。

即使如此，莫妮卡還是怎麼樣都想要傾訴。

「我想要，讓這場慶典成功！」

一定會有人，能因為鳴鐘憑弔死者而獲得救贖——就跟莫妮卡一樣。

莫妮卡將自己自私的理由，交疊在〈紡星之米拉〉自私的理由上。

然後，伸出指尖碰觸抱擁著白星的紅寶石。

莫妮卡無詠唱編織而成的魔術式，化作無數閃耀著白光的蝴蝶，飄舞於夜空。

蝴蝶們散布著燦爛的鱗粉，一隻隻緊貼覆蓋住〈紡星之米拉〉。

在那時，〈紡星之米拉〉作了夢。

她正站在一片美麗的花田裡。夢裡的她不是首飾，而是隨處可見的普通年輕女孩。

啊啊～如此嘆息的她邁出雙腳，於花田內漫步。

站在飄舞而上的花瓣後方，向她伸出手掌的，是她心愛的人。

雖因逆光而無法看清長相，但也無傷大雅。

「啊啊～啊啊～我愛你。我會永遠～永——遠待在你的身邊……親愛的。」

與心愛的人，永遠不分離。那是〈紡星之米拉〉始終渴望的，平凡而幸福的夢。

確認〈紡星之米拉〉完全沉默後，莫妮卡才總算鬆一口氣。

「幸、幸好有效……」

莫妮卡對〈紡星之米拉〉下的術，是讓對方作夢的精神干涉魔術。

精神干涉魔術是對人類使用的術，沒有施加在古代魔導具上的先例。

不過，〈紡星之米拉〉的自我過於強烈，就與人類沒兩樣。

既然具備相當於人類的精神，不就代表精神干涉魔術應該管用嗎？莫妮卡當時是這麼思考的。

就結果而言，這個想法獲得了應證。〈紡星之米拉〉沉默了。到此為止都算是期望中的發展。

但下個瞬間，直到方才都飄浮在空中的巴托洛梅烏斯，身體就像是回想起重力的存在一般，忽地笨重起來。

莫妮卡慌張地試圖維持飛行魔術。可是，個頭高大的巴托洛梅烏斯，那身體重量根本不是飛行魔術生疏的莫妮卡所能夠支撐。

莫妮卡在維持飛行魔術的同時，打算施放風系魔術來支撐兩人分的重量。然而，自己剩餘的魔力不足。飛行魔術消耗魔力的程度是很激烈的。

一旦在這個時間點施展風系魔術，魔力就會當場歸零。

「呀嗚？哇哇，嗚哇，噫啊啊啊啊……？」

結果，莫妮卡的身體就與巴托洛梅烏斯糾纏在一起，雙雙開始下墜。

眼下就是慶典中熱鬧的城鎮。萬一摔到鎮上，絕對會引發嚴重慘劇。

啊啊～好不容易才取回〈紡星之米拉〉的，竟然卻以這樣的方式讓慶典泡湯！

正當絕望到眼前一片黑暗，突然有一道柔軟的風牆，輕輕接住了莫妮卡的身體。

莫妮卡與巴托洛梅烏斯就這麼輕飄飄地在上空流動，流到城鎮中央附近才緩緩下降。最後，兩人總算降落在杳無人煙的小巷。

站在小巷裡等待的，是頭上頂著貓頭鷹的女僕——風系高位精靈琳姿貝兒菲。

「琳小姐！」

是琳操縱氣流，在莫妮卡與巴托洛梅烏斯險些墜地之際救了兩人。

莫妮卡道謝的語句尚未出口，琳美麗的臉龐卻先蒙上了薄薄一層陰霾。

「我現在，由衷感到萬分後悔。」

「……咦？」

「方才的情境，應該是以公主抱接住〈沉默魔女〉閣下的絕佳時機才對。」

令人由衷感到萬分無關緊要的後悔。

停在琳頭上的貓頭鷹平和地咕咕叫。

「據聞，公主抱的由來，源自從前王家婚禮上，會將仰躺的公主抱進會場。可謂淵遠流長的莊嚴抱法，同時也是搬運人類的經典方式之一。最重要的是，一旦被人以公主抱的方式搬運，人類似乎就會感覺到心花怒放云云。」

莫妮卡當了將近十七年的人類，卻有許多說法都是第一次聽說。

「本想對〈沉默魔女〉閣下公主抱，再請教是否有心花怒放的感覺……實在遺憾。」

「那個～……呃———……」

煩惱著該如何回應時，琳突然逼近到莫妮卡眼前。

琳的臉上一如往常面無表情，但卻帶有一股莫名的威壓。

「方便讓我們，趁現在重新來過嗎？」

換句話說，就是要莫妮卡再一次從很高的地方跳下來吧。莫妮卡只想全力婉拒，因此慌忙轉變了話題。

「那個～比起這個，殿下呢……？」

「是的，只要走出那條大道，很快就會看見殿下。殿下也在尋找〈沉默魔女〉閣下的樣子。」

自從飛離菲利克斯身邊，已經經過了好一段時間。一定害他很擔心吧。

莫妮卡指向倒在腳邊的巴托洛梅烏斯的右手，流利地說明起來：

「這個就是〈紡星之米拉〉。那個，為了讓魔導具安分下來，我使用了精神干涉魔術……我想應該再過二十分鐘就會解除。」

精神干涉魔術屬於準禁術，只有在特定情況下才准許使用。

眼見莫妮卡顯得面有難色，琳操著平淡的語調開了口：

「就我的認知，〈詠星魔女〉閣下是一位開明的人物。既然狀況緊急，對於精神干涉魔術應該也會睜一隻眼閉一隻眼才是。那麼，我這就動身將這位竊盜犯引渡給〈詠星魔女〉閣下。」

聽見竊盜犯一詞，莫妮卡垂下了眉尾搓起指頭。

「呃——他說自己只是遭到附身的被害者……」

也不曉得莫妮卡這句話琳是聽見了沒，她將巴托洛梅烏斯保持在仰躺的姿勢抱了起來。

講白了就是公主抱。很顯然，她是真的非常想嘗試看看。

「那麼恕我失禮了。我會滯留在儀式會場內，欲回歸之際還請隨時開口。」

琳輕輕一鞠躬，隨後便頂著貓頭鷹，以公主抱抱著巴托洛梅烏斯，一舉升上了高空。

目送琳的背影一會兒之後，莫妮卡趕快望向前方跑出大道。

幸好，很快就找到了菲利克斯的身影。

菲利克斯貌似立刻就發現了莫妮卡。只見他當場起步穿梭在人群中，跑到莫妮卡的面前。

「莫妮卡，太好了。」

菲利克斯顯得有點氣喘吁吁，代表他是有多麼急著趕來。

忍受著刺痛胸口的罪惡感，莫妮卡含糊地開口：

「呃——真的非常對不起。那個，我突然有急事……」

「急事？……這樣啊，看來妳確實忙了一陣子。」

菲利克斯彎下腰來，用指尖幫莫妮卡梳理瀏海。似乎是因為方才四處飛行，飛得瀏海不自然亂翹。

殿下在試著打探理由——莫妮卡再遲鈍也感覺得出來。然後，菲利克斯也絲毫不打算掩飾這種態度。因為他明白莫妮卡拿無言的壓力沒轍。

渾身發抖地思索合適的藉口時，菲利克斯摘下了遮住上半部表情的面具。

「還是說……」

平時總是溫和微笑的表情，現在卻垂下了眉尾，露出一臉落寞的笑容。

「妳不喜歡跟我一起玩呢？」

那是受傷時的嗓音。

自從在鎮上巧遇之後，菲利克斯始終為莫妮卡費心，希望能逗得她愉快。發現莫妮卡會怕人的時候，還願意站在莫妮卡的立場著想，說自己是幽靈。

而莫妮卡卻連好好道謝都沒有。豈止如此，甚至擅自從他面前消失。

莫妮卡頓時一臉鐵青。

（我真是，差勁。）

浮現腦海的，是巴尼輕蔑的表情。

『妳就是個狡猾的人。無論何時心裡都只有自己，從不關心他人。自己以外的人不管出了什麼事，妳全都不痛不癢，更從未因此心疼對吧？』

罵得對極了——莫妮卡心想。

無論何時，莫妮卡總是不想害怕，不想受傷，只顧逃跑躲藏，滿腦子只有捱過當下就好。就這樣，每每都讓別人付出的好意撲空。

明明眼前這個人，打從初次見面起就始終主動向莫妮卡伸出援手。

只要開口道歉說對不起，菲利克斯一定會露出溫和的笑容，說他沒放在心上吧。然後，又會以一如往常的態度對待自己。

（……可是——）

莫妮卡緊緊握住榛木手杖，抬起了頭。

菲利克斯有如要惡作劇一般，寂寞地笑了起來。

「現在的我是不存在任何地方的幽靈。如果覺得害怕，只要逃開就行嘍，小松鼠小姐。因為幽靈一旦遭到生者排斥，就會離開消失了。」

「那、那個！」

莫妮卡這聲反常的大喊，令菲利克斯少見地露出驚訝表情。

莫妮卡挺直縮成一團的背脊，仰頭望向菲利克斯。

好難為情，好可怕，要是他露出覺得我很奇怪的表情該怎麼辦——甩開這些內心湧現的不安，莫妮卡擠出嗓音繼續接話：

「現在的我是幽靈。是不存在任何地方，區區的幽靈莫妮卡。所以……」

既非〈沉默魔女〉莫妮卡·艾瓦雷特，亦非學生會會計莫妮卡·諾頓，作為一名什麼頭銜都沒有的單純少女，莫妮卡向菲利克斯伸出了顫抖的手掌。

「我們這對幽靈少年少女，不如就一起去夜遊吧，艾……唔，艾伊克！」

菲利克斯稍稍睜大的雙眼，緩緩地眨個不停。在不停擺動的金色長睫毛下，那雙碧綠的眼眸就如同擁抱了明星的寶石般閃爍不已。

菲利克斯握住莫妮卡伸出的手，輕輕地朝內一拉。腳步沒踏穩的莫妮卡往前一撲，頭上的兜帽落了下來。

湊近莫妮卡裸露在外的耳朵，菲利克斯輕輕道了一句：

「謝謝妳。」

菲利克斯瞇起眼睛開懷一笑。那不是他平時總掛在臉上的閃亮亮王子微笑，而是對慶典樂在其中的青年，不加絲毫修飾的直率笑容。

✦ 第十一章 書的價值

菲利克斯帶著莫妮卡，來到了遠離大道的窄巷。
今天鎮上所到之處全掛滿了提燈，因此大道上不需要再點燈照明，但小巷就不在此限。在兩人遠離慶典喧囂之後，菲利克斯摘下面具，拾起吊在腰間的提燈點火。
「從這裡開始要走一段路喔。夜色很暗，千萬留心腳邊。」
「呃——我們要上哪兒去呢，艾伊克？」
「現在要去光顧的，是與鳴鐘祭無關的店……不過我很中意那兒。相信妳一定也會喜歡才對。」
菲利克斯惡作劇地眨了眨眼。雀躍的嗓音聽得出他正十分開心。走起夜路的腳步也相當輕快。
莫妮卡雖然為了陌生的夜路略感徬徨，仍努力跟在菲利克斯身後。
「艾伊克你很擅長，夜遊呢。」
「是呀。王國流行的娛樂，我或許全都體驗過了也說不定。」
原來如此——莫妮卡一臉正經八百地回應。
「就是說，你是夜遊專家呢。」
順帶一提，世間把這種人稱為玩咖。
莫妮卡的回應，聽得菲利克斯笑到肩膀抖個不停。他手上的提燈，也隨之反覆搖曳。
「從前，我朋友跟我說過——」

菲利克斯停下腳步，抬頭仰望天空。莫妮卡也反射性跟著仰頭。

或許是因為鎮上過於明亮的關係，從窄巷看到的夜空，感覺上繁星沒有平時來得耀眼。

雙眼映照著那較往常來得淡薄的星光，菲利克斯低語說道：

「『我希望你不要為了其他任何人，而是為了自己，找到能夠沉醉其中的東西。希望你找到許多，你自己喜歡的東西，你自己看了開心的東西』──自那之後，我就始終在尋覓。尋找能讓我沉醉其中的東西。」

莫妮卡將視線自夜空移開，凝望起菲利克斯。

他的側臉散發著一種空虛，以及看開一切的寂寥。

今天的他所展現的，盡是些從未見過的表情。有享受慶典的直率笑容。也有嘴巴上說要尋找能沉醉其中的東西，卻彷彿連這點都已經看開的空虛表情。

總覺得這顯得莫名不協調，莫妮卡困惑了起來。

（對這個人而言，快樂到底是什麼呢……）

第二王子菲利克斯．亞克．利迪爾是無所不能的天才。無論在什麼方面都天賦異稟，善於社交又容貌出眾。

然而，他卻恐怕沒有邂逅任何能令他醉心的事物。

一一接觸過人們所追求的娛樂，淺嚐即止之後，表現出宛若樂在其中的模樣……實則於內心某處嘆息，覺得「也不是這個」。

即使如此，他還是為了朋友的心願，不斷尋覓能沉醉其中的東西。

「有朝一日我繼位成為國王，就再也沒有自由了吧。到時候，我就連想要這麼遊山玩水都將是痴人說夢。能夠像這樣，當一個區區幽靈的時間，就是我還能做自己的僅存時光，與餘生沒兩樣。」

「即使明知會失去自由……還是想，成為國王嗎？」

「想成為國王？妳誤會了。」

緩緩搖了搖頭，菲利克斯低頭望向莫妮卡。

端正的臉龐上已不見任何表情，寶石般的碧綠雙眸頓失光芒。

「我非得成為國王不可——這樣才對。」

沒錯，既已生為王族，以當上國王為目標便是理所當然。這樣的感覺，肯定是莫妮卡一輩子都無法理解的。

與繼承王位相關的問題十分敏感。單是問法稍有一點差錯，就難保不會被當成「你不配當王」這樣的侮辱。

莫妮卡向菲利克斯深深低頭道歉。

「那個，問了這麼失禮的事情，實在很對不起。」

「用不著放在心上。知道妳終於對我感興趣，我倒是老實地開心呢。再怎麼說，妳對我漠不關心的程度簡直教人驚訝嘛。」

眼見莫妮卡不知該如何答覆，菲利克斯轉頭向前，以格外開朗的語調說道：

「喔喔，來，妳看。目的地就在眼前了。」

走出細長窄巷，兩人抵達了一間磚造的老房子。

門上懸掛著小小的提燈與木牌，在提燈的橙色燈火映照下，可以看見木牌上刻有一串文字。

毫無裝飾跡象的木牌上，以粗獷的文字刻著「波特舊書店」。

「莫妮卡，我跟妳說。這間店是我特別中意的私房愛店。這裡有能夠讓我沉醉的東西。」

操著如哼歌般的語調說明，菲利克斯打開了店門。

店內以同樣的間隔陳列著好幾座書架。書架與書架間的通道並不寬，大約只容得下兩人勉強擦身而過的程度。

菲利克斯熟門熟路地走進右邊數來第二與第三座書架間的通道。莫妮卡脫下披著的斗篷，跟在菲利克斯身後。

店內瀰漫著老舊書頁特有的味道，以及驅蟲用的香草味。莫妮卡走著走著，不時朝架上瞄去，發現這座書架塞滿了與藥草或醫學相關的學術類書籍。

穿過書架間狹窄的通道，來到一個小櫃台，裡頭坐著一個男人，在提燈的照明下寫字。

那是一位褐色肌膚，黑髮亂翹的眼鏡男。或許是混有外國血統吧，扁桃仁型的雙眼搭配深邃的臉型，讓人難以一眼判斷他的年紀。要說是二十來歲或四十來歲都不覺得突兀。

老舊的店內單是行走就令地板嘎吱作響，想必男人早已藉此注意到有客人上門，但卻絲毫沒打算將視線自紙面上移開。

「嗨，波特。晚安啊——」

即使菲利克斯出聲問候，男人依舊沒有抬頭。然而他並非太專注於書寫導致沒聽見客人出聲。只見男人停止書寫，將羽毛筆插進墨水壺內並開口回應：

「……你好。」

只道出這麼簡短兩字，男人便再度執起羽毛筆，望著紙面振筆疾書。仔細一看，他並非在帳本記帳之類的，而是在原稿用紙上撰文的樣子。

感覺上，男人個性相當孤僻。就連面對隨和的菲利克斯，依舊擺出冷淡的態度。

「莫妮卡，他是波特。是這間店的店主兼小說家。整年有一半的時間，都為了進書四處東奔西走。今天能遇見他算是相當走運。」

「是啊。我前幾天才剛調書回來。有幾本應該是你看了會開心的。」

「真的嗎？」

菲利克斯表情當場開朗起來，嗓音也雀躍了幾分。

波特舉起羽毛筆指向牆邊的書架。會讓菲利克斯開心的書八成就在那兒。

菲利克斯從波特示意的架上取下一本書，開心地喊了聲「哇！」

「《米妮瓦之泉》的舊刊！」

看到菲利克斯手上的雜誌，莫妮卡忍不住瞪大了雙眼。

魔術師養成機構米妮瓦每半年就會發行一期雜誌，介紹學生或教授的研究成果。那本雜誌就是《米妮瓦之泉》。想當然，莫妮卡既身為免除學費的特等生，筆下的論文自是逃不過數度登上雜誌的命運。

（為什麼殿下會想要《米妮瓦之泉》！）

這本雜誌所刊載的，有百分之八十是魔術相關內容。剩下的百分之二十就是教授的嗜好隨筆專欄，再不然頂多就分享如何愜意度過在學時光的小知識等等。

（該不會，殿下其實是教授生髮紀錄隨筆專欄的大粉絲……）

肯定是這樣，絕對錯不了。再不然就是想追求如何讓校園生活過得愜意的智慧等等，一定是這類理由。

莫妮卡不停在內心說服自己時，啪啦啪啦翻著雜誌的菲利克斯，露出有如孩童般的亮晶晶眼神，與奮地喊著：

「有刊載〈沉默魔女〉的論文！」

噫——莫妮卡倒抽了一口氣，咬緊牙關不讓尖叫聲出口。

（剛剛，殿下說了〈沉默魔女〉嗎？一定是聽錯……是我聽錯了……）

一臉鐵青的莫妮卡背後，波特再度停筆開口：

「那邊架上的三本全是刊載了〈沉默魔女〉論文的。然後，最新一期裡面還有刊載近期寄稿的內容。」

「波特！你辦事怎麼這麼有力啊！」

菲利克斯的語調明顯地歡天喜地。沒錯，已經到有點得意忘形的地步。莫妮卡從來沒見過，菲利克斯眼神這麼閃亮不已的模樣。

難以承受來自全方位的衝擊，莫妮卡不禁啞口無言，菲利克斯這才有點難為情地笑道：

「嚇到妳了嗎？其實我……對魔術很感興趣啦。」

「那個，可是，為什麼當時卻說，沒有要選修基礎魔術學……」

「有點內情嘍。我基本上是被禁止修習魔術相關知識的。」

菲利克斯的答案令莫妮卡有些意外。

利迪爾王國王室裡，有魔術天分者並不在少數，歷代王族更是優秀魔術師輩出。

現任國王本身就是地屬性魔術行家，菲利克斯的長兄——第一王子則是魔術師養成機構米妮瓦的畢業生。這樣的家族環境下，有什麼理由非要刻意禁止修習魔術不可，莫妮卡怎麼都想不透。

絲毫不掩飾喜悅的心情，菲利克斯翻著雜誌，向一臉不解的莫妮卡解說起來：

「魔術書這種東西，大多都又厚又貴不是嗎？不僅如此，有的還會要求具備一定資格才能閱覽或購買。所以說，無論是想請店家偷偷進貨，還是買下後想藏在房間裡，都得費好大一把勁。」

似乎是因此，才會轉而盯上比較容易到手的《米妮瓦之泉》。

然而，《米妮瓦之泉》所刊載的盡是些經過嚴格篩選的論文。想要理解透徹，至少需要具備相當於中級魔術師的知識。

菲利克斯本身對魔術的認識究竟到什麼程度呢？莫妮卡還在好奇，菲利克斯已經快速翻閱著《米妮瓦之泉》，長篇大論地分享起心得。

「先前讀過的〈沉默魔女〉那篇討論廣範圍術式之位置座標的論文真是太精彩了。竟然在學生時代就已經寫出這樣的內容，實在教人難以置信。簡單來說，就是刻意不在廣範圍術式內編組追蹤術式，將術式經由輸入座標，在目標面前精準發動，藉此提升命中精度，而文中用來計算位置座標的方式堪稱劃時代創舉，能夠大幅縮短魔術式的……」

莫妮卡臉部抽搐不停，在內心發出了無聲的回應。

（呃～正是如此……當前的追蹤術式存在大量缺陷，在改善追蹤術式之前，我希望能夠先製作不必編組追蹤術式的高命中率廣範圍術式，所以……哇啊啊啊，殿下根本就完全理解內容了嘛～～～）

發現莫妮卡正渾身打顫，菲利克斯有點靦腆地望向莫妮卡。

「不好意思啊，其實我是〈沉默魔女〉的大粉絲。每次提到有關她的話題，我就會忍不住想高談闊論。」

「粉、粉絲嗎……」

「是啊，〈沉默魔女〉無庸置疑是對我們利迪爾王國魔術領域貢獻良多的人物。最重要的是，她的無詠唱魔術……實在是太美了。」

道出最後一句感想的菲利克斯，總覺得表情莫名地陶醉。

但是，莫妮卡現在無暇顧及這些。

（我在用無詠唱魔術的場面，其實有被殿下看過嗎——？到底是什麼時候看到的？我的身分，應該沒有穿幫……吧？沒有穿幫吧～～～？）

「那麼美妙的魔術，我這輩子從來就沒有見過。啊啊～難道就沒有辦法，可以讓我再度親眼拜見她的無詠唱魔術嗎～」

菲利克斯「唉～」了一聲，惆悵地哀聲嘆氣。這時，波特低聲嘀咕了起來：

「我的新作小說，會有個戀上舞台女伶的傻男人登場，現在正在描寫相關橋段。主角的朋友亞伯蘭戀上舞台女伶凱薩琳，終日為情所困，三句話不離『好想再親眼拜見一次她的演技』……就跟現在的你一個樣。」

「唉～波特，搞不好真的就是這樣呢。嗯，我想這一定就是所謂的初戀吧。」

（初、初戀……）

莫妮卡終於全身上下都開始痙攣了。過於強烈的多重衝擊，已經令腦袋與臉部肌肉都無法正常動作。

怎麼辦，好想躲到數字的世界逃難去。

「嚇一跳嗎？這個啊，就是現在讓我沉醉其中的東西。」

「那、那個，艾伊克你，曾經有見過，那位〈沉默魔女〉嗎？」

莫妮卡面如土色地問道，菲利克斯聽了，雙頰染起薔薇般的色澤，陶醉地點頭。

接著，他湊到莫妮卡耳邊，以波特聽不見的音量回答：

「在七賢人的就任典禮與新年式典上見過。只是，她總是披著斗篷，以兜帽深蓋及眼，幾乎沒人見過她的廬山真面目。典禮後的宴會她向來也不出席，所以我沒直接和她交談過，也沒看過她的長相。」

太好了，總之身分應該是沒有穿幫。莫妮卡撫著胸膛，鬆了一口氣。

可惜，想安心還嫌早了些。

「不過，等我當上國王，隨時想見她都不成問題。七賢人就相當於國王的顧問嘛。」

問題可大了。

「只要當上國王，當然就能直接和她交談……搞不好，還有機會能看到她的長相不是嗎？」

（拜託不要這樣，我根本就不是什麼值得國王陛下諮商的貨色，倒不如說，我這種人竟然是〈沉默魔女〉，真的真的很抱歉～～～）

莫妮卡開始按著胃低下頭去了。

總而言之，以後儀式典禮的出席就控制在最低限度吧，然後斗篷絕對不要脫——莫妮卡堅定地在心中發誓。

「話說回來，妳對舊書店沒有興趣嗎，莫妮卡？」

「啊，呃——有……」

雖然被菲利克斯的衝擊發言惹得胃都痛起來，但舊書店確實是讓莫妮卡雀躍不已的空間。

從比較近期的書，到印刷術與製書技術都尚未發達的時期，著實堪稱古書的書籍，這裡都琳琅滿目地陳列著。

大致瀏覽一圈，收在架上的書大約有一半是大眾取向的娛樂小說，不過剩下的一半有不少實用取向或學術取向的書籍。裡頭甚至包含已經絕版的稀有品。

「我也可以，看一看，這邊的書嗎？」

「當然，就是為了這個才帶妳來的。」

點了點頭，菲利克斯自己也開始搜刮《米妮瓦之泉》。他似乎真的一直很期待到書的日子。

也不能在菲利克斯面前閱讀魔法書籍，莫妮卡仰頭望向書架，打算找些數學刊物。

眼前的書架陳列的是醫學書與生物學相關書籍。忽然，一道熟識的名字映入眼簾，莫妮卡當場倒抽一口氣。

——《解讀自遺傳性狀之魔力性質》作者：韋內迪克特．雷因。

那是五年前上市發行——並於作者因研究禁術的罪名遭處刑之際，回收焚毀的書。

莫妮卡就像被勾了魂似的，伸手取下書籍，動著顫抖的指頭翻開封面。

那本書始自莫妮卡早已聽過無數遍的一句話。

『——這個世界是由數字所構成的——』

書本的內容，若不具備生物學與魔術雙方知識便難以理解，生物學並非莫妮卡的專攻，因此只能理解一半左右。

即使如此，裡頭的圖表與數字，莫妮卡仍然歷歷在目。

（爸爸的，書……！）

被冠上觸及禁術之異端者罪名，遭處刑的父親活過的證明。被焚毀的書。化作灰燼的書頁斷片。

就算只有數字也好——抱著這種念頭使勁烙印在眼底的數字，如今正以完整的姿態存在於面前。

莫妮卡將書本抱在胸口，跑到波特面前。

「那個，這本……我想要，買這本書！請賣給我！」

波特從原稿用紙中抬起臉，看了看莫妮卡。接著，在視線掃向書名後，眼鏡下的雙眸稍稍瞪大了些。

「那是我朋友留下來的書。我沒打算便宜出售。」

原來這位名叫波特的男人是亡父的朋友，此事更令莫妮卡大吃一驚。但，現在也不能在菲利克斯面前提起父親的話題。

莫妮卡強忍下內心的動搖，微微向前探出身子，開口詢問：

「請問要，多少錢呢？」

波術豎起兩支指頭，朝莫妮卡伸去。

這類專門書籍的行情大約是一枚銀幣。波特似乎是要求翻倍的金額。才剛這麼想……

「金幣兩枚。」

莫妮卡聽得啞口無言。金幣兩枚，那是省吃儉用的平民，可以過活好一陣子不工作的金額。

身為七賢人，莫妮卡的儲蓄是高到足以在王都蓋一棟房子。可是平時出外購物的機會不多，因此身上不會帶著大錢。

「那個，我保證改天會來結清……可以幫我，先留著這本書嗎？」

「妳這樣的孩子，得花幾年才賺得到兩枚金幣？」

「啊嗚……」

兩枚金幣自己當然付得起。可是，一旦開口如此斷言，莫妮卡的身分就會曝光。

莫妮卡腦袋全速運轉，思考有沒有辦法能拜託波特幫忙把這本書留給自己，結果，不知幾時站到莫妮卡身旁來的菲利克斯，伸手在櫃台擺了兩枚金幣。

「這樣就沒問題了吧？」

莫妮卡忍不住瞪大雙眼仰頭望向菲利克斯。

「不行，不可以。這麼大一筆錢，不能讓你幫忙代墊……」

「妳就當作是陪我夜遊的封口費吧。」

說著說著，菲利克斯歪過頭露出一臉微笑。

「妳說自己收到飾品大概也不會開心，這個也一樣嗎？」

「這、這就，可是，金幣兩枚實在太……」

「我雖然不明白這本書的價值，但對妳而言，確實有這樣的價值對吧？」

這句話傳進耳裡的瞬間，豆大的淚珠立刻自莫妮卡眼中滑落臉頰。

父親的研究成果，難逃焚毀命運的書，被大眾譏笑為毫無價值之物，撕得支離破碎，扔進熊熊烈火中。

無論莫妮卡怎麼描述那些成果的價值，都沒人願意搭理。豈止如此，不許她如此主張的叔父，還動手毆打莫妮卡。

咒罵著要她不准多嘴，好幾次，好幾次，固執地毆打不停。

菲利克斯並不清楚這本書的價值。即使如此，他還是認同莫妮卡重視這本書的心情，允許她認定這本書的價值。這對莫妮卡而言，實在開心到無法形容。

隨著淚珠持續滑落，莫妮卡不停點頭再點頭。

菲利克斯彎下身子，用指尖抹去莫妮卡流落的淚水。

「傷腦筋，我沒有想弄哭妳的意思。」

莫妮卡吸著鼻子，笨拙地輕啟嘴唇。

「謝謝，非常謝謝你……艾伊克。」

面對哭得一塌糊塗，皺著臉微笑的莫妮卡，菲利克斯溫柔地瞇上了雙眼。

瞥了這樣的兩人一眼，波特拾起了金幣。

「金幣兩枚，我確實收到。這本書是妳的了。」

波特將書本遞向莫妮卡。以兩枚金幣為代價換來的，父親的著作。

莫妮卡舉起衣袖擦去淚水，雙手顫抖地收下這本書。

然後將父親的書抱在胸前，向波特與菲利克斯深深鞠躬。

「謝謝你們，為這本書……賦予這麼高的價值。」

「這種時候，被開價的一方不是該氣我敲竹槓嗎？」

波特傻眼地嘀咕，莫妮卡則是左右猛力搖頭。

書本的評價也好，他人訂下的價格也好，父親一定絲毫都不感興趣吧。即使如此，比起父親的書遭到賤賣，這樣的價格還是讓莫妮卡更加更加開心不已。

抱著想要的書，哭得鼻子通紅，卻還是喜出望外地微笑——凝望著這樣的莫妮卡，菲利克斯不由得流露出溫柔的眼神。

那是彷彿勾起無可取代的回憶一般，緬懷往昔的溫柔眼神。

走出波特舊書店，鎮外的氣氛已經有別於方才。

先前還不停聽到大道方向傳來慶典的喧囂，這會兒卻完全鴉雀無聲。

「喔，魔術奉納開始了。」

在菲利克斯低語的同時，鐘樓開始響起叮咚——叮咚——的響聲。來自鐘樓大鐘的巨響，以及鎮上四處裝飾的小鐘發出的輕快鐘聲，就有如輪唱曲般反覆交織。

莫妮卡感覺到周圍魔力流向改變了。望向腳邊，發現金色的光點正從地面冒出，輕飄飄地上浮。

好幾粒小光點彼此結合，逐漸變大，並不作聲響地升空。

（〈詠星魔女〉大人，正在透過〈紡星之米拉〉吸收土地的魔力呀……）

光點不停自整座城鎮冒出，好似擁有自我意識一般，持續往教會集中。

終於，匯集在教會的光，就像是煙囪排出的白煙，朝著夜空擴散。蓄積在土地的魔力，就這麼回歸天際。

本來，鳴鐘祭是為了向大地精靈王獻上感謝而舉辦的收穫祭。但，冥府守門人偷偷跑來遊玩的結果，導致冥府大門開啟……在這樣的傳承下，祭典本身的性質慢慢改變，如今已演變成為前來同樂的死者致上憑弔的慶典。

魔術奉納有好幾種項目能夠表演，之所以會選擇魔素解放的理由，莫妮卡感覺自己心裡似乎有了點頭緒。

夜空，是司掌冥府的暗之女神的領域。

光點升上夜空的景象，令人在腦裡勾勒出死者之魂回歸冥府的光景。正因如此，人們才會像這樣敲響憑弔的鐘聲吧。

莫妮卡也搖響吊在右手手杖上的小鐘，左手將父親的著書抱在胸口，默默闔上雙眼。
在這場死者造訪的慶典之夜，莫妮卡確實與亡父重逢了。
（爸爸，我總有一天……會讓自己，能抬頭挺胸向爸爸說，我有好好加油的。）
所以，有朝一日莫妮卡走過冥府之門，希望爸爸也能像從前那樣，摸摸頭開口誇獎一聲。
（……我會加油的。）
向亡父獻上祈禱的莫妮卡身旁，菲利克斯小聲地唸道：
「簡直，就像是星空呢。」
菲利克斯連眨眼都捨不得，僅僅凝望著升上夜空的光輝。
他是不是也在腦裡馳騁思念，惦記著已經無法重逢的某人呢。
「艾伊克你，要不要也搖搖鐘？」
莫妮卡語帶保留地開口，菲利克斯面無表情地轉頭望向在手杖前端搖曳的小鐘，點了頭。然後簡短道謝，收下手杖搖響鐘聲。
就在鐘聲反覆響起的空白期間，菲利克斯的喃喃自語傳進了耳裡。
「我想要，告訴我的朋友——」
他沒有默禱，而是仰頭望向光芒舞動的夜空。
「『你的心願，一定會實現的』這樣。」
那位朋友，恐怕已不在人世了吧。
關於這件事，莫妮卡並不打算多加深究。
但，既然能夠讓他像這樣，敲響鐘聲憑弔某人，就讓莫妮卡覺得，幸好自己有努力守住這個夜晚。

* * *

與菲利克斯一同返回卡珊卓拉夫人之館，發現一樓大廳正在舉辦宴會。

莫妮卡不清楚這間店平時的模樣，但肯定是因為今晚鎮上有慶典，所以比往常更加熱鬧喧嘩吧。

菲利克斯向莫妮卡招招手，打開二樓某間個人房的門。

房裡的格局遠較莫妮卡想像中更大，恐怕是用來招待貴族的房間吧。矮桌上的餐盤奢侈地擺滿了各式各樣的水果。

或許是店家體貼地想讓客人隨時都能入住，暖爐與燭台都事先點好了火。

「那個，艾伊克，我跟你說。我……我呢……」

莫妮卡心癢難耐地抬頭望向菲利克斯。莫妮卡其實一直，一直一——直都在忍耐。

菲利克斯就像完全明白莫妮卡這番心意似的，露出柔和的微笑，點了點頭。

「嗯，其實，我也跟妳在想著同樣的事。」

從寒風中回到溫暖房間裡的兩人，臉頰都泛著微微的紅暈。

兩人彼此凝望，然後——翻開了各自抱著的書。

莫妮卡翻的是父親的著作，菲利克斯翻的是《米妮瓦之泉》。

「我可以，在這裡看書嗎？」

「嗯，我也想趕快在這裡一覽究竟。」

不需要再有更多言語。兩人興高采烈地坐上沙發，各自攤開書本。

攤開剛買下的書，這個瞬間是最無可取代的。如果是夢寐以求的書籍，自然更不在話下。父親的書相當深澀，就連身為七賢人的莫妮卡，讀起來都感到難解。

即使如此，小時候看不懂的算式與魔術式，現在終於能夠理解了。這份喜悅令莫妮卡情不自禁地一頁接一頁翻閱不停。

靜悄悄的室內，就只有暖爐柴火迸裂的聲音與翻頁聲持續迴響。

這時，一陣輕快的敲門聲響起，房門遭人打開。

「嗨～老闆，我給你們送小菜跟酒來嘍。」

晃著一頭櫻桃金秀髮走進房裡的人，是這間店的娼婦朵莉絲。她手上還提著裝有下酒菜與酒品的竹籃。可是忘情於閱讀的莫妮卡與菲利克斯，都依然望著紙面不抬頭。

朵莉絲交互望向莫妮卡與菲利克斯，一臉傻眼地開口：

「喂喂喂，慢著慢著！孤男寡女的，在這種大半夜開讀書會？有沒有搞錯，應該還有更適合健全男女做的事吧！」

聽到朵莉絲大喊，菲利克斯才總算抬起頭來。

「喔，朵莉絲啊。飲料可以幫我們擺那邊就好嗎？現在正精彩呢。」

只留下這句話，菲利克斯又再度低頭望向書本。

朵莉絲把竹籃擺在矮桌上，轉朝莫妮卡發起攻勢。

「我說，小姑娘！妳這樣子好嗎？這不就跟被老闆嫌棄妳缺乏魅力沒兩樣嗎？」

唐突遭人搭話，莫妮卡完全沒仔細消化朵莉絲出口的內容，只是反射性地回應。

「是的，至今為止，遺傳性質都被視為一種會如液體般混合的性質，但本書所提倡的是遺傳粒子這種微小粒子的存在，這種遺傳粒子就像是人類的設計圖，人類的魔力量與擅長屬性會在這個的影響之下……」

「用不著扯這種毫無情趣的話啦！」

朵莉絲拿起竹籃裡的飲料倒進酒杯，用力塞給莫妮卡。應該是溫熱過的果實水吧。表面飄著柑橘的切片，飄起一陣蜂蜜的芳香。

「拿去，把這個喝了！」

「啊，好的。」

這會兒才想起自己喉嚨有點乾的莫妮卡，將溫得恰到好處的飲料咕嘟咕嘟一飲而盡。

隨後，莫妮卡的意識就噗茲一聲中斷了。

「來啦，老闆也喝！」

菲利克斯連頭也沒回，只挪動眼球望向朝自己遞來的酒杯。裡頭是加了柑橘皮與蜂蜜，溫熱過的白葡萄酒。

收下酒杯，有如舔舐般小啜一口之後，菲利克斯微微瞇細了雙眼。

「嗯，邊讀書邊品嘗葡萄酒也不壞。」

「這杯不是拿來讓你配書的啦！」

就在朵莉絲怒吼時，莫妮卡突然闔上書，無言地站了起來。

她的雙眼莫名混濁，對不上焦點。

「莫妮卡，妳怎麼了？」

菲利克斯才剛開口，莫妮卡嘴唇就開始蠕動了起來，發出含糊的聲音。

「……好熱。」

下個瞬間，莫妮卡一把脫下了身上的衣物。事情發生得太突然，動作俐落到菲利克斯完全來不及開口阻止。

怪異行徑並未就此結束。莫妮卡搖搖欲墜地朝自己走來，伸出雙手抓住菲利克斯的手掌朝上一翻，讓掌心向上。

然後就這樣朝菲利克斯的掌心按壓不停，語帶不滿地咕噥：

「沒有肉球……」

「嗯？」

莫妮卡抓著菲利克斯的手掌，讓掌心貼上自己的臉頰猛壓。

被酒精刺激得火熱的臉頰，摸起來的觸感雖然令人舒暢，但完全搞不懂莫妮卡到底想幹嘛。

菲利克斯感到困惑不已，莫妮卡隨即悲傷地眉尾下垂。

「沒有肉球～～……」

莫妮卡吸著鼻子啜泣，挪著東倒西歪的腳步爬上床鋪，連睡衣也不穿，就這麼以一身內衣的模樣縮成了一團，與動物沒兩樣。

然後，最後再留下一句「好想變成貓……」這種神祕的發言，便鼾聲大作。

朵莉絲一臉嚴肅地望向菲利克斯。

「老闆，你是撿了條貓過來嗎？」

「嗯，那個模樣我也是第一次看到。說真的，我也嚇了一跳。」

「話說回來，肉球是？」

「誰知道呢。」

兩人望向床鋪，只見莫妮卡帶著一副幸福無比的睡臉，唔喵唔喵地說著夢話。

「看來，今晚沒戲唱了呢。」

「老闆你可真過分。這麼好的女人就在面前，卻講那種話。」

朵莉絲嘟起嘴唇，邊鬧彆扭邊收拾桌面。聰明的她相信已經明白菲利克斯現在沒那種心情吧。

走出房間前，朵莉絲笑容可掬地拋了一記飛吻，眯起半邊眼睛。

「人家就在樓下。要是覺得寂寞，歡迎隨時光臨～」

語畢，朵莉絲乾脆地離開了房間。她這種不糾結的爽朗個性，菲利克斯一直很欣賞。

床鋪傳來莫妮卡翻身的聲響與夢話。

好奇她作了怎樣的夢，集中精神豎耳聆聽，結果聽到的全是數字。看來，她就連在夢中，也同樣為了數字痴迷。

「晚安，莫妮卡。」

如此低語之後，菲利克斯吹熄了燭台的火光。

＊　＊　＊

——久違地作了個夢。

在一間滿是別緻日用品的房間，一位少年手上擺著首飾，念念有詞地咕噥不停。

少年不時就會望向手邊的魔術書，再將視線移回首飾上，生澀地詠唱魔術書上記載的咒文。

「您在做什麼，菲利克斯少爺？」

聽到隨從少年搭話，菲利克斯回神抬頭。

「聽說母親大人遺留的首飾裡寄宿了高位精靈。如果我也能與精靈締結契約，外祖父大人一定會很高興！」

隨從少年搖了搖頭，否定菲利克斯這番話。

「這是不可能的。」

「咦？」

隨從少年帶著難以啟齒的表情，向僵在原地的年幼主人解說起來：

「與高位精靈締結契約時，精靈的屬性必須和自己與生俱來的擅長屬性相同，否則無法成立。菲利克斯少爺擅長的屬性不同，無法與這位精靈締結契約。」

「怎麼會……」

菲利克斯聽了，失望地凝視著緊握在手中的首飾。

運動也好，讀書也好，菲利克斯樣樣都學不來。加上身體虛弱，三天兩頭就生病，個性又極度內向，無法在外人面前好好開口。是個無論何時都滿足不了外祖父期待的柔弱少年。

「為什麼我總是，沒辦法回應外祖父大人的期待呢。」

菲利克斯泛著淚水低語。

隨從少年望著年幼的主人，靜靜地開口：

「菲利克斯少爺，我接下來的舉動稍嫌不堪入目，還請見諒。」

「……嗯？」

隨從少年掀起披著的外衣。外衣下藏了一本書貼在身上。

「請收下這個。」

看到遞在面前的書本標題，菲利克斯雙眼頓時閃起光芒。

那是本天文學書籍。菲利克斯最喜歡夜空的繁星了。但是大人們都異口同聲地說，天文學什麼的對王子的前途派不上用場，有空浪費時間在這種東西上，就多進修一些有用的知識。

就這樣，大家都從菲利克斯手上把天文學書籍給沒收。所以隨從少年只能用自己纖瘦的身體，藏起厚重的書本，偷偷帶來給菲利克斯。

「可是大家都說，天文學的書對我沒有任何意義……」

菲利克斯徬徨的嗓音中夾雜著喜悅與不安。

好想盡情讀最喜歡的天文學書讀個痛快。可是，周圍不會允許自己這麼做。學業就已經落後了，自己真的還可以收下這本書嗎——就是這樣的不安。

眼見菲利克斯低著頭不知所措，隨從少年以溫柔的嗓音回應：

「可是，這對您來說很重要，不是嗎？」

聽見這句話，菲利克斯的淚水當場決堤。

愛哭鬼王子吸著鼻子啜泣，用哭得一塌糊塗的臉露出了笑容。

「嘿嘿，欸嘿嘿……謝謝你，我好開心。」

隨從少年就像望著弟弟一般，用溫柔的眼神凝望著這樣的年幼主人。

當晚，菲利克斯被傳喚到外祖父——克拉克福特公爵的房間時，不禁一臉鐵青地呆立原地。

只見隨從少年跪在外祖父腳邊，上半身什麼也沒穿，白皙的背部滿是處罰的鞭打痕跡，紅腫得十分嚴重。

「外祖父大人……為，什麼……」

「這東西，好像帶了些無謂的土產給你是吧。」

說著說著，公爵望向了擺在桌上的書。

那是隨從少年偷偷帶來的天文學書籍。菲利克斯把書藏在房間裡，但是被其他僕役發現了。

菲利克斯臉色發青地低頭賠罪。

「對、對不起，不是這樣的，這不是他的主意。是我硬是拜託他，要他幫我……」

「就是說，這東西比起我的命令，更以你的命令為優先是嗎。區區一個下人，竟然敢搞不清誰才是真正的主人。」

公爵朝隨從少年背部一揮，皮鞭劈兮作響，菲利克斯抽著喉嚨噫了一聲。

「求求外祖父大人住手，拜託，拜託了，我不會再說什麼想要天文學書了。所以……」

「把那書扔進暖爐去。」

公爵一聲令下，菲利克斯唯命是從地拾起桌上的書本，走到暖爐前。

然後，舉起顫抖的雙手，把珍視不已的書扔進暖爐。

「對不起……對不起……」

哭得一塌糊塗的菲利克斯，望著被爐火吞噬的書本。

公爵用鼻子哼了一聲。

「今天的社交舞課，你好像跳得亂七八糟是吧。」

「非、非常對不……」

尖銳的劈兮聲響起，皮鞭再度揮下。目標並不是菲利克斯，而是跪地的隨從少年背部。

公爵很清楚，對菲利克斯而言，比起自身的疼痛，更難以忍受看到這個隨從受折磨。

「都怪你分心，去讀什麼天文學。」

「非、非常對不起，非常非常對不起……下一次……下一次，我一定會好好表現！絕對不會再令外祖父大人蒙羞。所以……」

最後，公爵再向隨從揮下一次皮鞭，沉沉地放話。

「下不為例。」

「……是。」

望著渾身顫抖地點頭的菲利克斯，公爵露出比冬日湖泊更為冰冷的眼神。

「愛琳的兒子竟然是這種廢物，簡直可悲。」

＊＊＊

好個令人懷念無比的夢啊——睜開雙眼的菲利克斯冷冷地心想。

窗簾外還是一片昏暗。自己上床之後，大概還沒經過多少時間吧。

肚子一帶突然出現動靜，有什麼東西在蠕動。原來是莫妮卡。

之所以會作這個懷念的夢，一定是因為她在舊書店露出的那副表情吧。

將書本抱在胸膛，滿臉都哭得一塌糊塗了，卻還是皺著臉露出喜悅的笑容——就與從前那個，抱著天文學書哭個不停的幼小少年一樣。

會幫莫妮卡買書只是一時興起，不過想逗她笑，想讓她開心的念頭，都是貨真價實的。

「妳願意這麼開心，我好高興。」

菲利克斯伸手抱住在肚子附近縮成一團的少女，感受那溫暖的體溫，在平穩的心情中再度合上雙眼。

＊　＊　＊

教會房間裡，〈詠星魔女〉梅爾麗．哈維正朝著套在右手的首飾——〈紡星之米拉〉搭話。

「夠了喔～米拉真是個壞孩子。」

『啊啊～啊啊～太過分了。我明明就只是，想要待在心愛的人身邊而已。』

〈紡星之米拉〉具備特殊能力，可以干涉碰觸自己的對象。若是魔力抗性低的人類，還能夠在某種程度上控制對方的身體。不過這能力對立於王國頂點的七賢人並不管用。

梅爾麗發出銀鈴般的笑聲，將〈紡星之米拉〉從右手上卸除。

然後仔細收進專用的收納箱，詠唱封印的咒文。唱完最後一節咒文後，梅爾麗以溫柔的嗓音低語：

「晚安，米拉。祝妳好夢。」

〈紡星之米拉〉啜泣不停的哭聲，就在蓋上箱蓋的同時中斷了。

梅爾麗抱起封印過的收納箱，走出教會外。

在照明提燈的彩飾下，鎮上燈火通明，星空不若往常那般清晰可見。即使如此，梅爾麗還是聚精會神觀察起星象。

傾聽眾星的細語，守候這個國家的走向，乃是自己身為〈詠星魔女〉的使命。

梅爾麗現在所觀望的，是象徵〈沉默魔女〉的那顆星。

她今晚的邂逅，以及做出的選擇，都緊緊關係著這個國家的未來。

這些雖然只是一道又一道渺小的星光，但彼此仍確實地相連，準備勾勒出一道巨大的命運。

（然後，有一個令人在意的……）

在象徵〈沉默魔女〉的星光附近閃爍，與她的命運息息相關，專屬於某人的星。

那顆星抱著喪失的命運，顯得岌岌可危。

（這不是七賢人呢。與〈沉默魔女〉親近的人物，應該沒那麼多才對……這到底，是誰的星呀？）

陷入沉思時，樹蔭下傳出了一道嗓音。

轉頭一看，是女僕服美女——〈結界魔術師〉路易斯．米萊的契約精靈，她正操著平淡的語調向頂在頭上的貓頭鷹搭話。

那隻貓頭鷹是梅爾麗的使魔。

「我的嗜好，是閱讀各類書籍。最近讀過的書是達士亭．君塔所著。貓頭鷹閣下有何嗜好呢？」

貓頭鷹只是咕咕地叫。當然了。使魔雖然能夠理解人類的指示，但卻無法開口說人話，與精靈不同。

如果用鸚鵡當使魔，或許是有辦法對話吧，不過梅爾麗並沒有見過任何以鸚鵡當使魔的人。

明明如此，琳卻神態自若地找貓頭鷹攀談。

這樣子好玩嗎？梅爾麗不解地歪頭觀望，結果注意到梅爾麗的琳，轉過頭來詢問。

那轉頭的動作，是真的只讓脖子扭轉，身體方向絲毫沒變，就跟頭上的貓頭鷹沒兩樣。

「您要外出嗎？〈詠星魔女〉閣下。」

「沒有，只是想到外頭來詠星～倒是妳，琳妳在做什麼？」

「我在與貓頭鷹閣下搏感情。」

精靈的感性真教人搞不懂。還是說，風系精靈可以聽懂鳥類的語言？

琳這次連身體也向梅爾麗轉來，鄭重其事地開口：

「話說回來，我有一件事，想要向〈詠星魔女〉閣下請教。」

「是什麼～？」

「為何，〈詠星魔女〉閣下，要刻意讓〈紡星之米拉〉被人盜走呢？」

梅爾麗臉上的笑容柔和依舊，但沒有答腔。

琳以缺乏抑揚頓挫的語調，平淡地接著說道：

「關於該位竊盜犯，我聽說他以自備的工具破壞門鎖，逃離了幽禁他的房間。」

「是這樣嗎？哎呀，好可怕～」

「為何，沒有沒收他的工具呢？」

琳的語調聽起來，與其說是責難，更像是將內心純粹的疑惑如實道出口。

梅爾麗摸著裝有〈紡星之米拉〉的箱子，有如在歌唱般地回答：

「一切都是眾星的導引喔。」

「原來如此。所謂的眾星，其實非常勤於高談闊論啊。」

「沒錯喔。只不過眾星詠旨的音量很低，就連我也沒辦法全部聽清楚呢。」

說著說著，梅爾麗轉頭望向東方的夜空。

鐘樓對向的天空，已經略為朦朧地泛白。再過不到一小時，就會迎接黎明了吧。

星空的閃爍與細語，都開始逐漸減弱。

夜晚劃下句點，世上所有懷抱生命之物都將走向新的一天。

而新的一天之始，對梅爾麗而言也是睡眠時間之始。

差不多該回房間去了吧——就在梅爾麗如此茫然心想時，教會後門突然傳來了啪噠啪噠的慌張腳步聲。

「抱歉在深夜中失禮了！請問這裡有一位琳姿貝兒菲閣下嗎！來自〈結界魔術師〉路易斯・米萊魔法伯的緊急傳令——」

✶ 終章　就像為小貓咪繫上蝴蝶結般

（好冷……）

冷到發抖的莫妮卡醒了過來。時值秋末冬初，這個季節大清早的空氣之冷冽，就算只有一丁點空隙，也會被冷風灌進毛毯裡。

扭動身體想鑽到毛毯深處的莫妮卡，發現身旁有某種溫暖的物體，下意識地靠了過去。整個人貼上去之後，身體就熱呼呼地暖和了起來。

（不過，以尼洛而言感覺好像太大了些……唔嗯～）

雖然搞不太懂，但反正很暖和，就別管了吧——如此放棄思考睡起回籠覺後，莫妮卡感覺有隻手溫柔地撫起自己的頭髮。然後，還有種柔軟的東西在接觸臉頰。

這種幸福的感覺莫妮卡非常熟悉。

「啊，是肉球……早安，尼洛。」

「尼洛？」

近在咫尺的嗓音，令莫妮卡的意識瞬間甦醒。

撐大到極限的雙眼，往聲音傳來的方向凝視，發現一對寶石般碧綠的眼眸正溫柔地注視著莫妮卡。

莫妮卡發出無聲的尖叫，東倒西歪地翻身滾落床鋪。

趴倒在地的莫妮卡，復甦於腦內的是〈詠星魔女〉梅爾麗．哈維的預言。

Silent Witch

『莫妮卡現在戀愛運絕佳！說不定有機會與迷人的男士度過火～熱的一晚喔！』

自己該不會是，真的與男士度過了什麼火～熱的一晚吧。

莫妮卡額頭貼地，以顫抖的嗓音開口：

「處處處……」

「處？」

「我會被，處刑嗎……？」

挺著上半身半躺在床上的菲利克斯，被莫妮卡一臉快沒命的表情逗得咯咯咯笑個不停。仔細一看，他上半身什麼也沒穿，是赤裸的。

那赤裸的胸肌，莫妮卡竟然膽大包天到用自己的臉貼了上去。這下就算真被砍頭也一點都沒得抱怨。

「也不過就是可愛的小貓咪鑽進被窩裡，妳會因為這樣就把小貓咪處死嗎？」

「……咦？貓？」

莫妮卡抬起低著的頭，左顧右盼地四處張望一番。不過，房裡並沒有貓咪的影子。

方才用肉球幫自己臉頰按摩的貓咪上哪兒去了？莫妮卡歪頭感到不解。菲利克斯這會兒更是看得樂不可支。

「昨晚，妳喝了葡萄酒之後，突然脫掉衣服，就這麼上床睡著了。」

這時，莫妮卡才總算注意到自己全身上下只穿著內衣。怪不得那麼冷。

「妳只穿這樣，不冷嗎？」

「啊，是的，這麼不成體統，真的很抱歉。我馬上更衣……啊咦？」

後頸有股怪怪的感覺，伸手摸摸看，指尖傳來一陣細小鎖鏈的觸感。順勢往下一瞧，只見胸口有一顆黃綠色的小石子，正在朝陽映照下閃爍著耀眼的光輝。

莫妮卡一臉困惑地望向菲利克斯，只見他靠在弓起的膝上托腮，瞇起眼睛開口：

「果然和妳的瞳孔顏色很像呢。真適合妳。」

「那個，這是……？」

「妳說自己就算收下飾品，也無法坦率地開心對吧。」

不掩飾自己過意不去的表情，莫妮卡為難地點了點頭。

莫妮卡老實的態度，令菲利克斯的笑容添了幾分落寞。

「要是妳覺得那只首飾對妳而言還太早，就等妳成為那什麼時髦高手的時候再戴吧。」

莫妮卡再度低頭看向首飾。在金色細長鎖鏈前端搖晃的，是只比小指指甲大上一些的橄欖綠色石子。這種略帶金光的亮綠色，恐怕是貴橄欖石。

從整體低調又可愛的設計看來，一定是考慮過莫妮卡的性格特地挑選的吧。

不習慣穿戴飾品的莫妮卡，不知所措地抬頭仰望菲利克斯。

「那個，不管是這房間的住宿費，還是舊書的費用，都已經讓你幫忙代墊了，我實在不能再……」

要是再收下更多東西，真的太令人過意不去。

打算解下首飾歸還的莫妮卡，朝後頸的扣環伸手。但自己對於這類物品實在過於陌生，不曉得要怎樣解開。

就在手指笨拙地動作時，菲利克斯下了床，伸出手掌按住莫妮卡的手。

被觸摸到的瞬間，莫妮卡當場渾身一顫，僵住動彈不得。

自己從小就看著父親的醫學書籍與人體模型長大，因此就算被人看到身體，或看到誰的身體，莫妮卡都不覺得有什麼大不了的。

可是，被人實際碰觸就非常可怕。接觸會令莫妮卡想起父親過世後，收養自己的叔父所施加的暴力，並令身體無意識地僵硬。

眼見莫妮卡為了有別於寒冷的理由顫抖不已，菲利克斯握著莫妮卡打算解開首飾的手，一起垂了下來。

「我向妳，坦白一件事吧。」

「……？」

菲利克斯面對面凝視起莫妮卡的臉。那美麗的碧綠眼眸中，映照著莫妮卡為難的臉孔。

「我在這個鎮上看到妳的時候，猜想著妳是不是覬覦我性命的刺客。」

莫妮卡感到自己有如渾身血液倒灌。

她那發青顫抖的冰冷手掌，被菲利克斯拉往他的頸子，使勁令莫妮卡掐住他。

這樣子看起來，簡直就像是莫妮卡想掐死菲利克斯一般。菲利克斯的手，就像在指使莫妮卡這麼做。

這樣的舉動，令莫妮卡感到強烈的恐懼。

「連護衛都沒帶，就隱瞞身分外出夜遊，這對暗殺者而言是下手的絕佳機會對吧？」

「我、我並沒有，想要做那種……」

莫妮卡反射性地否認，菲利克斯也乾脆地點頭，給出「嗯，我知道妳不是」的回應。

菲利克斯放開了莫妮卡的手。

「妳不是什麼殺手。要殺的話，早就多的是機會動手了。」
「……」
「我不覺得妳會是敵人，但要當妳是夥伴，又有點太靠不住。所以，我才決定把妳當成有趣的寵物看待。」
「寵！寵物？寵物～……？」
莫妮卡大受打擊，菲利克斯向她眨了眨眼，繼續說道：
「而現在，我們是享有共同祕密的夜遊夥伴了。」
「寵物是……寵物是～……」
「我不是已經不再把妳叫成小松鼠了嗎？」
「昨、昨天又叫了！」
「是這樣嗎？」
「昨天，又，叫了！」
莫妮卡罕見地擺出強硬態度，菲利克斯則打趣地嗤嗤笑了笑。這種想靠一記笑容打混過去的感覺，實在好狡猾。
「噯，妳有發現嗎？其實妳甚至是有條件能和我談判的。『不想被我公開夜遊的事情，就乖乖聽命於我』這樣。」
「那是，可是……我沒有任何事情，是希望艾伊克幫我做的。」
先前被菲利克斯開口要求對局時，還希望他可以不要再把自己喚作小松鼠。後來雖然對於被直呼名字還有點抗拒，但只要願意妥協，莫妮卡對菲利克斯的期望或要求什麼的，就已經一點都不剩了。

「無論是禮物，或是幫忙做什麼事，我真的都沒有期待你幫我……真的，完全沒有。」

莫妮卡徬徨地摸著頸子上的首飾，菲利克斯眉尾稍稍下垂地點頭。

「嗯，和妳一起度過這幾個月，這點我已經非常清楚了。妳對我完全沒抱半點期待……這雖然讓我樂得輕鬆，但或許也稍微有點寂寞吧。」

菲利克斯伸手，用指頭沿著莫妮卡頸子上的金色鏈條滑動。

那雙總是戴著手套的潔白手掌，雖然纖細到與各種樂器都相襯，但依然是骨骼結實的男性手掌。

「會送妳這只首飾，並不是為了妳。這是我的自我滿足……是為了自己而送的。」

搞不懂菲利克斯到底想說什麼。

莫妮卡正不知所措，菲利克斯又浮現自嘲般的笑容，用指尖拾起貴橄欖石，輕輕扯了扯。

細長的鎖鏈稍稍陷進了莫妮卡的肌膚內。

「有形的禮物——尤其是配戴在身上的物品，不是最適合用來綁住人心了嗎？」

以物品綁住人心。這是極其自我中心，相當有高傲貴族風格的發言。

明明如此，為什麼這個人講這種話時，露出的卻是這般落寞的表情呢。

菲利克斯美麗的手指舉起貴橄欖石。那外形秀麗的嘴唇，朝著與莫妮卡瞳孔十分神似的橄欖綠獻上了一吻。

「希望只有妳能記得。那個曾經與妳一起夜遊的艾伊克。」

看在旁人眼裡，這道光景或許就像是共度一夜的男女，以衣衫不整的模樣，在朝陽的照耀下誓言相愛也說不定。

然而莫妮卡則是低頭望著眼前那對金色睫毛，靜靜地想道——

——將來，肯定不會再有機會與艾伊克夜遊了。

正因如此，他才會送給莫妮卡這麼多禮物，多到堪稱過剩的程度。一切都是為了讓莫妮卡能與這位名為艾伊克的青年，多少留下一點回憶。

菲利克斯放開了貴橄欖石。

點綴莫妮卡蒼白肌膚的貴橄欖石，在窗口透進的朝陽照射下，閃耀著草原色的光芒。

就與平時看起來像褐色的莫妮卡眼眸相同，只要到了明亮的場所，綠色就會變得稍微濃豔些。

「就算只是暗夜中微弱的燈火，都能讓貴橄欖石發出美麗的亮光。如果妳願意戴著，一定能讓我比較容易馬上找到妳。」

換作平時的莫妮卡，八成會鐵青著臉心想「不用找到我也沒關係」吧。

但是，自己現在並不想隨意否定「艾伊克」，不想要讓他受傷。

所以，莫妮卡雖然笨拙，仍卯足了勁慎選用詞。

「艾伊克。」

「嗯？」

「夜遊……雖然有很多事情，都讓我大吃一驚，但我玩得很開心。」

「……嗯。」

相信，往後的日子裡，莫妮卡不會主動戴上這副首飾吧。

即使如此，就只有現在，想到脫下首飾可能害他傷心，莫妮卡決定放下伸向扣環的手。

莫妮卡溫吞地起身，伸手拿取疊在沙發上的衣物。

昨天讓他代墊買下的書，也遠離飲料及食物，安穩地擺放在莫妮卡的衣服上，這一點令莫妮卡莫名開心。

莫妮卡更衣時，菲利克斯就好像忽然想起什麼似的，望著莫妮卡的背開口。

「這麼一提，我從昨天就很在意，妳背上那些舊傷痕是怎麼回事？」

「傷痕，還留在背上嗎？」

「留了不少。尤其是肩膀附近。」

房內正好有面大鏡子，莫妮卡稍微扭了下身體，觀察自己的背部。

原來如此，的確，背部留下了幾處皮膚腫脹的瘡疤或瘀青的痕跡。每道都是被叔父施暴所留下的。

「那些是在柯貝可伯爵家受的傷？」

菲利克斯這番話，聽得莫妮卡趕緊慌忙搖頭。

現在的莫妮卡設定上雖然是柯貝可伯爵家的掃把星，但要是連虐待的嫌疑都冒出來，再怎樣也對伊莎貝爾她們太過意不去了。

「沒、沒有的事！柯貝可伯爵家的各位，真的真的都非常善待我！背上這些傷，是更久以前留下來的……」

「妳有想過，要把那些傷痕抹消得一乾二淨嗎？」

「不，沒特別……」

這是發自內心的真心話。

也不是什麼事到如今還會隱隱作痛的傷痕，況且背部留有一些舊傷也不會對生活造成妨礙。

莫妮卡本身並不具備會覺得傷痕難看的感性，不過菲利克斯對於在女性的身體留下傷痕一事，或許沒辦法視若無睹吧。

無意間，莫妮卡注意到，菲利克斯的身體，在側腹也留有一道瘡疤似的傷痕。那身完美均衡的體型，連肌膚都顯得光滑美麗，正因如此，側腹的傷痕才格外顯眼。

「艾伊克你……想要把側腹那道傷，抹消乾淨嗎？」

莫妮卡戰戰兢兢地問道。菲利克斯低頭朝自己的傷痕望了一眼，緩緩搖了搖頭。

「不，這道傷痕是必要的。」

雖然不太清楚這句話有什麼含意，但總覺得不可以太深入追問，莫妮卡於是默默地換完了衣服。

＊＊＊

離開卡珊卓拉夫人之館的時間還早，不過店內的姑娘們幾乎全員出動，一起為菲利克斯送行。

尤其是對兩人多方關照的朵莉絲，先是在菲利克斯臉上留下一記熱吻，再向莫妮卡招手說起悄悄話。

「要是日子過不下去，隨時到咱們這兒來啊。人家保證會好好照顧妳的。」

「謝、謝謝……」

「還有，老闆他敏感的地方是——……喔。要好好記清楚啊。」

總覺得記得這些，也派不上用場。

莫妮卡回以曖昧的笑容，向朵莉絲點頭。

在姑娘們送行下，兩人告別了卡珊卓拉夫人之館，朝停有馬車的地點動身。

菲利克斯說要一起用馬車載莫妮卡回去，但已經跟琳約好要會合，因此莫妮卡鄭重拒絕了。

「今天有要正常上課喔……來得及嗎？」

「是、是的。」

再怎麼說，琳只要三兩下就能飛回校園，比馬車快多了。

「真的是，在許多方面都太謝謝你了。」

胸口抱著讓他買下的書，莫妮卡低頭致謝，菲利克斯則是露出了平時總在校園內展現的，平穩又親切的笑容。

那並不是有點壞心眼的艾伊克會露出的笑容。是受到萬民景仰的，王族應有的笑容。

（……與艾伊克共度的時間，已經結束了。）

現在在眼前的這個人，是王國第二王子菲利克斯．亞克．利迪爾。既尊貴，又遙不可及的存在。

「那麼，再見嘍。」

「好的。」

菲利克斯搭乘的馬車駛了出去。

直到車輪的聲音再也聽不見為止，莫妮卡都留在現場，目送馬車離去。

之後，莫妮卡緩緩朝教會的方向邁出步伐，剛走不久，一隻黃色小鳥──琳便自上空降落在莫妮卡的肩頭。看來她是從上空找到了莫妮卡。

「第二王子的護衛任務，真是辛苦您了。」

「還、還好……」

這到底稱不稱得上是在護衛呢，莫妮卡暗自在心中苦笑。

畢竟從中途開始，莫妮卡就完全忘光了護衛的事，純粹地樂在其中。

價值兩枚金幣的書也好，貴橄欖石的首飾也好，就算這些只是他心血來潮的贈禮，對莫妮卡而言，這肯定也將成為永難忘懷的回憶。

思考著這些事情時，化身為小鳥的琳在莫妮卡耳邊開口低語：

「接下來，我想帶〈沉默魔女〉閣下返回賽蓮蒂亞學園，不過在那之前，有一件壞消息必須向您報告。」

「……？」

面對身體當場僵住的莫妮卡，琳靜靜地接話下去：

「冒充尤金・皮特曼，潛入棋藝大會會場的人物……」

＊＊＊

「服毒自殺，是嗎。」

路易斯低聲咕噥，坐在對面座位的看守長臉色鐵青地點了頭。

自〈詠星魔女〉宅邸返家後，愛妻遞給路易斯的東西，是才剛寄達的報告。

報告的內容，指稱入侵賽蓮蒂亞學園的假皮特曼，已經服下偷藏的毒藥自殺了。

就這樣，路易斯剛回家不久，又展開飛行魔術移動到拘留所，把鬼扯什麼「現在還是夜間，請待天亮再訪」的守門人小小教訓一頓，找了負責人出來。

按看守長所言，午後巡邏的看守發現異狀時，該位囚犯已經氣絕身亡。

（想得到的可能性有兩種。）

要不是那個入獄的男人透過某種手段把毒藥帶進拘留所，服毒自殺；再不然就是死在想要封口的某人手上。

感覺上後者的可能性高一些。抱著這種想法，路易斯開始確認安置於地下室的遺體。

這副單純擺放在地面的遺體，生前是一位二十五來歲的男性。

與米妮瓦教師尤金．皮特曼神似的長相，並不是透過化妝或易容等方式改變的。這點在拘捕之際就已經確認過。

遺體身上的衣物是粗糙的囚犯服。但衣物的狀態勾起了路易斯的疑心。

「看守長。這身衣物，在死亡後有穿脫過嗎？」

「不，並沒有特別……應該就與發現當時的狀況一致。」

那就奇了──路易斯皺起了眉頭。

囚犯服的穿法有點太過隨便。褲子不但前後穿反，還沒有拉到及腰的位置。

（簡直就像是，死後被誰給套上去似的。）

腦中無意間閃過一種可能性，路易斯再度開口問向看守長。

「我記得，真正的尤金．皮特曼本人，遺體到現在還沒被發現對吧？」

眼見看守長點頭，路易斯立刻確信自己的推論正確。

「這具遺體的身分，就是真正的尤金．皮特曼。」

「什麼？」

「恐怕是透過水系魔術抑制了遺體的腐敗吧。」

路易斯露出銳利的目光，狠狠瞪了腦袋不靈光的看守長一眼，扔出下一道質問：

「今天，有任何外部人士，好比業者之類的人出入嗎？」

「這、這麼一提，是有業者來送囚犯的糧食……」

「那個業者跟犯人是一夥的。恐怕，是那個共犯把真正的皮特曼遺體運來牢房，布置成假皮特曼自殺的假象，然後與犯人一起逃到外頭了。」

＊　＊　＊

清早的柯拉普東鎮，四處都還留有昨日慶典的餘韻，路邊甚至有醉漢抱著酒瓶在昏睡。

想趁一大早把擺攤的痕跡收拾乾淨，在打掃店內，或解下提燈的店家也不在少數。

在這種比往常熱鬧一點的早晨，巴托洛梅烏斯正小心提防著周遭的目光，躡手躡足地在鎮上移動。

昨天，因涉嫌竊取古代魔導具〈紡星之米拉〉而遭捕的巴托洛梅烏斯，雖然被幽禁在儀式會場的一間小房間，但後來活用自己偷偷攜帶的工具，華麗地上演了脫逃記。

（哎～受不了，有夠歹運的……哪能乖乖陪你們玩什麼質詢遊戲啊！）

雖然很想現在立刻離開這座小鎮，但巴托洛梅烏斯還有最後一項掛念的事情。

那就是昨天，在失去意識時依稀望見的光景。

從夜空中摔落時，一陣柔軟氣流接住了自己，而操作那道氣流的是一位女僕服美女。那位美女明明沒有詠唱，卻準確到驚人地操作著風。

在最後，還抱起了巴托洛梅烏斯，毫無詠唱便飛上夜空。

她與松鼠耳斗篷小不點的對話，雖然沒能好好聽清楚，但有個辭彙隱約傳進耳裡。

那就是──〈沉默魔女〉。

（換句話說，那個美人女僕就是〈沉默魔女〉嗎！）

巴托洛梅烏斯回想起那個對自己公主抱的女僕美麗的五官，一臉感嘆至極地緊握衣服的胸口，仰望黎明的天空。

「哇～哈！真傷腦筋。心花怒放止都止不住啊……我的心臟給她一箭射穿啦……」

被當成古代魔導具竊盜犯的現在，原本是應該立刻遠走高飛，逃亡國外的，可這下多出一個必須留在利迪爾王國的理由了。既然邂逅了心儀的女人，不上前求愛算什麼男子漢。

那麼那麼，該怎樣才能接近〈沉默魔女〉呢……就在如此盤算今後方針時，來自前方的一對年輕男女二人組，在巴托洛梅烏斯面前停下了腳步。

猜想是來抓捕自己的追兵，巴托洛梅烏斯正慌忙準備拔腿就跑，年輕女子卻先開了口：

「你是萬事屋巴托洛梅烏斯對吧。我們有工作想委託你。」

「啥～？」

巴托洛梅烏斯停下腳步，重新觀察了一下二人組。

女人感覺像是十七、八歲。把黑髮在下巴長度剪得整整齊齊，目珠炯炯有神，眉毛英姿挺拔。

男人大概二十來歲，一頭茶色短髮。就是那種隨處可見，任何人都不會留下印象的長相。

兩人身上穿的，都是稀鬆平常的旅行裝扮。看起來只像是來參加昨夜慶典的觀光客，但巴托洛梅烏斯的直覺告訴自己，這對男女絕非什麼正派人士。

「抱歉啊，我呢暫時會有點忙，工作還請另尋高明好嗎。」

女人靜靜地逼近瀟灑揮手的巴托洛梅烏斯，小聲地低語：

出口的語言並不是利迪爾王國語。那是巴托洛梅烏斯的故鄉——帝國的語言。

「『你身為知名魔導具職人弟子，卻對師父施加暴力，因此從故鄉遭到放逐是嗎。巴托洛梅烏斯·巴爾？』」

「——！」

巴托洛梅烏斯臉色大變，眉毛挺拔的女人則繼續一步步向前逼近。不斷後退的巴托洛梅烏斯，曾幾何時已經退進了一條窄巷。

不久，背後終於只剩下牆壁，女人這時停下腳步，從懷中掏出一張紙，亮在巴托洛梅烏斯面前。

「我們有東西想要你趕工製作。」

紙上所記載的資料，是某間學園的制服。不單只是服裝，就連鞋子與飾品都一五一十記載得詳盡無比。

看到飾品別針上的造型，巴托洛梅烏斯瞪大了雙眼。

光之精靈王賽蓮蒂涅的錫杖加上百合花頭冠。說起用這種圖案當校徽的學園，就只有一所。

「這不就是賽蓮蒂亞學園的制服嗎！喂，你們打什麼鬼主意。」

「恕我無可奉告。你只需要依照委託把東西完成就行了。」

開什麼玩笑——巴托洛梅烏斯不由得在心裡咒罵起來。

自己才剛因為跟賽蓮蒂亞學園有關的工作吃了一大筆悶虧。

（而且，不去找正規的服飾店，特地跑來委託我，肯定不是什麼正經的用途……）

自己製作的成品不管會被拿去用在什麼地方，巴托洛梅烏斯都沒興趣干涉，但跟賽蓮蒂亞學園扯上關係肯定不妙。絕對不妙。

Silent＊Witch

在糾結之末，巴托洛梅烏斯露出輕浮的傻笑。然後以格外靠不住的嗓音開口：

「哎呀～這麼大的差事，我做不來，做不來啦。一如你們所知，我就只是個不成氣候的技術人員，不是什麼服飾專家～更別提連鞋子飾品都得做，憑我的本事實在……」

「職人時代，你最為人評價之處，似乎就是精通各大領域技術，以及迅速確實的手藝嘛。」

巴托洛梅烏斯含糊其辭了起來，這時，女人遞出一只皮袋。

那只皮袋光看就沉甸甸的，從皮袋口還能窺見大銀幣，令巴托洛梅烏斯忍不住嚥了口口水。

「這些是訂金。」

「妳說這些只是，訂金～……？」

回神過來時，巴托洛梅烏斯已經收下了皮袋。

既然要留在利迪爾王國向〈沉默魔女〉求愛，錢當然是愈多愈好。想要進貢給好女人，基本上就是很花錢的。

（有這麼多的話，不管想送花還禮服全都隨我高興！等著我啊，〈沉默魔女〉！）

色欲攻心的巴托洛梅烏斯，對女僕服美女的心意開始在腦海裡狂野馳騁。

目送心滿意足離去的巴托洛梅烏斯背影，兩人組的另一人——長相平凡的男人咯咯咯地笑了起來。臉部不自然地扭曲。

「喔喔，不好。臉還沒穩定下來啊。每次一龍化，皮膚就容易崩壞，這點真糟糕。」

男人操著有如熬煮蜂蜜般的黏膩嗓音咕噥，伸手揉起扭曲的臉孔。只見他皮膚再度不自然扭曲，最後沿著骨骼服貼平整。

「話又說回來，妳可真是找到了個方便的男人嘛，海蒂。逃獄時妳也幹得很漂亮，搭檔這麼優秀真是幫大忙啦。」

「不敢當，尤安。」

眉毛挺拔的女孩——海蒂的語調雖然正經，嘴角卻微微上揚了幾分。

海蒂既是尤安的搭檔，也是他的弟子。她作為諜報員的一切知識與戰鬥技術，全都是尤安灌輸給她的。

尤安因入侵賽蓮蒂亞學園的罪名遭捕時，協助逃獄的人也是海蒂。

「來～開始進行工作的準備吧。這次雖然捅了漏子，可賽蓮蒂亞學園的內部構造我已經大致上都掌握，也知道該怎麼接近第二王子了……然後，也確認第二王子身邊有安排了優秀的護衛。」

「是那個把龍化的尤安一擊就打倒的魔術師嗎？」

「嗯，沒錯。」

尤安闔上眼皮，回想自己被打倒時的情況。

身分被米妮瓦的學生巴尼．瓊斯揭穿，正打算殺他滅口時，闖來了一名女學生。想到萬一女學生尖叫會很難收拾，趕緊把她關在水球結界裡，結界卻不知為何被破壞，尤安還遭人朝弱點眉心痛打，當場失去意識。

之後回過神來，自己已經被關在大牢了。

尤安反覆回憶當時的狀況檢證，並得出一道結論。

（那個下棋強到莫名其妙的姑娘……莫妮卡．諾頓有問題。）

想要潛入賽蓮蒂亞學園，那姑娘恐怕會是最大的障礙。這份預感令尤安渾身顫抖，嘴巴如新月般上吊笑了起來。

仰頭扯著喉嚨，以甜膩的嗓音發出由衷開心的笑聲。

「哼哼，啊哈，啊哈哈哈哈！」

「你很開心嘛，尤安。」

「嗯，是啊。開心極了。簡直心花怒放。畢竟……妳看嘛，這股味道，感覺就藏著格外刺激的祕密啊。」

尤安的表情就有如面對獵物的貓，伸出舌頭舔了舔嘴唇。

方才的大笑，又令皮膚起了皺褶變形，就跟黏土沒兩樣。

「揭穿祕密是我的工作喔。菲利克斯・亞克・利迪爾的祕密也好，莫妮卡・諾頓的祕密也好，全——部都由我來揭穿。」

＊＊＊

莫妮卡與琳以高速飛行返回賽蓮蒂亞學園女生宿舍的閣樓間時，使魔尼洛正窩在床下狹窄的空間內。而且還故意把屁股對著莫妮卡。

「……那、那個，尼洛？」

尼洛沒有回應，而是用尾巴重重敲向地板。這是在鬧彆扭了。

「哎喲～尼洛啊～……」

莫妮卡一臉傷腦筋地咕噥，尼洛隨即用尾巴繼續猛敲地板，高聲斥責起來：

「不但拋下本大爺自個兒跑去夜遊，還乾脆徹夜不歸是不是！」

「呃——……」

不知所措的莫妮卡身旁，將莫妮卡直送到府的琳，以一如往常的女僕姿態開口：

「是的，〈沉默魔女〉閣下在美少年的伺候下盡情享受酒池肉林之宴，爾後似乎還與美男子上娼館共度了一夜的樣子。」

「琳小姐～～？」

這種只會引起誤會的說法聽得莫妮卡瞪大雙眼，尼洛更是從床底飛奔而出，舉起前腳向莫妮卡的小腿不停猛捶。

「我看走眼了！莫妮卡妳這花花公主——！」

「花花公主——？」

「見色忘友！向亞伯蘭學著點啊！」

「亞伯蘭先生又是誰啊？」

莫妮卡喊道。尼洛立刻氣急敗壞地用鼻孔噴氣，從毛毯下拖出一本書。那是尼洛中意的冒險小說。作者姓名是達士亭·君塔。

達士亭·君塔最讚了對吧！——就像這樣，尼洛沒事就會提到他。

尼洛靈巧地用前腳翻頁，翻到人物介紹的頁面後，啪嘰啪嘰地不停拍書。

「亞伯蘭他啊，是主角巴索羅謬的朋友，既重情又重義的好傢伙。即使被美女給誘惑，他也說『對我而言，友情是更勝愛戀的寶物』，並且抗拒了美女的誘惑，貫徹與巴索羅謬的友情啊！」

「亞伯蘭……巴索羅謬……？」

莫妮卡雖然沒讀過那本小說，但總覺得登場人物的名字好像在哪裡聽過。而且還是最近才剛聽過。

——那是《巴索羅謬・亞歷山大的冒險》吧。這齣劇很棒呢。再怎麼說，男主角的名字都帥呆了。

——我的新作小說，會有個戀上舞台女伶的傻男人登場，現在正在描寫相關橋段。主角的朋友亞伯蘭戀上舞台女伶凱薩琳，終日為情所困，三句話不離『好想再親眼拜見一次她的演技』……就跟現在的你一個樣。

慶典上看到的演劇。以及，波特舊書店店長寫的小說。

原來那正是尼洛心愛的作品。

（沒想到，爸爸的朋友……波特先生他，竟然就是小說家達士亭・君塔……）

在啞口無言的莫妮卡面前，尼洛開始滔滔不絕地闡述亞伯蘭是多麼重情重義的一個人物。

誓言為友情而活的亞伯蘭，下一作就要迷舞台女伶迷到魂不守舍，為了尼洛好，這樣的展開就先別在這裡透露吧。如此下定決心的莫妮卡，打開了書桌抽屜的鎖。

上鎖的抽屜內收藏的東西，有父親遺留的咖啡壺，以及先前收到的，拉娜送來的信。

接著，莫妮卡將這趟帶回來的書與首飾，也一起放進抽屜內。

（這趟夜遊，我玩得很開心，艾伊克。）

內心馳騁著對首度夜遊夥伴的思念，莫妮卡輕輕闔上了抽屜。

【祕密章節】

在北方大地

In the North

換搭好幾班馬車，抵達利迪爾王國北部貝朗瑞山附近的路易斯，展開飛行魔術輕飄飄地飛了起來。路易斯的目的地就位於這座山內。

如果琳在的話，大可從王都就一路用飛行魔術飛過來。不過，琳現在正出借給〈沉默魔女〉莫妮卡・艾瓦雷特。所以路易斯才不得不搭這麼長途的馬車趕來這兒。

路易斯雖然擅長飛行魔術，但那終究是一種魔力消耗激烈的術，難以用來長距離移動。挑這種馬車無法行駛的山路使用，應該算是比較妥當的做法。

坐在法杖上，令長袍與綁成三股辮的長髮隨風飄逸，路易斯低頭望向眼下一望無際的景色。貝朗瑞山被雪給染得四處斑白。王都那兒還只是颳起冷風的程度，但這一帶區域已經開始降雪了。

路易斯維持著飛行魔術，開始展開能隔離冷空氣的結界。要同時維持飛行魔術與結界，消耗的魔力勢必會更加激烈，然而路易斯毫不迷惘。他並不是那麼害怕寒冷，但他討厭寒冷。

總算，山裡一處比較開闊的土地上，修道院映入了眼簾。這裡就是路易斯的目的地。

立雪悟德修道院。這間修道院既遠離王都，又位於交通不便的深山內，可想而知，會投身於此的，基本上都是有些隱情的女性。

也許是被丈夫虐待逃離、也許是因政治因素遭到放逐，更或許是難以向外人啟齒的理由——路易斯要找的，就是這樣抱有某種內情的人物。

修道院門口，可以看見一位年輕修女正緊握鏟子，賣力地剷雪。

路易斯陷入了猶豫，不曉得該不該降落在遠離修道院的地點，再徒步前往目的地。會使用飛行魔術的人類為數甚少，因此，程度雖因人而異，但目擊者有時候會驚嚇得十分劇烈。

猶豫了一會兒，到頭來還是嫌麻煩，索性直接降落在年輕修女面前。

路易斯伸手握住當成椅子坐的法杖，用腳尖靜靜著地，雪花立刻如沙塵般飛舞而上。

正在剷雪的修女並未特別顯得驚訝，只是短短喚了聲「哎呀」。

確認該位修女的長相後，原來如此——路易斯理解了為何是這樣的反應。

「還想說這個修女真沉得住氣，看到飛行魔術都不驚訝，原來是妳嗎？」

「是啊，比起先前那次像要打樁似的朝地面旋轉直衝，這次嚇人的程度算可愛的了。」

如此回應之後，將鏟子應聲插進腳邊積雪的修女，是布萊特伯爵千金——凱西．古羅布。

＊＊＊

修道院的負責人是一位高齡修女，她吩咐凱西為路易斯帶路後，就一副不關己事的模樣窩進了禮拜堂。

對於遠離俗世生活的修女們而言，來自外部的訪客——更遑論還是身為男性的路易斯，這樣的對象她們想必絕不會主動歡迎吧。

凱西在這方面似乎也不例外，她為路易斯帶路到接待室後，連茶也沒上就直切主題。

「所以呢，找我什麼事？能告訴你的事，我覺得應該都講得差不多了。」

面對態度冷淡的凱西，路易斯回以充滿大人從容的笑容。

「又多出了必須向妳確認的事情喔。」

「那起暗殺未遂事件，我們家沒有其他人參與了。全都是家父跟我獨斷策畫的。」

「嗯，至少妳是這麼想的吧。」

路易斯答得話中有話，令凱西嘴角為之一顫。

接著，路易斯從懷裡取出一小包布袋，在桌面上攤開。包在布裡頭的，是許多大小不一的紅色碎石子殘骸。

「看得出這是什麼嗎？」

「……是我裝設的〈螺炎〉的殘骸沒錯吧。」

路易斯沒有答覆，只是露出一抹「答對了」的笑容，繼續開口接話：

「令尊很堅持這是從旅行商手上買下的，不過就我的看法，我認為是蘭道爾王國方面的人，把這只〈螺炎〉交給令尊的。」

「你是說，是蘭道爾的大德們，唆使家父行凶的嗎？」

「妳可知一具〈螺炎〉要價有多驚人？恕我冒犯，但布萊特伯爵實在稱不上寬綽，這絕非他買得下手的玩意兒。」

想暗殺，多得是更經濟實惠的手段，為何布萊特伯爵偏偏選擇了〈螺炎〉？是某人將〈螺炎〉交給布萊特伯爵，唆使他下手的，這樣想就說得通了。

凱西恐怕也隱約思考過這種可能性吧。只見她表情嚴峻地緊咬嘴唇，為了避免做出對父親不利的發言，死命按耐著內心的動搖。

望著那奮不顧身的姿態，路易斯拾起一片紅色石子的碎片，舉著碎片透光。

「這只〈螺炎〉所使用的，是純度極高的紅寶石。專家根據鑑定結果表示，可以斷定這是在古洛肯開採的礦石不會錯。」

「古洛肯？」

「妳沒聽說過嗎？是位於帝國東南部的礦山喔。發掘量雖然稱不上高，但可以開採到最適合當成魔導具材料的高品質紅寶石……說歸說，帝國在這裡開採的礦石幾乎都不外流，所以想在市場上買到是很有難度的。」

叩嚨一聲，路易斯將紅色石子擺回桌面。在鴉雀無聲的修道院內，這陣響聲聽起來格外響亮。

路易斯瞇起單邊眼鏡下的眼眸，朝凱西凝視起來。

「布萊特伯爵託付給妳的〈螺炎〉，是帝國製品。這背後的涵義是什麼，妳明白嗎？」

話剛出口，凱西的臉色立刻開始泛青。這姑娘腦筋動得很快。

就憑這麼句話，她便已注意到了某種駭人的可能性。

如果說，將〈螺炎〉交給布萊特伯爵的人真是蘭道爾王國的人士，接下來的問題，就是那個蘭道爾王國人士，是從哪裡取得這只帝國製〈螺炎〉的。

如此一來，就會浮現一種假設。

「蘭道爾王國與帝國，有在檯面下勾結的可能性。」

加深路易斯這道懸念的，是告知棋藝大會的入侵者有使用肉體操作魔術的報告。

變化肉體性質、強化肉體，或是治療肉體傷勢，這類干涉肉體的魔術基本上在利迪爾王國全面禁止。因為每項都可能成為引發深刻魔力中毒的起因。

然而，世上存在唯一一個解除肉體操作魔術禁令的國家。那就是利迪爾王國的鄰國——修華爾葛特帝國。

棋藝大會的入侵者，使用了只有帝國准許使用的肉體操作魔術。

暗殺未遂事件用到的〈螺炎〉是帝國製品。

這兩起事件在檯面下彼此相關的可能性絕對不低。

倘若路易斯的推想正確，今後，利迪爾王國與帝國及蘭道爾王國聯合軍爆發戰爭的可能性也將不再是零。

這件事，凱西也總算理解了吧。

緊緊握著擺在膝蓋上的拳頭，凱西低著頭開了口：

「就我所知的範圍，在老家是一度也不曾見過，有貌似帝國人的人士出入。每個來訪的，都是連我也叫得出名字的蘭道爾貴族而已。」

「那就連令尊寄信到帝國去的場面也？」

「沒見過。」

「是這樣嗎。」

要是能在這裡套出與帝國有聯繫的證言就輕鬆了，可似乎沒那麼容易。

假設帝國與蘭道爾真的有什麼瓜葛，兩者間的主從關係，明顯會是由國力壓倒性雄厚的帝國掌握主導權。蘭道爾王國的基層貴族，甚至可能對自家高層與帝國的聯繫一無所知。

假設性的問題一考慮下去就沒完沒了，過於杞人憂天當然不妥，但最好還是時時留心帝國的檯面下舉動為上。

「看來沒有什麼能夠從妳口中問出的情報呢。反正好像連杯茶水也沒打算招待，我不如還是趁早打道回府吧。」

才剛從椅子上起身，凱西又簡短喊了聲「等等」。

路易斯向凱西露出了興致缺缺的眼神。身為大忙人的他，討厭浪費時間在無謂的事情上。更何況，他也不覺得跟眼前這位姑娘還能談出什麼有意義的內容。

「莫妮卡她過得好嗎？」

不出所料，凱西口中道出的，是對路易斯而言毫無價值的提問。

「好一個比天氣更無關緊要的話題呢。最近似乎才跟一位刺客交手過，但她活蹦亂跳得很喔。」

跟刺客交手過——這個消息令凱西吞了一口氣。

「說真的，我到現在還難以置信。莫妮卡竟然會是七賢人……明明怎麼看都只像個普通的女孩子。」

「妳說那個〈沉默魔女〉，是普通的女孩子？」

路易斯當場不禁莞爾。

就算親眼目睹莫妮卡使用無詠唱魔術的光景，凱西還是沒有確實理解莫妮卡這個人。

重新坐回椅面的路易斯，露出了一臉美麗到近乎殘酷的嘲笑。

「妳對半年前的沃崗黑龍事件可有耳聞？」

「有啊，出現在柯貝可沃崗山脈的黑龍，被〈沉默魔女〉……莫妮卡給擊退的事對吧。」

柯貝可與凱西的故鄉地理上較為接近，所以關心程度比較高吧。

黑龍對人民而言是帶來絕望的存在。黑龍所吐出的漆黑火焰，是連防禦結界都能燃燒殆盡的異形之炎。

就算是長於屠龍的路易斯，想討伐黑龍都絕非易事。

「雖說拖著〈沉默魔女〉前去討伐黑龍的始作俑者是我啦。那個小丫頭，當時可是一把鼻涕一把眼淚地哭鬧呢。不停哭喊著好可怕好可怕。」

聽到路易斯不打自招地供出自己毫無人性的行徑，凱西簡直傻了眼。

「那還用說？正常人誰不怕黑龍啊。」

「妳是這麼想的吧？是啊，就連我也多少抱著些許畏懼。可是呢，〈沉默魔女〉莫妮卡・艾瓦雷特她真正害怕的東西，妳覺得是什麼？」

路易斯闔上眼睛，回想當時拖著莫妮卡去討伐黑龍的光景。

那一天，哭得一塌糊塗的莫妮卡是這麼告訴路易斯的——

「『龍騎士團好可怕。好多不認識的人，好可怕』……那個小丫頭對黑龍什麼的壓根兒都沒感到一絲恐懼。七賢人〈沉默魔女〉害怕的東西，是跟來一起討伐黑龍的龍騎士團——她怕的是人類喔。」

＊　＊　＊

與受命前來討伐沃崗黑龍的龍騎士團會合時，莫妮卡一臉就快嘔吐的表情——或者說，其實已經偷偷吐了好幾遍的樣子。

臉色超越蒼白，到了面如土色的程度。深蓋及眼的兜帽下，帶著濃濃黑眼圈的雙眼圓滾滾地左右游移不停，每當捕捉到人的蹤影就漏出抽搐般的尖叫聲，六神無主地漫步徬徨，試圖找尋一個四下無人的場所。

原本就已經患有嚴重的對人恐懼症，而且莫妮卡似乎對身材高大又大嗓門的男性感到格外棘手。好死不死，所謂的龍騎士團又剛好就是這類對象的集合體。恐怕是因此，令莫妮卡的恐懼升到了巔峰吧。

到頭來，直到作戰會議開始前，莫妮卡都躲在樹下窩成一團，念念有詞地咕噥著數字。

這到時要是抓去參加作戰會議，豈不是要口吐白沫暈倒啦——路易斯暗自懸念。幸好，在召開作戰會議的期間，莫妮卡就像個擺設般毫無任何動靜。

就莫妮卡而言，這表現算是可圈可點了。比發出怪聲或當場昏倒好上一萬倍。

「同期閣下，關於方才會議上談到的……」

會議結束後，路易斯找莫妮卡攀談。

雖然莫妮卡本身並不是對路易斯特別抱有什麼好感，但畢竟是現場唯一認得出長相的人，所以對象若是路易斯，就比較能正常點對話。

路易斯很清楚這點，因此認定與莫妮卡共享情報是自己的職責。

「我製作了一份名單，上面列的是要與妳同行，一起進入沃崗山脈的龍騎士團團員。請妳把這些記好……」

「我不需，要。」

面無表情的莫妮卡，兩眼無神地朝路易斯遞出的名單望了一眼。然後乏力地搖了搖頭。

被這句缺乏抑揚頓挫的回應激得有些不安，為了保持冷靜，路易斯趕緊擠出略帶諷刺的笑容。

「哎呀哎呀，明明就那樣從頭逃到尾，卻已經把團員們都記住了嗎？」

「……是的，這很，簡單。」

莫妮卡當時露出的表情，路易斯恐怕畢生難忘。

那種像是打算露出微笑，嘴角卻沒揚好的，萬分扭曲的笑容。僵硬的臉龐亦因恐懼而抽搐——明明如此，稚氣未脫的圓滾滾眼珠，卻莫名散發一種恍惚感。

「只要把人類當成數字，想記住就很簡單，也就不會害怕，了。」

路易斯當場啞口無言。

現在的莫妮卡眼裡，並沒有任何人類存在。她眼中所見的只有數字——搞不好，存在她眼前的自己，也被莫妮卡看作了數字。

「八九一八七二七一五八……呃——麻煩你幫我，向團長這麼說——」

難以置信地，莫妮卡將堂堂龍騎士團的團長以數字稱呼。接著，莫妮卡如此宣言：

「沃崗山脈，我一個人進去就好。不需要，任何援護。」

「啥？」

「很快就，能夠，結束了。」

一如這句宣告，〈沉默魔女〉莫妮卡・艾瓦雷特隻身進入沃崗山脈，擊破了沃崗的黑龍。

就連視黑龍為頭子而聚集的翼龍群，都被她瞬間一掃而空，為作戰劃下句點。

＊＊＊

「把可怕的人類當成數字，就不會怕了……不覺得實在令人忍不住想笑嗎。」

路易斯帶著諷刺笑容描述的期間，凱西也始終緊閉嘴唇，默不作聲。

面對這樣的凱西，路易斯露出了哀憐的眼神。

「那個小丫頭打從心底就害怕人類排斥人類。正因如此，她可以無止盡地冷血無情。她是個遠在妳想像之上的，沒有人心的扭曲魔女。」

也正因此，路易斯才會選擇莫妮卡當作第二王子護衛任務的協助者。

「我奉勸妳，別期待那個小丫頭會有什麼正經的感情。」

冷笑的路易斯如此放話後，凱西粗暴地站了起來，撞得椅子嘎吱作響。

然後就這麼隨著咚咚咚的腳步聲猛力走出房間，不一會兒，又緊握著一杯茶杯與小紙袋返回。

凱西將茶杯叩咚一聲擺在路易斯面前，硬是將小紙袋塞了過去。

「這個，我本來還在猶豫到底該不該交給她，但你這番話讓我下定決心了。把這個交給莫妮卡。用不著報上我的名字也無所謂。」

凱西正以尖銳的目光狠狠瞪著路易斯。想必是格外為了路易斯的發言惱火吧。

（明明要是能盡情痛恨〈沉默魔女〉，會比較樂得輕鬆的說。）

好一個愚蠢，又重感情的姑娘。

路易斯暗自在內心嘆了口氣，將紙袋收進懷裡。

接著以優雅的舉止啜了啜茶杯裡的茶，開口回應：

「我就看在妳這杯茶的分上跑個腿吧。話說回來，這兒沒有砂糖或果醬嗎？」

目前為止的登場人物

Characters of the Silent Witch

Characters Secrets of the Silent Witch

莫妮卡·艾瓦雷特

七賢人之一〈沉默魔女〉。本次可喜可賀地於夜遊界出道，獲得不良少女稱號。舊姓雷因。艾瓦雷特是養母的姓氏。

路易斯·米萊

七賢人之一〈結界魔術師〉。向〈紡星之米拉〉講了不下百次「我才剛成婚，只愛妻子一個人」。想早點回家悠閒度日的工作狂。

尼洛

莫妮卡的使魔。華麗服裝是參考小說插圖努力重現的。然而努力是努力了，結果只重現了表面，整身行頭宛若輕薄的假象。接著心想還是平常那件長袍最好，果斷放棄新造型。

琳姿貝兒菲

與路易斯簽訂契約的風之高位精靈。這次得以將「別動我的女人」及「公主抱」雙雙實踐，甚感心滿意足。下次想要挑戰對牆壁咚一下的那個。

梅爾麗・哈維

七賢人之一〈詠星魔女〉。利迪爾王國的首席預言家。現任七賢人中年資最高的年齡不詳美女。保持年輕的祕訣是盡情疼愛喜歡的東西。

菲利克斯・亞克・利迪爾

利迪爾王國的第二王子，賽蓮蒂亞學園的學生會長。〈沉默魔女〉的熱情粉絲，夜夜溜出宿舍，在夜遊的同時收集〈沉默魔女〉的論文。

希利爾・艾仕利

海恩侯爵公子（養子）。學生會副會長。私底下很在意自己練不出肌肉的纖瘦體質。把外衣借給莫妮卡時，發現她披起來過於鬆垮垮，進而為體格差距所震撼。

Characters Secrets of the Silent Witch

艾利歐特・霍華德

戴資維伯爵公子。學生會書記。執著於身分階級，但想法開始逐漸改變。與班哲明從小就認識，彼此是互相指導棋藝與小提琴的同好。

尼爾・庫雷・梅伍德

梅伍德男爵公子。學生會總務。從小就接受父親鍛鍊，是所有類型的桌上遊戲好手。任誰都好奇為何他今年沒有再選一次棋藝課。

布莉吉特・葛萊安

雪路貝里侯爵千金。學生會書記。名列校園三大美女之一的貌美千金小姐。字跡極其美觀，收到她書寫的邀請函，任何人都會露出笑容。

拉娜・可雷特

可雷特男爵千金。莫妮卡的朋友。某位嘴巴壞性格也壞的眼鏡男令她頗有微詞，爾後對於戴眼鏡的男生比往常更辛辣三成。

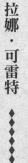

伊莎貝爾·諾頓

柯貝可伯爵千金。莫妮卡執行任務的協助者，其實很想到棋藝大會會場給莫妮卡加油，但設定上霸凌莫妮卡的反派千金去給她打氣過於不自然，只好忍痛放棄。並因悔恨過度而痛哭。

克勞蒂亞·艾仕利

海恩侯爵千金，希利爾的義妹，尼爾的未婚妻。棋藝本事高明，某音樂家將她的棋風評為「喔喔～……簡直就像是為逐步滅亡的世界送上的鎮魂曲～」

古蓮·達德利

賽蓮蒂亞學園高中部二年級生。老家開肉舖。正處於哪天想帥氣地喊聲「將死」的年紀。拜尼爾與希利爾耐心十足地教導所賜，總算記住了棋子的名稱。之後再度遺忘。

班哲明·摩爾丁

賽蓮蒂亞學園高中部三年級生。宮廷音樂家家族出身，他自己也已經創作了幾條曲子。一家人都是藝術家氣質的揮霍家。情緒與錢包厚薄的起伏都很劇烈。

凱西・古羅布

布萊特伯爵千金。現在隱居在遠離塵囂的深山修道院，勤於剷雪耕田烘焙等勞務，對於提升修道院生活水準貢獻良多。

巴尼・瓊斯

安柏德伯爵公子。就讀魔術師養成機構米妮瓦的學生。為莫妮卡的才能所吞沒，對她抱著扭曲的執著。覺得眼鏡稍微大些會比較有威嚴。

✦ 後記

由衷感謝大家購買這本《Silent Witch》第三集。

打從我開始執筆書籍版第一集的時候，就始終抱著一個念頭。那就是——想讓莫妮卡在書籍版接受網路版沒經歷過的新挑戰。

就是這麼回事，這本第三集描述的就是挑戰新事物的莫妮卡。

雖然成了莫妮卡尖叫與怪聲頻率都比往常要高的一集，但若大家願意守候她的挑戰與成長，就是我的幸福。

感謝藤実なんな老師這次也幫忙繪製美麗的插圖。這些精緻又美麗的插圖，總是震撼到我忍不住倒抽一口氣。圖中所傳達出的劇中世界氣氛，真的是太美妙了。

感謝桟とび老師總是仔細地描繪漫畫版。每個人物都在表情、氣氛與一切舉止中塞滿了濃濃的「那個人物該有的感覺」，實在太令人開心。

後記也來到了最後，購買第三集的各位讀者大德們，在此向大家由衷致謝。

第四集終於要舉行校慶了。敬請期待校慶時莫妮卡的奮鬥。

依空まつり

八男？別鬧了！ 1~18 待續

Kadokawa Fantastic Novels

作者：Y.A　插畫：藤ちょこ

貴族家連請家庭教師都會惹麻煩!?
王國西方新的不安因素蠢蠢欲動！

鮑麥斯特伯爵家為了小孩的教育提早募集家庭教師，竟被絕對不能扯上關係的團體「賢者協會」纏上！威爾再次體會到貴族家的辛苦。此外巨大魔導飛行船琳蓋亞在傳來發現魔族之國的消息後失去音訊……為您送上以熱鬧的日常插曲為主的第十八集！

各 **NT$180~240/HK$55~80**

不起眼的我在妳房間做的事班上無人知曉 1 待續

Kadokawa Fantastic Novels

作者：ヤマモトタケシ　插畫：アサヒナヒカゲ

不曾在教室裡交談的我們，床上的關係是祕密
榮獲第六屆カクヨム網路小說大賽雙料獎

班上的邊緣人遠山佑希有個不可言說的祕密——他與同學高井柚實其實是「炮友」。兩人不求心靈相依，只圖方便的肉體關係，對待彼此的界線分明。某一天遠山正在買保險套的那一幕，剛好被班上人緣很好的上原麻里花當場目睹……

NT$220/HK$73

我當備胎女友也沒關係。 1 待續

Kadokawa Fantastic Novels

作者：西 条陽　插畫：Re岳

儘管懷裡抱著妳，心裡想的人卻是她……
100%不健全、不純潔又危險的戀愛泥沼

我跟早坂同學都有最喜歡的人，卻都選擇了第二順位的對象交往。即使如此，一旦能跟最喜歡的人兩情相悅，這份關係也會宣告結束。明明是這麼約好的——當我們都接近最喜歡的人時，彼此卻愈陷愈深無法自拔，變得怎麼也離不開對方……

NT$270/HK$90

國家圖書館出版品預行編目資料

Silent Witch：沉默魔女的祕密/依空まつり作；吊木光譯. -- 初版. -- 臺北市：臺灣角川股份有限公司, 2023.01-

冊； 公分. -- (Kadokawa fantastic novels)

譯自：サイレント.ウィッチ 沈黙の魔女の隠しごと

ISBN 978-626-352-170-4(第3冊：平裝)

861.57 111018415

Kadokawa
Fantastic
Novels

Silent Witch～沉默魔女的祕密～ III

（原著名：サイレント・ウィッチIII 沈黙の魔女の隠しごと）

２０２３年１月18日　初版第１刷發行

作　者：依空まつり
插　畫：藤実なんな
譯　者：吊木光

發行人：岩崎剛人
總編輯：蔡佩芬
編　輯：黎夢萍
美術設計：莊捷寧
印　務：李明修（主任）、張加恩（主任）、張凱棋

發行所：台灣角川股份有限公司
地　址：１０４台北市中山區松江路２２３號３樓
電　話：（02）2515-3000
傳　真：（02）2515-0033
網　址：www.kadokawa.com.tw
劃撥帳戶：台灣角川股份有限公司
劃撥帳號：19487412
法律顧問：有澤法律事務所
製　版：巨茂科技印刷有限公司
ＩＳＢＮ：978-626-352-170-4